THÉATRE

DE

JEAN RACINE,

Précédé de la vie de l'auteur.

TOME TROISIÈME.

AVIGNON,

Chez P. LUXEMBOURG BONNET,
Imprimeur-Libraire , rue Bancasse.
1810.

PERSONNAGES.

AGAMEMNON.

ACHILLE.

ULYSSE.

CLYTEMNESTRE , femme d'Agamemnon.

IPHIGÉNIE , fille d'Agamemnon.

ÉRIPHILE , fille d'Hélène et de Thésée.

ARCAS ,
EURYBATE , } domestiques d'Agamemnon.

ÆGINE , femme de la suite de Clytemnestre.]

DORIS , confidente d'Ériphyle.

GARDES.

La scène est en Aulide , dans la tente d'Agamemnon.

IPHIGÉNIE,

TRAGÉDIE.

ACTE PREMIER.

SCÈNE I.

AGAMEMNON, ARCAS.

AGAMEMNON.

Oui, c'est Agamemnon, c'est ton roi qui t'éveille.
Viens, reconnois la voix qui frappe ton oreille.

ARCAS.

C'est vous-même, seigneur ? Quel important besoin
Vous a fait devancer l'aurore de si loin ?
A peine un foible jour vous éclaire et me guide,
Vos yeux seuls et les miens sont ouverts dans l'Aulide.
Avez-vous dans les airs entendu quelque bruit ?
Les vents nous auroient-ils exaucés cette nuit ?
Mais tout dort, et l'armée, et les vents, et Neptune.

AGAMEMNON.

Heureux qui, satisfait de son humble fortune,
Libre du joug superbe où je suis attaché,
Vit dans l'état obscur où les dieux l'ont caché !

A 2

ARCAS.

Et depuis quand, seigneur, tenez-vous ce langage?
Comblé de tant d'honneurs, par quel secret outrage
Les dieux, à vos désirs toujours si complaisans,
Vous font-ils méconnoître et haïr leurs présents?
Roi, père, époux heureux, fils du puissant Atrée,
Vous possédez des Grecs la plus riche contrée :
Du sang de Jupiter issu de tous côtés,
L'hymen vous lie encore aux dieux dont vous sortez.
Le jeune Achile enfin, vanté par tant d'oracles,
Achille, à qui le ciel promet tant de miracles,
Recherche votre fille, et d'un hymen si beau
Veut dans Troie embrasée allumer le flambeau.
Quelle gloire, seigneur, quels triomphes égalent
Le spectacle pompeux que ces bords vous étalent,
Tous ces mille vaisseaux, qui, chargés de vingt rois,
N'attendent que les vents pour partir sous vos lois?
Ce long calme, il est vrai, retarde vos conquêtes;
Ces vents, depuis trois mois, enchaînés sur nos têtes,
D'Ilion trop long-temps vous ferment le chemin :
Mais, parmi tant d'honneurs, vous êtes homme enfin;
Tandis que vous vivrez, le sort, qui toujours change,
Ne vous a point promis un bonheur sans mélange.
Bientôt .. Mais quels malheurs dans ce billet tracés
Vous arrachent, seigneur, les pleurs que vous versez?
Votre Oreste au berceau va-t-il finir sa vie?
Pleurez-vous Clytemnestre ou bien Iphigénie?
Qu'est-ce qu'on vous écrit? Daignez m'en avertir.

AGAMEMNON.

Non, tu ne mourras point, je n'y puis consentir.

ARCAS.

Seigneur....

AGAMEMNON.

Tu vois mon trouble, apprends ce qui le cause;
Et juge s'il est temps, ami, que je repose.
Tu te souviens du jour qu'en aulide assemblés
Nos vaisseaux par les vents sembloient être appelés;
Nous partions; et déjà, par mille cris de joie
Nous menacions de loin les rivages de Troie.
Un prodige étonnant fit taire ce transport:
Le vent qui nous flattoit nous laissa dans le port,
Il fallu s'arrêter; et la rame inutile
Fatigua vainement une mer immobile.
Ce miracle inoui me fit tourner les yeux
Vers la divinité qu'on adore en ces lieux:
Suivi de Ménélas, de Nestor, et d'Ulysse
J'offris sur ses autels un secret sacrifice.
Quelle fut sa réponse! et quel devins-je, Arcas,
Quand j'entendis ces mots prononcés par Calchas!

« Vous armez contre Troie une puissance vaine,
« Si, dans un sacrifice auguste et solennel,
      « Une fille du sang d'Hélène
« De Diane en ces lieux n'ensanglante l'autel.
« Pour obtenir les vents que le ciel vous dénie
      « Sacrifiez Iphigénie. »

ARCAS.

Votre fille!

AGAMEMNON.

Surpris, comme tu peux penser,

A 3

Je sentis dans mon corps tout mon sang se glacer :
Je demeurai sans voix ; et n'en repris l'usage
Que par mille sanglots qui se firent passage.
Je condamnai les dieux, et, sans plus rien ouïr,
Fis vœu, sur leurs autels, de leur désobéir.
Que n'en croyois-je alors ma tendresse alarmée !
Je voulois sur-le-champ congédier l'armée.
Ulysse en apparence approuvant mes discours
De ce premier torrent laissa passer le cours ;
Mais bientôt, rappelant sa cruelle industrie,
Il me représenta l'honneur et la patrie,
Tout ce peuple, ces rois, à mes ordres soumis,
Et l'empire d'Asie à la Grèce promis ;
De quel front, immolant tout l'état à ma fille,
Roi sans gloire, j'irois vieillir dans ma famille.
Moi-même, je l'avoue avec quelle pudeur,
Charmé de mon pouvoir, et plein de sa grandeur,
Ces noms de roi des rois et de chef de la Grèce.
Chatouilloient de mon cœur l'orgueilleuse foiblesse.
Pour comble de malheur, les dieux, toutes les nuits,
Dès qu'un léger sommeil suspendoit mes ennuis,
Vengeant de leurs autels le sanglant privilège,
Me venoient reprocher ma pitié sacrilège,
Et, présentant la foudre à mon esprits confus,
Le bras déjà levé, menaçoient mes refus.
Je me rendis, Arcas ; et, vaincu par Ulisse,
De ma fille, en pleurant, j'ordonnai le supplice.
Mais des bras d'une mère il falloit l'arracher.
Quel funeste artifice il me fallut chercher !
D'Achille qui l'aimoit j'empruntai le langage :

J'écrivis en Argos, pour hâter ce voyage,
Que ce guerrier, pressé de partir avec nous,
Vouloit revoir ma fille, et partir son époux.

ARCAS.

Et ne craignez-vous point l'impatient Achille?
Avez-vous prétendu que, muet et tranquille,
Ce héros, qu'armera l'amour et la raison,
Vous laisse pour ce meurtre abuser de son nom?
Verra-t-il à ses yeux son amante immolée?

AGAMEMNON.

Achille étoit absent, et son père Pélée,
D'un voisin ennemi redoutant les efforts,
L'avoit, tu t'en souviens, rappelé de ces bords;
Et cette guerre, Arcas, selon toute apparence,
Auroit dû plus long-temps prolonger son absence.
Mais qui peut dans sa course arrêter ce torrent?
Achille va combattre, et triomphe en courant;
Et ce vainqueur, suivant de près sa renommée,
Hier avec la nuit arriva dans l'armée.
Mais des nœuds plus puissants me retiennent le bras:
Ma fille, qui s'approche, et court à son trépas,
Qui, loin de soupçonner un arrêt si sévère,
Peut-être s'applaudit des bontés de son père,
Ma fille... Ce nom seul, dont les droits sont si saints,
Sa jeunesse, mon sang, n'est pas ce que je plains:
Je plains mille vertus, une amour mutuelle,
Sa piété pour moi; ma tendresse pour elle,
Un respect qu'en son cœur rien ne peut balancer,
Et que j'avois promis de mieux récompenser.
Non, je ne croirai point, ô ciel; que ta justice

Approuve la fureur de ce noir sacrifice :
Tes oracles, sans doute, ont voulu m'éprouver,
Et tu me punirois si j'osois l'achever.
  Arcas, je t'ai choisi pour cette confidence ;
Il faut montrer ici ton zèle et ta prudence :
La reine, qui dans Sparte avoit connu ta foi,
T'a placé dans le rang que tu tiens près de moi.
Prends cette lettre, cours au-devant de la reine,
Et suis sans t'arrêter le chemin de Mycène.
Dès que tu la verras, défends-lui d'avancer,
Et rends-lui ce billet que je viens de tracer.
Mais ne t'écarte point ; prends un fidèle guide.
Si ma fille une fois met le pied dans l'Aulide,
Elle est morte : Calchas, qui l'attend en ces lieux,
Fera taire nos pleurs, fera parler les dieux ;
Et la religion, contre nous irritée,
Par les timides Grecs sera seule écoutée ;
Ceux même dont ma gloire aigrit l'ambition
Réveilleront leur brigue et leur prétention,
M'arracheront peut-être un pouvoir qui les blesse.
Va, dis-je, sauve-la de ma propre foiblesse.
Mais sur-tout ne va point, par un zèle indiscret,
Découvrir à ses yeux mon funeste secret.
Que, s'il se peut, ma fille à jamais abusée
Ignore à quel péril je l'avois exposée :
D'une mère en fureur épargne-moi les cris ;
Et que ta voix s'accorde avec ce que j'écris.
Puor renvoyer la fille, et la mère offensée,
Je leur écris qu'Achille a changé de pensée ;
Et qu'il veut désormais jusques à son retour

Différer cet hymen que pressoit son amour.
Ajoute, tu le peux, que des froideurs d'Achille,
On accuse en secret cette jeune Ériphile
Que lui-même captive amena de Lesbos,
Et qu'auprès de ma fille on garde dans Argos.

    C'est leur en dire assez : le reste, il le faut taire.
Déjà le jour plus grand nous frappe et nous éclaire,
Déjà même l'on entre, et j'entends quelque bruit.
C'est Achille. Va, pars. Dieux ! Ulysse le suit !

SCÈNE II.

AGAMEMNON, ACHILLE, ULYSSE.

AGAMEMNON.

Quoi ! seigneur, se peut-il que d'un cours si rapide
La victoire vous ait ramené dans l'Aulide ?
D'un courage naissant sont-ce là les essais ?
Quels triomphes suivront de si nobles succès !
La Thessalie entière, ou vaincue ou calmée,
Lesbos même conquise en attendant l'armée,
De toute autre valeur éternels monuments
Ne sont d'Achille oisif que les amusements.

ACHILLE.

Seigneur, honorez moins une foible conquête,
Et que puisse bientôt le ciel qui nous arrête
Ouvrir un champ plus noble à ce cœur excité
Par le prix glorieux dont vous l'avez flatté !
Mais cependant, seigneur, que faut-il que je croie
D'un bruit qui me surprend et me comble de joie !
Daignez-vous avancer le succès de mes vœux ?
Et bientôt des mortels suis-je le plus heureux ?

On dit qu'Iphigénie, en ces lieux amenée,
Doit bientôt à son sort unir ma dest'née.

ACAMEMNON.

Ma fille? Qui vous dit qu'on la doit amener?

ACHILLE.

Seigneur, qu'a donc ce bruit qui vous doive étonner?

AGAMEMNON, à *Ulysse*.

Juste ciel! sauroit-il mon funeste artifice?

ULYSSE.

Seigneur, Agamemnon s'étonne avec justice.
Songez-vous aux malheurs qui nous menacent tous?
Oh ciel! pour un hymen quel temps choisissez-vous?
Tandis qu'à nos vaisseaux la mer toujours fermée
Trouble toute la Grèce et consume l'armée;
Tandis que, pour fléchir l'inclémence des dieux,
Il faut du sang peut-être, et du plus prédieux,
Achille seul, Achille à son amour s'applique!
Voudroit-il insulter à la crainte publique,
Et que le chef des Grecs, irritant les destins,
Préparât d'un hymen la pompe et les festins?
Ah! seigneur, est-ce ainsi que votre ame attendrie
Plaint le malheur des Grecs, et chérit la patrie?

ACHILLE.

Dans les champs phrygiens les effets feront foi
Qui la chérit le plus ou d'Ulysse ou de moi:
Jusque-là je vous laisse étaler votre zèle;
Vous pouvez à loisir faire des vœux pour elle.
Remplissez les autels d'offrandes et de sang.
Des victimes vous-même interrogez le flanc,
Du silence des vents demandez-leur la cause:

Mais moi, qui de ce soin sur Calchas me repose,
Souffrez, seigneur, souffrez que je coure hâter
Un hymen dont les dieux ne sauroient s'irriter.
Transporté d'une ardeur qui ne peut être oisive,
Je rejoindrai bientôt les Grecs sur cette rive :
J'aurois trop de regret si quelque autre guerrier
Au rivage troyen descendoit le premier.

AGAMEMNON.

O ciel, pourquoi faut-il que ta secrète envie
Ferme à de tels héros le chemin de l'Asie ?
N'aurai-je vu briller cette noble chaleur
Que pour m'en retourner avec plus de douleur ?

ULYSSE.

Dieux ! qu'est-ce que j'entends ?

ACHILLE.

Seigneur, qu'osez-vous dire ?

AGAMEMNON.

Qu'il faut, princes, qu'il faut que chacun se retire ;
Que d'un crédule espoir trop long-temps abusés
Nous attendons les vents qui nous sont refusés.
Le ciel protége Troie ; et par trop de présages
Son courroux nous défend d'en chercher les passages.

ACHILLE.

Quels presages affreux nous marquent son courroux ?

AGAMEMNON.

Vous-même consultez ce qu'il prédit de vous.
Que sert de se flatter ? on sait qu'à votre tête
Les dieux ont d'Ilion attaché la conquête :
Mais on sa-t que, pour prix d'un triomphe si beau,
Ils ont aux champs troyens marqué votre tombeau ;

Que votre vie , ailleurs et longue et fortunée,
Devant Troie en sa fleur doit être moissonnée.

ACHILLE.

Ainsi pour vous venger tant de rois assemblés
D'un opprobre éternel retourneront comblés!
Et Pâris , couronnant son insolente flamme ,
Retiendra sans péril la sœur de votre femme!

AGAMEMNON.

Hé quoi! votre valeur qui nous a devancés
N'a-t-elle pas pris soin de nous venger assez?
Les malheurs de Lesbos par vos mains ravagée
Épouvantent encor toute la mer Égée:
Troie en a vu la flamme ; et jusque dans ses ports
Les flots en ont poussé les débris et les morts.
Que dis-je? Les Troyens pleurent une autre Hélène
Que vous avez captive envoyée à Mycène:
Car, je n'en doute point , cette jeune beauté
Garde en vain un secret que trahit sa fierté ;
Et son silence même , accusant sa noblesse,
Nous dit qu'elle nous cache une illustre princesse.

ACHILLE.

Non , non, tous ces détours sont trop ingénieux :
Vous lisez de trop loin dans les secrets des dieux.
Moi, je m'arrêterois à de vaines menaces !
Et je fuirois l'honneur qui m'attend sur vos traces !
Les Parques à ma mère, il est vrai, l'ont prédit,
Lorsqu'un époux mortel fut reçu dans son lit :
Je puis choisir, dit-on, ou beaucoup d'ans sans gloire,
Ou peu de jours suivis d'une longue mémoire.
Mais, puisqu'il faut enfin que j'arrive au tombeau,
Voudrois-je ,

Voudrois-je, de la terre inutile fardeau,
Trop avare d'un sang reçu d'une déesse,
Attendre chez mon père une obscure vieillesse;
Et, toujours de la gloire évitant le sentier,
Ne laisser aucun nom, et mourir tout entier?
Ah! ne nous formons point ces indignes obstacles,
L'honneur parle, il suffit; ce sont là nos oracles.
Les dieux sont de nos jours les maîtres souverains;
Mais, seigneur, notre gloire est dans nos propres mains.
Pourquoi nous tourmenter de leurs ordres suprêmes?
Ne songeons qu'à nous rendre immortels comme eux-
[mêmes;
Et, laissant faire au sort, courons où la valeur
Nous promet un destin aussi grand que le leur.
C'est à Troie, et j'y cours; et, quoi qu'on me prédise,
Je ne demande aux dieux qu'un vent qui m'y conduise;
Et quand moi seul enfin il faudroit l'assiéger,
Patrocle et moi, seigneur, nous irons vous venger.
Mais non, c'est en vos mains que le destin la livre;
Je n'aspire en effet qu'à l'honneur de vous suivre.
Je ne vous presse plus d'approuver les transports
D'un amour qui m'alloit éloigner de ces bords;
Ce même amour, soigneux de votre renommée,
Veut qu'ici mon exemple encourage l'armée,
Et me défend sur-tout de vous abandonner
Aux timides conseils qu'on ose vous donner.

SCÈNE III.

AGAMEMNON , ULYSSE.

ULYSSE.

Seigneur, vous entendez. Quelque prix qu'il en coûte,
Il veut voler à Troie et poursuivre sa route.
Nous craignions son amour : et lui-même aujourd'hui
Par une heureuse erreur nous arme contre lui.

AGAMEMNON.

Hélas !

ULYSSE.

   De ce soupir que faut-il que j'augure ?
Du sang qui se révolte est-ce quelque murmure ?
Croirai-je qu'une nuit a pu vous ébranler ?
Est-ce donc votre cœur qui vient de nous parler ?
Songez-y ; vous devez votre fille à la Grèce ;
Vous nous l'avez promise ; et , sur cette promesse,
Calchas, par tous les Grecs consulté chaque jour ,
Leur a prédit des vents l'infaillible retour.
A ses prédictions si l'effet est contraire,
Pensez-vous que Calchas continue à se taire ;
Que ses plaintes, qu'en vain vous voudrez apaiser ,
Laissent mentir les dieux sans vous en accuser ?
Et qui sait ce qu'aux Grecs , frustrés de leur victime,
Peut permettre un courroux qu'ils croiront légitime ?
Gardez-vous de réduire un peuple furieux,
Seigneur, à prononcer entre vous et les dieux.
N'est-ce pas vous enfin de qui la voix pressante
Nous a tous appelés aux campagnes du Xanthe ;
Et qui de ville en ville attestiez les serments

Que d'Hélène autrefois firent tous les amants,
Quand presque tous les Grecs rivaux de votre frère,
La demandoient en foule à Tyndare son père ?
De quelque heureux époux que l'on dût faire choix,
Nous jurâmes dès-lors de défendre ses droits ;
Et, si quelque insolent lui voloit sa conquête,
Nos mains du ravisseur lui promirent la tête.
Mais sans vous, ce serment que l'amour a dicté,
Libres de cet amour, l'aurions-nous respecté ?
Vous seul, nous arrachant à de nouvelles flammes,
Nous avez fait laisser nos enfants et nos femmes.
Et quand, de toutes parts assemblés en ces lieux,
L'honneur de vous venger brille seul à nos yeux ;
Quand la Grèce, déjà vous donnant son suffrage,
Vous reconnoît l'auteur de ce fameux ouvrage ;
Que ses rois, qui pouvoient vous disputer ce rang,
Sonts prêts pour vous servir de verser tout leur sang :
Le seul Agamemnon, refusant la victoire ;
N'ose d'un peu de sang acheter tant de gloire ;
Et, dès le premier pas se laissant effrayer,
Ne commande les Grecs que pour les renvoyer ?

AGAMEMNON.

Ah, seigneur ! qu'éloigné du malheur qui m'opprime
Votre cœur aisément se montre magnanime !
Mais que, si vous voyiez ceint du bandeau mortel
Votre fils Télémaque approcher de l'autel,
Nous vous verrions, troublé de cette affreuse image,
Changer bientôt en pleurs ce superbe langage,
Éprouver la douleur que j'éprouve aujourd'hui,
Et courir vous jeter entre Calchas et lui !

B 2

Seigneur, vous le savez, j'ai donné ma parole;
Et si ma fille vient je consens qu'on l'immole :
Mais, malgré tous mes soins, si son heureux destin
La retient dans Argos, ou l'arrête en chemin,
Souffrez que, sans presser ce barbare spectacle,
En faveur de mon sang j'explique cet obstacle,
Que j'ose pour ma fille accepter le secours
De quelque dieu plus doux qui veille sur ses jours.
Vos conseils sur mon cœur n'ont eu que trop d'empire,
Et je rougis...

SCÈNE IV.

AGAMEMNON, ULYSSE, EURYBATE.

EURYBATE.

Seigneur...

AGAMEMNON.

Ah ! que vient-on me dire

EURYBATE.

La reine, dont ma course a devancé les pas,
Va remettre bientôt sa fille entre vos bras;
Elle approche. Elle s'est quelque temps égarée
Dans ces bois qui du camp semblent cacher l'entrée;
À peine nous avons, dans leur obscurité,
Retrouvé le chemin que nous avions quitté.

AGAMEMNON.

Ciel !

EURYBATE.

Elle amène aussi cette jeune Ériphile
Que Lesbos a livrée entre les mains d'Achille,
Et qui de son destin, qu'elle ne connoît pas

Vient, dit-elle, en Aulide interroger Calchas.
Déjà de leur abord la nouvelle est semée ;
Et déjà de soldats une foule charmée,
Sur-tout d'Iphigénie admirant la beauté,
Pousse au ciel mille vœux pour sa félicité.
Les uns avec respect environnoient la reine ;
D'autres me demandoient le sujet qui l'amène :
Mais tous ils confessoient que si jamais les dieux
Ne mirent sur le trône un roi plus glorieux,
Également comblé de leurs faveurs secrètes,
Jamais père ne fut plus heureux que vous l'êtes.

AGAMEMNON.

Eurybate, il suffit ; vous pouvez nous laisser ;
Le reste nous regarde, et je vais y penser.

SCÈNE V.

AGAMEMNON , ULYSSE.

AGAMEMNON.

JUSTE ciel, c'est ainsi qu'assurant ta vengeance
Tu romps tous les ressorts de ma vaine prudence !
Encor si je pouvois, libre dans mon malheur,
Par des larmes au moins soulager ma douleur !
Triste destin des rois ! Esclaves que nous sommes
Et des rigueurs du sort et des discours des hommes,
Nous nous voyons sans cesse assiégés de témoins ;
Et les plus malheureux osent pleurer le moins.

ULYSSE.

Je suis père, seigneur, et foible comme un autre :
Mon cœur se met sans peine en la place du votre ;
Et, frémissant du coup qui vous fait soupirer,

B 3

Loin de blâmer vos pleurs, je suis près de pleurer.
Mais votre amour n'a plus d'excuse légitime ;
Les dieux ont à Calchas amené leur victime :
Il le sait, il l'attend ; et, s'il la voit tarder,
Lui-même à haute voix viendra la demander.
Nous sommes seuls encor : hâtez-vous de répandre
Des pleurs que vous arrache un intérêt si tendre ;
Pleurez ce sang, pleurez : ou plutôt, sans pâlir,
Considérez l'honneur qui doit en réjaillir.
Voyez tout l'Hellespont blanchissant sous nos rames,
Et la perfide Troie abandonnée aux flammes,
Ses peuples dans vos fers, Priam à vos genoux,
Hélène par vos mains rendue à son époux :
Voyez de vos vaisseaux les poupes couronnées
Dans cette même Aulide avec vous retournées ;
Et ce triomphe heureux, qui s'en va devenir
L'éternel entretien des siècles à venir.

AGAMEMNON.

Seigneur, de mes efforts je connois l'impuissance,
Je cède, et laisse aux dieux opprimer l'innocence.
La victime bientôt marchera sur vos pas,
Allez. Mais cependant faites taire Calchas ;
Et m'aidant à cacher ce funeste mystère,
Laissez-moi de l'autel écarter une mère.

FIN DU PREMIER ACTE.

ACTE SECOND.

SCÈNE I.

ÉRIPHILE, DORIS.

ÉRIPHILE.

Ne les contraignons point, Doris, retirons-nous ;
Laissons les dans les bras d'un père et d'un époux ;
Et tandis qu'à l'envi leur amour se déploie,
Mettons en liberté ma tristesse et leur joie.

DORIS.

Quoi ! madame, toujours irritant vos douleurs,
Croyez-vous ne plus voir que des sujets de pleurs ?
Je sais que tout déplaît aux yeux d'une captive ;
Qu'il n'est point dans les fers de plaisir qui la suive :
Mais dans le temps fatal que, repassant les flots,
Nous suivions malgré nous le vainqueur de Lesbos ;
Lorsque dans son vaisseau, prisonnière timide,
Vous voyiez devant vous ce vainqueur homicide,
Le dirai-je ? vos yeux, de larmes moins trempés,
A pleurer vos malheurs étoient moins occupés.
Maintenant tout vous rit : l'aimable Iphigénie
D'une amitié sincère avec vous est unie,
Elle vous plaint, vous voit avec des yeux de sœur ;
Et vous seriez dans Troie avec moins de douceur :
Vous vouliez voir l'Aulide où son père l'appelle ;

Et l'Aulide vous voit arriver avec elle :
Cependant, par un sort que je ne conçois pas,
Votre douleur redouble et croît à chaque pas.

ÉRIPHILE.

Hé quoi ! te semble-t-il que la triste Ériphile
Doive être de leur joie un témoin si tranquille?
Crois-tu que mes chagrins doivent s'évanouir
A l'aspect d'un bonheur dont je ne puis jouir?
Je vois Iphigénie entre les bras d'un père ;
Elle fait tout l'orgueil d'une superbe mère :
Et moi, toujours en butte à de nouveaux dangers,
Remise dès l'enfance en des bras étrangers,
Je reçus et je vois le jour que je respire
Sans que mère ni père ait daigné me sourire.
J'ignore qui je suis, et pour comble d'horreur
Un oracle effrayant m'attache à mon erreur,
Et, quand je veux chercher le sang qui m'a fait naître,
Me dit que sans périr je ne me puis connoître.

DORIS.

Non, non; jusques au bout vous devez le chercher.
Un oracle toujours se plaît à se cacher ;
Toujours avec un sens il en présente un autre :
En perdant un faux nom vous reprendrez le vôtre.
C'est là tout le danger que vous pouvez courir,
Et c'est peut-être ainsi que vous devez périr.
Songez que votre nom fut changé dès l'enfance.

ÉRIPHILE.

Je n'ai de tout mon sort que cette connoissance;
Et ton père, du reste infortuné témoin,
Ne me permit jamais de pénétrer plus loin.

Hélas ! dans cette Troie ou j'étois attendue,
Ma gloire, disoit-il, m'alloit être rendue :
J'allois, en reprenant et mon nom et mon rang,
Des plus grands rois en moi recounoître le sang.
Déjà je découvrois cette fameuse ville.
Le ciel mène à Lesbos l'impitoyable Achille :
Tout cède, tout ressent ses funestes efforts :
Ton père, enseveli dans la foule des morts,
Me laisse dans les fers à moi-même inconnue ;
Et de tant de grandeurs dont j'étois prévenue,
Vile esclave des Grecs, je n'ai pu conserver
Que la fierté d'un sang que je ne puis prouver.

ÎDORIS.

Ah ! que perdant, madame, un témoin si fidèle,
La main qui vous l'ôta vous doit sembler cruelle !
Mais Calchas est ici, Calchas si renommé,
Qui des secrets des dieux fut toujours informé.
Le ciel souvent lui parle : instruit par un tel maître,
Il sait tout ce qui fut et tout ce qui doit être.
Pourroit-il de vos jours ignorer les auteurs ?
Ce camp même est pour vous tout plein de protecteurs.
Bientôt Iphigénie, en épousant Achille,
Vous va sous son appui présenter un asile ;
Elle vous l'a promis et juré devant moi.
Ce gage est le premier qu'elle attend de sa foi.

ÉRIPHILE.

Que dirois-tu, Doris, si, passant tout le reste,
Cet hymen de mes maux étoit le plus funeste ?

DORIS.

Quoi ! madame !

ÉRIPHILE.

Tu vois avec étonnement
Que ma douleur ne souffre aucun soulagemenr.
Écoute, et tu te vas étonner que je vive.
   C'est peu d'être étrangère, inconnue, et captive;
Ce destructeur fatal des tristes Lesbiens,
Cet Achille, l'auteur de tes maux et des miens,
Dont la sanglante main m'enleva prisonnière,
Qui m'arracha d'un coup ma naissance et ton père,
De qui jusques au nom tout doit m'être odieux,
Est de tous les mortels le plus cher à mes yeux.

DORIS.

Ah ! que me dites-vous !

ÉRIPHILE.

                        Je me flattois sans cesse
Qu'un silence éternel cacheroit ma foiblesse
Mais mon cœur trop pressé m'arrache ce discours,
Et te parle une fois, pour se taire toujours.
Ne me demande point sur quel espoir fondée
De ce fatal amour je me vis possédée.
Je n'en accuse point quelques feintes douleurs
Dont je crus voir Achille honorer mes malheurs:
Le ciel s'est fait, sans doute, une joie inhumaine
A rassembler sur moi tous les traits de sa haine :
Rappellerai-je encor le souvenir affreux
Du jour qui dans les fers nous jeta toutes deux ?
Dans les cruelles mains par qui je fus ravie
Je demeurai long-temps sans lumière et sans vie:
Enfin, mes tristes yeux cherchèrent la clarté;
Et, me voyant presser d'un bras ensanglanté,

Je frémissois, Doris, et d'un vainqueur sauvage
Craignois de rencontrer l'effroyable visage.
J'entrai dans son vaisseau, détestant sa fureur,
Et toujours détournant ma vue avec horreur.
Je le vis : son aspect n'avoit rien de farouche ;
Je sentis le reproche expirer dans ma bouche ;
Je sentis contre moi mon cœur se déclarer ;
J'oubliai ma colère, et ne sus que pleurer :
Je me laissai conduire à cet aimable guide.
Je l'aimois à Lesbos, et je l'aime en Aulide.
Iphigénie en vain s'offre à me protéger,
Et me tend une main prompte à me soulager :
Triste effet des fureurs dont je suis tourmentée,
Je n'accepte la main qu'elle m'a présentée,
Que pour m'armer contre elle, et, sans me découvrir,
Traverser son bonheur, que je ne puis souffrir.

DORIS.

Et que pourroit contre elle une impuissante haine ?
Ne valoit-il pas mieux, renfermée à Mycène,
Éviter les tourments que vous venez chercher,
Et combattre des feux contraints de se cacher ?

ÉRIPHILE.

Je le voulois, Doris. Mais, quelque triste image
Que sa gloire à mes yeux montrât sur ce rivage,
Au sort qui me traînoit il fallut consentir :
Une secrète voix m'ordonna de partir,
Me dit qu'offrant ici ma présence importune
Peut-être j'y pourrois porter mon infortune ;
Que peut-être approchant ces amants trop heureux
Quelqu'un de mes malheurs se répandroit sur eux.

Voilà ce qui m'amène, et non l'impatience
D'apprendre à qui je dois une triste naissance.
Ou plutôt leur hymen me servira de loi:
S'il s'achève, il s'uffit; tout est fini pour moi:
Je périrai, Doris; et, par une mort prompte,
Dans la nuit du tombeau j'enfermerai ma honte,
Sans chercher, des parents si long-temps ignorés,
Et que ma folle amour a trop déshonorés.

DORIS.

Que je vous plains, madame! et que pour votre vie....

ÉRIPHILE.

Tu vois Agamemnon avec Iphigénie.

SCÈNE II.

AGAMEMNON, IPHIGÉNIE, ÉRIPHILE, DORIS.

IPHIGÉNIE.

SEIGNEUR, où courez-vous? et quels empressements
Vous dérobent sitôt à nos embrassements?
A qui dois-je imputer cette fuite soudaine?
Mon respect a fait place aux transports de la reine:
Un moment à mon tour ne vous puis-je arrêter?
Et ma joie à vos yeux n'ose-t-elle éclater?
Ne puis-je...

AGAMEMNON.

Hé bien, ma fille, embrassez votre père;
Il vous aime toujours.

IPHIGÉNIE.

Que cette amour m'est chère!
Quel plaisir de vous voir et de vous contempler

Dans

Dans ce nouvel éclat dont je vous vois briller !
Quels honneurs ! quel pouvoir ! Déjà la renommée
Par d'étonnants récits m'en avoit informée :
Mais que, voyant de près ce spectacle charmant,
Je sens croître ma joie et mon étonnement !
Dieux ! avec quel amour la Grèce vous révère !
Quel bonheur de me voir la fille d'un tel père !

AGAMEMNON.

Vous méritiez, ma fille, un père plus heureux.

IPHIGÉNIE.

Quelle félicité peut manquer à vos vœux ?
A de plus grands honneurs un roi peut-il prétendre ?
J'ai cru n'avoir au ciel que des graces à rendre.

AGAMEMNON, *à part.*

Grands dieux ! à son malheur dois-je la préparer ?

IPHIGÉNIE.

Vous vous cachez, seigneur, et semblez soupirer ;
Tous vos regards sur moi ne tombent qu'avec peine :
Avons-nous sans votre ordre abandonné Mycène ?

AGAMEMNON.

Ma fille, je vous vois toujours des mêmes yeux ;
Mais les temps sont changés aussi-bien que les lieux.
D'un soin cruel ma joie est ici combattue.

IPHIGÉNIE.

Hé ! mon père, oubliez votre rang à ma vue.
Je prévois la rigueur d'un long éloignement !
N'osez-vous, sans rougir, être père un moment ?
Vous n'avez devant vous qu'une jeune princesse
A qui j'avois pour moi vanté votre tendresse ;
Cent fois, lui promettau mes soins, votre bonté,

J'ai fait gloire à ses yeux de ma felicité,
Que va-t-elle penser de votre indifférence?
Ai-je flatté ses vœux d'une fausse espérance?
N'eclaircirez-vous point ce front chargé d'ennuis?

AGAMEMNON.

Ah, ma fille !

IPHIGÉNIE.

Seigneur, poursuivez.

AGAMEMNON.

Je ne puis.

IPHIGÉNIE.

Périsse le Troyen auteur de nos alarmes !

AGAMEMNON.

Sa perte à ses vainqueurs coûtera bien des larmes.

IPHIGÉNIE.

Les dieux daignent sur-tont prendre soin de vos jours!

AGAMEMNON.

Les dieux depuis un temps me sont cruels et sourds.

IPHIGÉNIE.

Calchas, dit-on, prépare un pompeux sacrifice.

AGAMEMNON.

Puissé-je auparavant fléchir leur injustice!

IPHIGÉNIE.

L'offrira-t-on bientôt ?

AGAMEMNON.

Plustôt que je ne veux.

IPHIGÉNIE.

Me sera-t-il permis de me joindra à vos vœux?
Verra-t-on à l'autel votre heureuse famille ?

AGAMEMNON.

Hélas !

IPHIGÉNIE.

Vous vous taisez.

AGAMEMNOM.

Vous y serez, ma fille,

Adieu.

SCÈNE III.

IPHIGÉNIE , ÉRIPHILE , DORIS.

IPHIGÉNIE.

De cet accueil que dois-je soupconner ?
D'une secrète horreur je me sens frissonner :
Je crains, malgré moi-même, un malheur que j'ignore
Justes dieux, vous savez pour qui je vous implore !

ÉRIPHILE.

Quoi ! parmi tous les soins qui doivent l'accabler,
Quelque froideur suffit pour vous faire trembler !
Hélas ! à quels soupirs suis-je donc condamnée,
Moi qui, de mes parents toujours abandonnée,
Étrangère par-tout, n'ai pas , même en naissant,
Peut-être reçu d'eux un regard caressant !
Du moins, si vos respects sont rejetés d'un père ,
Vous en pouvez gémir dans le sein d'une mère ;
Et, de quelque disgrace enfin que vous pleuriez,
Quels pleurs par un amant ne sont point essuyés !

IPHIGÉNIE.

Je ne m'en défends point : mes pleurs, belle Ériphile,
Ne tiendront pas long-temps contre les soins d'Achille;
Sa gloire , son amour, mon père , mon devoir,

Lui donnent sur mon ame un trop juste pouvoir.
Mais de lui-même ici que faut-il que je pense !
Cet amant, pour me voir brûlant d'impatience,
Que les Grecs de ces bords ne pouvoient arracher,
Qu'un père de si loin m'ordonne de chercher,
S'empresse-t-il assez pour jouir d'une vue
Qu'avec tant de transports je croyois attendue ?
Pour moi, depuis deux jours qu'approchant de ces
Leur aspect souhaité se découvre à nos yeux, [lieux
Je l'attendois par-tout ; et, d'un regard timide,
Sans cesse parcourant les chemins de l'Aulide,
Mon cœur pour le chercher voloit loin devant moi :
Et je demande Achille à tout ce que je voi.
Je viens, j'arrive enfin sans qu'il m'ait prévenue,
Je n'ai percé qu'à peine une foule inconnue ;
Lui seul ne paroît point : le triste Agamemnon
Semble craindre à mes yeux de prononcer son nom.
Que fait-il ? qui pourra m'expliquer ce mystère ?
Trouverai-je l'amant glacé comme le père ?
Et les soins de la guerre auroient-ils en un jour
Éteint dans tous les cœurs la tendresse et l'amour ?
Mais non, c'est l'offenser par d'injustes alarmes :
C'est à moi que l'on doit le secours de ses armes ;
Il n'étoit point à Sparte entre tous ces amants
Dont le père d'Hélène a reçu les serments :
Lui seul de tous les Grecs maître de sa parole ,
S'il part contre Ilion, c'est pour moi qu'il y vole ;
Et, satisfait d'un prix qui lui semble si doux,
Il veut même y porter le nom de mon époux.

SCÈNE IV.

CLYTEMNESTRE, IPHIGÉNIE, ÉRIPHILE, DORIS.

CLYTEMNESTRE.

MA fille, il faut partir sans que rien nous retienne,
Et sauver, en fuyant, votre gloire et la mienne.
Je ne m'étonne plus qu'interdit et distrait
Votre père ait paru nous revoir à regret :
Aux affronts d'un refus craignant de vous commettre,
Il m'avoit par Arcas envoyé cette lettre.
Arcas s'est vu tromper par notre égarement,
Et vient de me la rendre en ce même moment.
Sauvons, encore un coup, notre gloire offensée :
Pour votre hymen Achile a changé de pensée ;
Et, refusant l'honneur qu'on lui veut accorder,
Jusques à son retour il veut le retarder :

ÉRIPHILE.

Qu'entends-je !

CLYTEMNESTRE.

Je vous vois rougir de cet outrage.
Il faut d'un noble orgueil armer votre courage.
Moi-même, de l'ingrat approuvant le dessein,
Je vous l'ai dans Argos présenté de ma main,
Et mon choix, que flattoit le bruit de sa noblesse,
Vous donnoit avec joie au fils d'une déesse.
Mais, puisque désormais son lâche repentir
Dément le sang des dieux dont on le fait sortir,
Ma fille, c'est à nous de montrer qui nous sommes,
Et de ne voir en lui que le dernier des hommes.

C 3

Lui ferons-nous penser, par un plus long séjour,
Que vos vœux de son cœur attendent le retour ?
Rompons avec plaisir un hymen qu'il diffère.
J'ai fait de mon dessein avertir votre père,
Je ne l'attends ici que pour m'en séparer ;
Et pour ce prompt départ je vais tout préparer.

(*à Eriphile.*)

Je ne vous presse point, madame, de nous suivre ;
En de plus chères mains ma retraite vous livre.
De vos desseins secrets ont est tsop éclairci ;
Et ce n'est pas Calchas que vous cherchez ici.

SCÈNE V.

IPHIGÉNIE, ÉRIPHILE, DORIS.

IPHIGÉNIE.

EN quel funeste état ces mots m'ont-ils laissée !
Pour mon hymen Achille a changé de pensée !
Il me faut sans honneur retourner sur mes pas !
Et vous cherchez ici quelque autre que Calchas !

ÉRIPHILE.

Madame, à ce discours je ne puis rien comprendre.

IPHIGÉNIE.

Vous m'entendez assez si vous voulez m'entendre.
Le sort injurieux me ravit un époux ;
Madame, à mon malheur m'abandonnerez-vous ?
Vous ne pouviez sans moi demeurer à Mycène ;
Me verra-t-on sans vous partir avec la reine ?

ÉRIPHILE.

Je voulois voir Calchas avant que de partir.

IPHIGÉNIE.

Que tardez-vous, madame, à le faire avertir?

ÉRIPHILE.

D'Argos, dans un moment, vous reprenez la route.

IPHIGÉNIE.

Un moment quelquefois éclaircit plus d'un doute.
Mais, madame, je vois que c'est trop vous presser;
Je vois ce que jamais je n'ai voulu penser:
Achille... Vous brûlez que je ne sois partie.

ÉRIPHILE.

Moi! vous me soupçonnez de cette perfidie!
Moi! j'aimerois, madame, un vainqueur furieux,
Qui toujours tout sanglant se présente à mes yeux;
Qui, la flamme à la main, et de meurtres avide,
Mit en cendres Lesbos....

IPHIGÉNIE.

Oui, vous l'aimez, perfide;
Et ces mêmes fureurs que vous me dépeignez,
Ces bras que dans le sang vous avez vus baignés,
Ces morts, cette Lesbos, ces cendres, cette flamme,
Sont les traits dont l'amour l'a gravé dans votre ame;
Et, loin d'en détester le cruel souvenir,
Vous vous plaisez encore à m'en entretenir.
Déjà plus d'une fois dans vos plaintes forcées
J'ai dû voir et j'ai vu le fond de vos pensées:
Mais toujours sur mes yeux ma facile bonté
A remis le bandeau que j'avois écarté.
Vous l'aimez. Que faissois-je? et quelle erreur fatale
M'a fait entre mes bras recevoir ma rivale?
Crédule, je l'aimois: mon cœur même aujourd'hui

De son parjure amant lui promettoit l'appui;
Voilà donc le triomphe où j'étois amenée!
Moi-même à votre char je me suis enchaînée.
Je vous pardonne, hélas! des vœux intéressés,
Et la perte d'un cœur que vous me ravissez :
Mais que, sans m'avertir du piège qu'on me dresse,
Vous me laissiez chercher jusqu'au fond de la Grèce
L'ingrat qui ne m'attend que pour m'abandonner,
Perfide, cet affront se peut-il pardonner ?

ÉRIPHILE.

Vous me donnez des noms qui doivent me surprendre,
Madame : on ne m'a pas instruite à les entendre ;
Et les dieux, contre moi dès long-temps indignés,
A mon oreille encor les avoient épargnés.
Mais il faut des amants excuser l'injustice.
Et de quoi vouliez-vous que je vous avertisse ?
Avez-vous pu penser qu'au sang d'Agamemnon
Achile préférât une fille sans nom,
Qui de tout son destin ce qu'elle a pu comprendre,
C'est qu'elle sort d'un sang qu'il brûle de répandre ?

IPHIGÉNIE.

Vous triomphez, cruelle, et bravez ma douleur,
Je n'avois pas encor senti tout mon malheur :
Et vous ne comparez votre exil et ma gloire,
Que pour mieux relever votre injuste victoire.
Toutefois vos transports sont trop précipités :
Ce même Agamemnon à qui vous insultez,
Il commande à la Grèce ; il est mon père ; il m'aime,
Il ressent mes douleurs beaucoup plus que moi-même.
Mes larmes par avance avoient su le toucher ;

J'ai surpris ses soupirs qu'il me vouloit cacher :
Hélas ! de son accueil condamnant la tristesse,
J'osois me plaindre à lui de son peu de tendresse !

SCÈNE VI.

ACHILLE, IPHIGÉNIE, ÉRIPHILE, DORIS.

ACHILLE.

IL est donc vrai, madame, et c'est vous que je vois !
Je soupçonnois d'erreur tout le camp à la fois.
Vous en Aulide ! Vous ! Hé ! qui venez-vous faire ?
D'où vient qu'Agamemnon m'assuroit le contraire ?

IPHIGÉNIE.

Seigneur, rassurez-vous, vos vœux seront contents ;
Iphigénie encor n'y sera pas long-temps.

SCÈNE VII.

ACHILLE, ÉRIPHILE, DORIS.

ACHILLE.

ELLE me fuit ! Veillé-je ? ou n'est-ce point un songe ?
Dans quel trouble nouveau cette fuite me plonge !
Madame, je ne sais si sans vous irriter
Achille devant vous pourra se présenter :
Mais, si d'un ennemi vous souffrez la prière,
Si lui-même souvent a plaint sa prisonnière,
Vous savez quel sujet conduit ici leurs pas,
Vous savez...

ÉRIPHILE.

Quoi ! seigneur, ne le savez-vous pas,
Vous qui, depuis un mois, brûlant sur ce rivage,
Avez conclu vous-même et hâté leur voyage ?

ACHILLE.

De ce même rivage absent depuis un mois,
Je le revis hier pour la première fois.

ÉRIPHILE.

Quoi ! lorsqu'Agamemnon écrivoit à Mycène,
Votre amour, votre main n'a pas conduit la sienne ?
Quoi ! vous, qui de sa fille adoriez les attraits...

ACHILLE.

Vous m'en voyez encore épris plus que jamais,
Madame : et, si l'effet eût suivi ma pensée,
Moi-même dans Argos je l'aurois devancée.
Cependant on me fuit. Quel crime ai-je commis ?
Mais je ne vois par-tout que des yeux ennemis :
Que dis-je ? en ce moment, Calchas, Nestor, Ulysse,
De leur vaine éloquence employant l'artifice,
Combattoient mon amour, et sembloient m'annoncer
Que, si j'en crois ma gloire, il y faut renoncer.
Quelle entreprise ici pourroit être formée ?
Suis-je, sans le savoir, la fable de l'armée ?
Entrons : c'est un secret qu'il leur faut arracher.

SCÈNE VIII.

ÉRIPHILE, DORIS.

ÉRIPHILE.

DIEUX, qui voyez ma honte, où me dois-je cacher ?
Orgueilleuse rivale, on t'aime ; et tu murmures !
Souffrirai-je à la fois ta gloire et tes injures ?
Ah ! plutôt... Mais, Doris, ou j'aime à me flatter,
Ou sur eux quelque orage est tout près d'éclater.

J'ai des yeux. Leur bonheur n'est pas encor tranquille ;
On trompe Iphigénie ; on se cache d'Achille ;
Agamemnom gémit. Ne désespérons point ;
Et, si le sort contre elle à ma haine se joint,
Je saurai profiter de cette intelligence
Pour ne pas pleurer seule et mourir sans vengeance.

FIN DU SECOND ACTE.

ACTE TROISIÈME.

SCÈNE I.

AGAMEMNON, CLYTEMNESTRE.

CLYTEMNESTRE.

OUI, seigneur, nous partions; et mon juste courroux
Laissoit bientôt Achille et le camp loin de nous :
Ma fille dans Argos couroit pleurer sa honte.
Mais lui-même, étonné d'une fuite si prompte,
Par combien de serments, dont je n'ai pu douter,
Vient-il de me convaincre et de nous arrêter !
Il presse cet hymen qu'on prétend qu'il diffère,
Et vous cherche, brûlant d'amour et de colère :
Prêt d'imposer silence à ce bruit imposteur,
Achille en veut connoître et confondre l'auteur.
Bannissez ces soupçons qui troublent notre joie.

AGAMEMNON.

Madame, c'est assez : je consens qu'on le croie.
Je reconnois l'erreur qui nous avoit séduits,
Et ressens votre joie autant que je le puis.
Vous voulez que Calchas l'unisse à ma famille :
Vous pouvez à l'autel envoyer votre fille ;
Je l'attends. Mais, avant que de passer plus loin,
J'ai voulu vous parler un moment sans témoin.
Vous voyez en quels lieux vous l'avez amenée :

Tous

Tout y ressent la guerre et non point l'hyménée.
Le tumulte d'un camp, soldats et matelots,
Un autel hérissé de dards, de javelots,
Tout ce spectacle enfin, pompe digne d'Achille,
Pour attirer vos yeux n'est point assez tranquille ;
Et les Grecs y verroient l'épouse de leur roi
Dans un état indigne et de vous et de moi.
M'en croirez-vous ? laissez, de vos femmes suivie
A cét hymen, sans vous, marcher Iphigénie.

CLYTEMNESTRE.

Qui ? moi ! que, remettant ma fille en d'autres bras,
Ce que j'ai commencé je ne l'achève pas !
Qu'après l'avoir d'Argos amenée en Aulide,
Je refuse à l'autel de lui servir de guide !
Dois-je donc de Calchas être moins près que vous ?
Et qui présentera ma fille à son époux ?
Quelle autre ordonnera cette pompe sacrée ?

AGAMEMNON.

Vous n'êtes point ici dans le palais d'Atrée :
Vous êtes dans un camp...

CLYTEMNESTRE.

                              Où tout vous est soumis ;
Où le sort de l'Asie en vos mains est remis ;
Où je vois sous vos lois marcher la Grèce entière ;
Où le fils de Thétis va m'appeler sa mère.
Dans quel palais superbe et plein de ma grandeur
Puis-je jamais paroître avec plus de splendeur ?

AGAMEMNON.

Madame, au nom des dieux auteurs de notre race,

Daignez à mon amour accorder cette grace.
J'ai mes raisons.

CLYTEMNESTRE.

Seigneur, au nom des mêmes dieux,
D'un spectacle si doux ne privez point mes yeux.
Daignez ne point ici rougir de ma présence.

AGAMEMNON.

J'avois plus espéré de votre complaisance.
Mais, puisque la raison ne vous peut émouvoir,
Puisqu'enfin ma prière a si peu de pouvoir,
Vous avez entendu ce que je vous demande,
Madame; je le veux, et je vous le commande.
Obéissez.

SCÈNE II.

CLYTEMNESTRE.

D'où vient que d'un soin si cruel
L'injuste Agamemnon m'écarte de l'autel?
Fier de son nouveau rang m'ose-t-il m'éconnoître?
Me croit-il à sa suite indigne de paroître?
Ou, de l'empire encor timide possesseur,
N'oseroit-il d'Hélène ici montrer la sœur?
Et pourquoi me cacher? et par quelle injustice
Faut-il que sur mon front sa honte réjaillisse?
Mais n'importe; il le veut, et mon cœur s'y résout.
Ma fille, ton bonheur me console de tout:
Le ciel te donne Achille; et ma joie est extrême
De t'entendre nommer.... Mais le voici lui-même.

SCÈNE III.

ACHILLE, CLYTEMNESTRE.

ACHILLE.

TOUT succède, madame, à mon empressement ;
Le roi n'a point voulu d'autre éclaircissement : [dre,
Il en croit mes transports ; et, sans presque m'enten-
Il vient en m'embrassant de m'accepter pour gendre.
Il ne m'a dit qu'un mot. Mais vous a-t-il conté
Quel bonheur dans le camp vous avez apporté ?
Les dieux vont s'apaiser : du moins Calchas publie
Qu'avec eux, dans une heure, il nous réconcilie ;
Que Neptune et les vents, prêts à nous exaucer,
N'attendent que le sang que sa main va verser.
Déjà dans les vaisseaux la voile se déploie ;
Déjà sur sa parole ils se tournent vers Troie.
Pour moi, quoique le ciel, au gré de mon amour,
Dût encore des vents retarder le retour,
Que je quitte à regret la rive fortunée
Où je vais allumer les flambeaux d'hymenée ;
Puis-je ne point chérir l'heureuse occasion
D'aller du sang troyen sceller notre union,
Et de laisser bientôt, sous Troie ensevelie,
Le déshonneur d'un nom à qui le mien s'allie ?

SCÈNE IV.
ACHILLE, CLYTEMNESTRE, IPHIGÉNIE,
ÉRIPHILE, DORIS, ÆGINE.

ACHILE.

PRINCESSE, mon bonheur ne dépend que de vous;
Votre père à l'autel vous destine un époux:
Venez y recevoir un cœur qui vous adore.

IPHIGÉNIE.

Seigneur, il n'est pas temps que nous partions encore.
La reine permettra que j'ose demander
Un gage à votre amour, qu'il me doit accorder.
Je viens vous présenter une jeune princesse;
Le ciel a sur son front imprimé sa noblesse.
De larmes tous les jours ses yeux sont arrosés;
Vous savez ses malheurs, vous les avez causés.
Moi-même, où m'emportoit une aveugle colère!
J'ai tantôt, sans respect, affligé sa misère.
Que ne puis-je aussi bien, par d'utiles secours,
Réparer promptement mes injustes discours!
Je lui prête ma voix: je ne puis davantage.
Vous seul pouvez, seigneur, détruire votre ouvrage:
Elle est votre captive; et ses fers que je plains,
Quand vous l'ordonnerez, tomberont de ses mains.
Commencez donc par-là cette heureuse journée.
Qu'elle puisse à nous voir n'être plus condamnée.
Montrez que je vais suivre au pied de nos autels
Un roi qui, non content d'effrayer les mortels,
A des embrasements ne borne point sa gloire,

Et, par les malheureux quelquefois désarmé,
Sait imiter en tout les dieux qui l'ont formé.

ÉRIPHILE.

Oui, seigneur, des douleurs soulagez la plus vive,
La guerre dans Lesbos me fit votre captive :
Mais c'est pousser trop loin ses droits injurieux,
Qu'y joindre le tourment que je souffre en ces lieux,

ACHILLE.

Vous, madame ?

ÉRIPHILE.

      Oui, seigneur ; et, sans compter le reste,
Pouvez-vous m'imposer une loi plus funeste
Que de rendre mes yeux les tristes spectateurs
De la félicité de mes persécuteurs ?
J'entends de toutes parts menacer ma patrie ;
Je vois marcher contre elle une armée en furie :
Je vois déjà l'hymen, pour mieux me déchirer,
Mettre en vos mains le feu qui la doit dévorer.
Souffrez que, loin du camp et loin de votre vue,
Toujours infortunée et toujours inconnue,
J'aille cacher un sort si digne de pitié,
Et dont mes pleurs encor vous taisent la moitié.

ACHILLE.

C'est trop, belle princesse : il ne faut que nous suivre.
Venez ; qu'aux yeux des Grecs Achille vous délivre,
Et que le doux moment de ma félicité
Soit le moment heureux de votre liberté.

SCÈNE V.

CLYTEMNESTRE, ACHILLE, IPHIGÉNIE, ÉRIPHILE, ARCAS, ÆGINE, DORIS.

ARCAS.

MADAME, tout est prêt pour la cérémonie.
Le roi près de l'autel attend Iphigénie ;
Je viens la demander : ou plutôt contre lui,
Seigneur, je viens pour elle implorer votre appui.

ACHILLE.

Arcas, que dites-vous ?

CLYTEMNESTRE.

Dieux ! que vient-il m'apprendre ?

ARCAS, *à Achille.*

Je ne vois plus que vous qui la puissiez défendre.

ACHILLE.

Contre qui ?

ARCAS.

Je le nomme et l'accuse à regret ;
Autant que je l'ai pu j'ai gardé son secret :
Mais le fer, le bandeau, la flamme est toue prête.
Dût tout cet appareil retomber sur ma tête,
Il faut parler.

CLYTEMNESTRE.

Je tremble. Expliquez-vous, Arcas.

ACHILLE.

Qui que ce soit, parlez ; et ne le craignez pas.

ARCAS.

Vous êtes son amant ; et vous êtes sa mère :

Gardez-vous d'envoyer la princesse à son père.

CLYTEMNESTRE.

Pourquoi le craindrons-nous ?

ACHILLE.

Pourquoi m'en défier ?

ARCAS.

Il l'attend à l'autel pour la sacrifier.

ACHILLE.

Lui !

CLYTEMNESTRE.

Sa fille !

IPHIGÉNIB.

Mon père !

ÉRIPHILE.

Oh ciel ! quelle nouvelle !

ACHILLE.

Quelle aveugle fureur pourroit l'armer contre elle ?
Ce discours sans horreur se peut-il écouter ?

ARCAS.

Ah, seigneur, plût au ciel que je pusse en douter !
Par la voix de Calchas l'oracle la demande ;
De toute autre victime il refuse l'offrande ;
Et les dieux, jusque-là protecteurs de Pâris,
Ne nous promettent Troie et les vents qu'à ce prix.

CLYTEMNESTRE.

Les dieux ordonneroient un meurtre abominable !

IPHIGÉNIE.

Ciel ! pour tant de rigueur, de quoi suis-je coupable ?

CLYTEMNESTRE.

Je ne m'étonne plus de cet ordre cruel

Qui m'avoit interdit l'approche de l'autel.

IPHIGÉNIE , *à Achille.*

Et voilà donc l'hymen où j'étois destinée !

ARCAS.

Le roi, pour vous tromper, feignoit cet hyménée ;
Tout le camp même encore est trompé comme vous.

CLYTEMNESTRE.

Seigneur, c'est donc à moi d'embrasser vos genoux.

ACHILLE , *la relevant.*

Ah , madame !

CLYTEMNESTRE.

Oubliez une gloire importune ;
Ce triste abaissement convient à ma fortune :
Heureuse si mes pleurs vous peuvent attendrir !
Une mère à vos pieds peut tomber sans rougir.
C'est votre épouse , hélas ! qui vous est enlevée ;
Dans cet heureux espoir je l'avois élevée.
C'est vous que nous cherchions sur ce funeste bord ;
Et votre nom, seigneur , la conduit à la mort.
Ira-t-elle, des dieux implorant la justice,
Embrasser leurs autels parés pour son supplice ?
Elle n'a que vous seul : vous êtes en ces lieux
Son père, son époux, son asile, ses dieux.
Je lis dans vos regards la douleur qui vous presse.
Auprès de votre époux, ma fille, je vous laisse.
Seigneur , daignez m'attendre, et ne la point quitter :
A mon perfide époux je cours me présenter ;
Il ne soutiendra point la fureur qui m'anime.
Il faudra que Calchas cherche une autre victime ;

Oui, si je ne vous puis dérober à leurs coups,
Ma fille, ils pourront bien m'immoler avant vous.

SCÈNE VI.

ACHILLE, IPHIGÉNIE.

ACHILLE.

Madame, je me tais, et demeure immobile.
Est-ce à moi que l'on parle? et connoît-on Achille?
Une mère pour vous croit devoir me prier?
Une reine à mes pieds se vient humilier !
Et, me déshonorant par d'injustes alarmes,
Pour attendrir mon cœur on a recours aux larmes!
Qui doit prendre à vos jours plus d'intérêt que moi?
Ah! sans doute, on s'en peut reposer sur ma foi.
L'outrage me regarde ; et, quoi qu'on entreprenne,
Je réponds d'une vie où j'attache la mienne.
Mais ma juste douleur va plus loin m'engager:
C'est peu de vous défendre, et je cours vous venger,
Et punir à la fois le cruel stratagème
Qui s'ose de mon nom armer contre vous-même.

IPHIGÉNIE.

Ah ! demeurez, seigneur, et daignez m'écouter.

ACHILLE.

Quoi, madame, un barbare osera m'insulter!
Il voit que de sa sœur je cours venger l'outrage ;
Il sait que, le premier lui donnant mon suffrage,
Je le fis nommer chef de vingt rois ses rivaux ;
Et, pour fruit de mes soins, pour fruit de mes travaux,
Pour tout le prix enfin d'une illustre victoire

Qui le doit enrichir , venger , combler de gloire,
Content et glorieux du nom de votre époux ,
Je ne lui demandois que l'honneur d'être à vous :
Cependant aujourd'hui, sanguinaire , parjure ,
C'est peu de violer l'amitié, la nature,
C'est peu que de vouloir, sous un couteau mortel,
Me montrer votre cœur fumant sur un autel ;
D'un appareil d'hymen couvrant ce sacrifice ,
Il veut que ce soit moi qui vous mène au supplice,
Que ma crédule main conduise le couteau,
Qu'au lieu de votre époux je sois votre bourreau !
Et quel étoit pour vous ce sanglant hyménée
Si je fusse arrivé plus tard d'une journée ?
Quoi donc ! à leur fureur livrée en ce moment,
Vous iriez à l'autel me chercher vainement ;
Et d'un fer imprévu vous tomberiez frappée ,
En accusant mon nom qui vous auroit trompée !
Il faut de ce péril , de cette trahison,
Aux yeux de tous les Grecs lui demander raison.
A l'honneur d'un époux vous-même intéressée ,
Madame, vous devez approuver ma pensée.
Il faut que le cruel qui m'a pu mépriser
Apprenne de quel nom il osoit abuser.

IPHIGÉNIE.

Hélas ! si vous m'aimez ; si , pour grace dernière ,
Vous daignez d'une amante écouter la prière ;
C'est maintenant, seigneur, qu'il faut me le prouver :
Car enfin ce cruel que vous allez braver ,
Cet ennemi barbare, injuste, sanguinaire ,
Songez, quoi qu'il ait fait , songez qu'il est mon père.

ACHILLE.

Lui, votre père ! Après son horrible dessein,
Je ne le connois plus que pour votre assassin.

IPHIGÉNIE.

C'est mon père, seigneur, je vous le dis encore,
Mais un père que j'aime, un père que j'adore,
Qui me chérit lui-même, et dont jusqu'à ce jour,
Je n'ai jamais reçu que des marques d'amour.
Mon cœur, dans ce respect élevé dès l'enfance,
Ne peut que s'affliger de tout ce qui l'offense ;
Et loin d'oser ici, par un prompt changement,
Approuver la fureur de votre emportement,
Loin que par mes discours je l'attise moi-même,
Croyez qu'il faut aimer autant que je vous aime
Pour avoir pu souffrir tous les noms odieux
Dont votre amour le vient d'outrager à mes yeux.
Et pourquoi voulez-vous qu'inhumain et barbare
Il ne gémisse pas du coup qu'on me prépare ?
Quel père de son sang se plaît à se priver ?
Pourquoi me perdroit-il s'il pouvoit me sauver ?
J'ai vu, n'en doutez point, ses larmes se répandre
Faut-il le condamner avant que de l'entendre ?
Hélas ! de tant d'horreurs son cœur déjà troublé
Doit-il de votre haine être encore accablé !

ACHILLE.

Quoi, madame ! parmi tant de sujets de crainte,
Ce sont là les frayeurs dont vous êtes atteinte !
Un cruel (comment puis-je autrement l'appeler ?)
Par la main de Calchas s'en va vous immoler ?
Et lorsqu'à sa fureur j'oppose ma tendresse,

Le soin de son repos est le seul qui vous presse !
On me ferme la bouche ! on l'excuse ! on le plaint !
C'est pour lui que l'on tremble ; et c'est moi que l'on
                      [craint !
Triste effet de mes soins ! est-ce donc là , madame,
Tout le progrès qu'Achille avoit fait dans votre ame ?

IPHIGÉNIE.

Ah, cruel ! cet amour, dont vous voulez douter,
Ai-je attendu si tard pour le faire éclater ?
Vous voyez de quel œil, et comme indifférente
J'ai reçu de ma mort la nouvelle sanglante :
Je n'en ai point pâli. Que n'avez-vous pu voir
A quel excès tantôt alloit mon désespoir,
Quand, presque en arrivant, un récit peu fidèle
M'a de votre inconstance annoncé la nouvelle.
Quel trouble, quel torrent de mots injurieux
Accusoit à la fois les hommes et les dieux !
Ah ! que vous auriez vu, sans que je vous le die,
De combien votre amour m'est plus cher que ma vie !
Qui sait même, qui sait si le ciel irrité
A pu souffrir l'excès de ma félicité ?
Hélas ! il me sembloit qu'une flamme si belle
M'élevoit au-dessus du sort d'une mortelle !

ACHILLE.

Ah ! si je vous suis cher, ma princesse, vivez.

SCÈN

SCÈNE VII.

CLYTEMNESTRE, IPHIGÉNIE, ACHILLE, ÆGINE.

CLYTEMNESTRE.

TOUT est perdu, seigneur, si vous ne nous sauvez.
Agamemnon m'évite, et, craignant mon visage,
Il me fait de l'autel refuser le passage :
Des gardes, que lui-même a pris soin de placer,
Nous ont de toutes parts défendu de passer.
Il me fuit. Ma douleur étonne son audace.

ACHILLE.

Hé bien! c'est donc à moi de prendre votre place.
Il me verra, madame, et je vais lui parler.

IPHIGÉNIE.

Ah, madame!... Ah, seigneur, où voulez-vous aller

ACHILLE.

Et que prétend de moi votre injuste prière ?
Vous faudra-t-il toujours combattre la première ?

CLYTEMNESTRE.

Quel est donc votre dessein, ma fille ?

IPHIGÉNIE.

                 Au nom des dieux,
Madame, retenez un amant furieux :
De ce triste entretien détournons les approches.
Seigneur, trop d'amertume aigriroit vos reproches.
Je sais jusqu'où s'emporte un amant irrité ;
Et mon père est jaloux de son autorité :
On ne connoît que trop la fierté des Atrides.

Tome 3.   E

Laissez parler, seigneur, des bouches plus timides.
Surpris, n'en doutez point, de mon retardement,
Lui-même il me viendra chercher dans un moment :
Il entendra gémir une mère oppressée :
Et que ne pourra point m'inspirer la pensée
De prévenir les pleurs que vous verseriez tous,
D'arrêter vos transports, et de vivre pour vous!

ACHILLE.

Enfin, vous le voulez : il faut donc vous complaire.
Donnez-lui l'une et l'autre un conseil salutaire:
Rappelez sa raison ; persuadez-le bien,
Pour vous, pour mon repos, et sur-tout pour le sien.
Je perds trop de moments en des discours frivoles;
Il faut des actions et non pas des paroles.

(à *Clytemnestre*.)

Madame, à vous servir je vais tout disposer;
Dans votre appartement allez vous reposer.
Votre fille vivra, je puis vous le prédire.
Croyez du moins, croyez que, tant que je respire,
Les dieux auront en vain ordonné son trépas :
Cet oracle est plus sûr que celui de Calchas.

FIN DU TROISIÈME ACTE.

ACTE QUATRIÈME.

SCÈNE I.

ÉRIPHILE, DORIS.

DORIS.

An ! que me dites-vous ? Quelle étrange manie
Vous peut faire envier le sort d'Iphigénie ?
Dans une heure elle expire. Et jamais, dites-vous,
Vos yeux de son bonheur ne furent plus jaloux.
Qui le croira, madame ? Et quel cœur si farouche.

ÉRIPHILE.

Jamais rien de plus vrai n'est sorti de ma bouche :
Jamais de tant de soins mon esprit agité
Ne porta plus d'envie à sa félicité.
Favorables périls ! espérance inutile !
N'as-tu pas vu sa gloire et le trouble d'Achille ?
J'en ai vu, j'en ai fui les signes trop certains.
Ce héros, si terrible au reste des humains,
Qui ne connoît de pleurs que ceux qu'il fait répandre,
Qui s'endurcit contre eux dès l'âge le plus tendre,
Et qui, si l'on nous fait un fidèle discours,
Suça même le sang des lions et des ours,
Pour elle de la crainte a fait l'apprantissage :
Elle l'a vu pleurer et changer de visage.
Et tu la plains, Doris ! Par combien de malheurs

Ne lui voudrois-je point disputer de tels pleurs ?
Quand je devrois comme elle expirer dans une heure...
Mais que dis-je expirer ! ne crois pas qu'elle meure.
Dans un lâche sommeil crois-tu qu'enseveli
Achille aura pour elle impunément pâli ?
Achille à son malheur saura bien mettre obstacle.
Tu verras que les dieux n'ont dicté cet oracle
Que pour croître à la fois sa gloire et mon tourment,
Et la rendre plus belle aux yeux de son amant.
Hé quoi ! ne vois-tu pas tout ce qu'on fait pour elle ?
On supprime des dieux la sentence mortelle ;
Et, quoique le bûcher soit déjà préparé,
Le nom de la victime est encore ignoré :
Tout le camp n'en sait rien. Doris, à ce silence,
Ne reconnois-tu pas un père qui balance ?
Et que fera-t-il donc ? Quel courage endurci
Soutiendroit les assauts qu'on lui prépare ici :
Une mère en fureur, les larmes d'une fille,
Les cris, le désespoir de toute une famille,
Le sang à ces objets facile à s'ébranler,
Achille menaçant tout prêt à l'accabler ?
Non, te dis-je, les dieux l'ont en vain condamnée :
Je suis et je serai la seule infortunée.
Ah ! si je m'en croyois !...

DORIS.

Quoi ? que méditez-vous ?

ÉRIPHILE.

Je ne sais qui m'arrête et retient mon courroux,
Que, par un prompt avis de tout ce qui se passe,
Je ne coure des dieux divulguer la menace,

Et publier par-tout les complots criminels
Qu'on fait ici contre eux et contre leurs autels.

DORIS.

Ah! quel dessein, madame!

ÉRIPHILE.

Ah, Doris! quelle joie
Que d'encens brûleroit dans les temples de Troie,
Si, troublant tous les Grecs, et vengeant ma prison,
Je pouvois contre Achille armer Agamemnon,
Si leur haine, de Troie oubliant la querelle,
Tournoit contre eux le fer qu'ils aiguisent contre elle,
Et si de tout le camp mes avis dangereux
Faisoient à ma patrie un sacrifice heureux!

DORIS.

J'entends du bruit. On vient: Clytemnestre s'avance.
Remettez-vous, madame; ou fuyez sa présence.

ÉRIPHILE.

Rentrons. Et pour troubler un hymen odieux
Consultons des fureurs qu'autorisent les dieux.

SCÈNE II.

CLYTEMNESTRE, ÆGINE.

CLYTEMNESTRE.

ÆGINE, tu le vois, il faut que je la fuie.
Loin que ma fille pleure, et tremble pour sa vie,
Elle excuse son père, et veut que ma douleur
Respecte encor la main qui lui perce le cœur.
Ô constance! ô respect! Pour prix de sa tendresse
Le barbare à l'autel se plaint de sa paresse.

E 3

Je l'attends : il viendra m'en demander raison ;
Et croit pouvoir encor cacher sa trahison.
Il vient. Sans éclater contre son injustice,
Voyons s'il soutiendra son indigne artifice.

SCÈNE III.

ACAMEMNON, CLYTEMNESTRE, ÆGINE.

AGAMEMNON.

QUE faites-vous, madame? et d'ou vient que ces lieux
N'offrent point avec vous votre fille à mes yeux?
Mes ordres par Arcas vous l'avoient demandée :
Qu'attend-elle ? Est-ce vous qui l'avez retardée ?
A mes justes désirs ne vous rendez-vous pas ?
Ne peut-elle à l'autel marcher que sur vos pas ?
Parlez.

CLYTEMNESTRE.

S'il faut partir, ma fille est toute prête,
Mais vous, n'avez-vous rien, seigneur, qui vous ar‑

AGAMEMNON.   [rête?

Moi, madame ?

CLYTEMNESTRE.

Vos soins ont-ils tout préparé ?

AGAMEMNON.

Calchas est prêt, madame, at l'autel est paré.
J'ai fait ce que m'ordonne un devoir légitime.

CLYTMNESTRE.

Vous ne me parlez point, seigneur, de la victime.

AGAMEMNON.

Que me voulez-vous dire ? et de quel soin jaloux...

SCÈNE IV.

AGAMEMNON, CLYTEMNESTRE, IPHIGÉNIE, ÆGINE.

CLYTEMNESTRE.

VENEZ, venez, ma fille, on n'attend plus que vous;
Venez remercier un père qui vous aime,
Et qui veut à l'autel vous conduire lui-même.

AGAMEMNON.

Que vois-je! quel discours! Ma fille, vous pleurez,
Et baissez devant moi vos yeux mal assurés :
Quel trouble! Mais tout pleure, et la fille et la mère.
Ah! malheureux Arcas, tu m'as trahi!

IPHIGÉNIE.

Mon père,
Cessez de vous troubler, vous n'êtes point trahi:
Quand vous commanderez, vous serez obéi.
Ma vie est votre bien; vous voulez le reprendre :
Vos ordres sans détour pouvoient se faire entendre.
D'un œil aussi content, d'un cœur aussi soumis
Que j'acceptois l'époux que vous m'aviez promis,
Je saurai, s'il le faut, victime obéissante,
Tendre au fer de Calchas une tête innocente;
Et, respectant le coup par vous-même ordonné,
Vous rendre tout le sang que nous m'avez donné.
Si pourtant ce respect, si cette obéissance
Paroît digne à vos yeux d'une autre récompense;
Si d'une mère en pleurs vous plaignez les ennuis;
J'ose vous dire ici qu'en l'état où je suis

Peut-être assez d'honneurs environnoient ma vie
Pour ne pas souhaiter qu'elle me fut ravie,
Ni qu'en me l'arrachant un sévère destin
Si près de ma naissance en eût marqué la fin.
Fille d'Agamemnon, c'est moi qui la première
Seigneur, vous appelai de ce doux nom de père;
C'est moi qui, si long-temps le plaisir de vos yeux,
Vous ai fait de ce nom remercier les dieux,
Et pour qui, tant de fois prodiguant vos caresses,
Vous n'avez point du sang dédaigné les foiblesses.
Hélas! avec plaisir je me faisois conter
Tous les noms des pays que vous allez domter;
Et déjà d'Ilion présageant la conquête,
D'un triomphe si beau je préparois la fête.
Je ne m'ettendois pas que, pour le commencer,
Mon sang fût le premier que vous dussiez verser.
Non que la peur du coup dont je suis menacée
Me fasse rappeler votre bonté passée :
Ne craignez rien ; mon cœur de votre honneur jaloux
Ne fera point rougir un père tel que vous ;
Et, si je n'avois eu que ma vie à défendre,
J'aurois su renfermer un souvenir si tendre.
Mais à mon triste sort, vous le savez, seigneur,
Une mère, un amant, attachoient leur bonheur.
Un roi digne de vous a cru voir la journée
Qui devoit éclairer notre illustre hyménée ;
Déjà, sûr de mon cœur à sa flamme promis,
Il s'estimoit heureux : vous me l'aviez permis.
Il sait votre dessein ; jugez de ses alarmes.
Ma mère est devant vous ; et vous voyez ses larmes

Pardonnez aux efforts que je viens de tenter
Pour prévenir les pleurs que je leur vais coûter.

AGAMEMNON.

Ma fille, il est trop vrai. J'ignore pour quel crime
La colère des dieux demande une victime.
Mais ils vous ont nommée : un oracle cruel
Veut qu'ici votre sang coule sur un autel.
Pour défendre vos jours de leurs lois meurtrières
Mon amour n'avoit pas attendu vos prières.
Je ne vous dirai point combien j'ai résisté ;
Croyez-en cet amour par vous-même attesté.
Cette nuit même encore, on a pu vous le dire,
J'avois révoqué l'ordre où l'on me fit souscrire:
Sur l'intérêt des Grecs vous l'aviez emporté:
Je vous sacrifiois mon rang, ma sûreté.
Arcas alloit du camp vous défendre l'entrée :
Les dieux n'ont pas voulu qu'il vous ait rencontrée;
Ils ont trompé les soins d'un père infortuné
Qui protégeoit en vain ce qu'ils ont condamné.
Ne vous assurez point sur ma foible puissance
Quel frein pourroit d'un peuple arrêter la licence,
Quand les dieux, nous livrant à son zèle indiscret,
L'affranchissent d'un joug qu'il portoit à regret?
Ma fille, il faut céder : votre heure est arrivée.
Songez bien dans quel rang vous êtes élevée :
Je vous donne un conseil qu'à peine je reçoi :
Du coup qui vous attend vous mourrez moins que moi.
Montrez, en expirant, de qui vous êtes née ;
Faites rougir ces dieux qui vous ont condamnée.
Allez ; et que les Grecs, qui vont vous immoler,

Reconnoissent mon sang en le voyant couler.

CLYTEMNESTRE.

Vous ne démentez point une race funeste;
Oui, vous êtes le sang d'Atrée et de Thyeste:
Bourreau de votre fille, il ne vous reste enfin
Que d'en faire à sa mère un horrible festin.
Barbare! c'est donc là cet heureux sacrifice
Que vos soins préparoient avec tant d'artifice!
Quoi! l'horreur de souscrire à cet ordre inhumain
N'a pas, en le traçant, arrêté votre main!
Pourquoi feindre à nos yeux une fausse tristesse?
Pensez-vous par des pleurs prouver votre tendresse?
Où sont-ils ces combats que vous avez rendus?
Quels flots de sang pour elle avez-vous répandus?
Quel débris parle ici de votre résistance?
Quel champ couvert de morts me condamne au silence?
Voilà par quels témoins il falloit me prouver,
Cruel! que votre amour a voulu la sauver.
Un oracle fatal ordonne qu'elle expire!
Un oracle dit-il tout ce qu'il semble dire?
Le ciel, le juste ciel, par le meurtre honoré,
Du sang de l'innocence est-il donc altéré?
Si du crime d'Hélène on punit sa famille,
Faites chercher à Sparte Hermione sa fille:
Laissez à Ménélas racheter d'un tel prix
Sa coupable moitié dont il est trop épris.
Mais vous, quelles fureurs vous rendent sa victime?
Pourquoi vous imposer la peine de son crime?
Pourquoi moi-même enfin me déchirant le flanc
Payer sa folle amour du plus pur de mon sang?

Que dis-je cet objet de tant de jalousie,
Cette Hélène, qui trouble et l'Europe et l'Asie,
Vous semble-t-elle un prix digne de vos exploits?
Combien nos fronts pour elle ont-ils rougi de fois!
Avant qu'un nœud fatal l'unit à votre frère,
Thésée avoit osé l'enlever à son père :
Vous savez, et Calchas mille fois vous l'a dit,
Qu'un hymen clandestin mit ce prince en son lit;
Et qu'il en eut pour gage une jeune princesse
Que sa mère a cachée au reste de la Grèce.
Mais non, l'amour d'un frère et son honneur blessé
Sont les moindres des soins dont vous êtes pressé :
Cette soif de régner que rien ne peut éteindre,
L'orgueil de voir vingt rois vous servir et vous craindre,
Tous les droits de l'empire en vos mains confiés;
Cruel! c'est à ces dieux que vous sacrifiez;
Et, loin de repousser le coup qu'on vous prépare,
Vous voulez vous en faire un mérite barbare :
Trop jaloux d'un pouvoir qu'on peut vous envier,
De votre propre sang vous courez le payer,
Et voulez par ce prix épouvanter l'audace
De quiconque vous peut disputer votre place.
Est-ce donc être père? Ah! toute ma raison
Cède à la cruauté de cette trahison.
Un prêtre, environné d'une foule cruelle,
Portera sur ma fille une main criminelle,
Déchirera son sein, et, d'un œil curieux,
Dans son cœur palpitant consultera les dieux!
Et moi, qui l'amenai triomphante, adorée,
Je m'en retournerai seule et désespérée!

Je verrai les chemins encor tout parfumés
Des fleurs dont sous ses pas on les avoit semés!
Non, je ne l'aurai point amenée au supplice;
Où vous ferez aux Grecs un double sacrifice.
Ni crainte ni respect ne m'en peut détacher:
De mes bras tout sanglants il faudra l'arracher!
Aussi barbare époux qu'impitoyable père,
Venez, si vous l'osez, la ravir à sa mère.
Et vous, rentrez, ma fille; et du moins à mes loix
Obéissez encor pour la dernière fois.

SCÈNE V.

AGAMEMNON.

A de moindres fureurs je n'ai pas dû m'attendre.
Voilà, voilà les cris que je craignois d'entendre.
Heureux si, dans le trouble où flottent mes esprits,
Je n'avois toutefois à craindre que ces cris!
Hélas! en m'imposant une loi si sévère ,
Grands dieux, me deviez-vous laisser un cœur de père!

SCÈNE VI.

AGAMEMNON, ACHILLE.

ACHILLE.

Un bruit assez étrange est venu jusqu'à moi,
Seigneur; je l'ai jugé trop peu digne de foi.
On dit, et sans horreur je ne puis le redire,
Qu'aujourd'hui par votre ordre Iphigénie expire;
Que vous-même, étouffant tout sentiment humain,
Vous l'allez à Calchas livrer de votre main:

On

On dit que sous mon nom à l'autel appelée
Je ne l'y conduisois que pour être immolée ;
Et que, d'un faux hymen nous abusant tous deux,
Vous vouliez me charger d'un emploi si honteux.
Qu'en dites-vous, seigneur ? Que faut-il que j'en pense ?
Ne ferez-vous pas taire un bruit qui vous offense ?

AGAMEMNON.

Seigneur, je ne rends point compte de mes desseins,
Ma fille ignore encor mes ordres souverains ;
Et, quand il sera temps qu'elle en soit informée,
Vous apprendrez son sort, j'en instruirai l'armée.

ACHILLE.

Ah ! je sais trop le sort que vous lui réservez.

AGAMEMNON.

Pourquoi le demander, puisque vous le savez ?

ACHILLE.

Pourquoi je le demande ? Oh ciel ! le puis-je croire
Qu'on ose des fureurs avouer la plus noire !
Vous pensez qu'approuvant vos desseins odieux
Je vous laisse immoler votre fille à mes yeux ?
Que ma foi, mon amour, mon honneur y consente ?

AGAMEMNON.

Mais vous, qui me parlez d'une voix menaçante,
Oubliez-vous ici qui vous interrogez ?

ACHILLE.

Oubliez-vous qui j'aime et qui vous outragez ?

AGAMEMNON.

Et qui vous a chargé du soin de ma famille ?
Ne pourrai-je, sans vous, disposer de ma fille ?

Tome II   E

Ne suis-je plus son père ? Étes-vous son époux ?
Et ne peut-elle.....

ACHILLE.

                    Non, elle n'est plus à vous :
On ne m'abuse point par des promesses vaines.
Tant qu'un reste de sang coulera dans mes veines,
Vous deviez à mon sort unir tous ses moments,
Je défendrai mes droits fondés sur vos serments.
Et n'est-ce pas pour moi que vous l'avez mandée ?

AGAMEMNON.

Plaignez-vous donc aux dieux qui me l'ont demandée :
Accusez et Calchas et le camp tout entier,
Ulysse, Ménélas, et vous tout le premier.

ACHILLE.

Moi !

AGAMEMNON.

                    Vous, qui de l'Asie embrassant la conquête
Querellez tous les jours le ciel qui vous arrête ;
Vous, qui vous offensant de mes justes terreurs
Avez dans tout le camp répandu vos fureurs.
Mon cœur pour la sauver vous ouvroit une voie ;
Mais vous ne demandez, vous ne cherchez que Troie.
Je vous fermois le champ où vous voulez courir :
Vous le voulez ; partez ; sa mort va vous l'ouvrir.

ACHILLE.

Juste ciel ! puis-je entendre et souffrir ce langage ?
Est-ce ainsi qu'au parjure on ajoute l'outrage ?
Moi, je voulois partir aux dépens de ses jours ?
Et que m'a fait à moi cette Troie où je cours ?
Au pied de ses remparts quel intérêt m'appelle ?

Pour qui, sourd à la voix d'une mère immortelle,
Et d'un père éperdu négligeant les avis,
Vais-je y chercher la mort tant prédite à leurs fils ?
Jamais vaisseaux partis des rives du Scamandre
Aux champs thessaliens osèrent-ils descendre ?
Et jamais dans Larisse un lâche ravisseur
Me vint-il enlever ou ma femme ou ma sœur ?
Qu'ai-je à me plaindre ? Où sont les pertes que j'ai
                                          [faites?
Je n'y vais que pour vous, barbare que vous êtes ;
Pour vous, à qui des Grecs moi seul je ne dois rien ;
Vous, que j'ai fait nommer et leur chef et le mien ;
Vous, que mon Bras vengeoit dans Lesbos enflammée,
Avant que vous eussiez assemblé votre armée.
Et quel fut le dessein qui nous assembla tous ?
Ne courons-nous pas rendre Hélène à son époux ?
Depuis quand pense-t-on qu'inutile à moi-même
Je me laisse ravir une épouse que j'aime ?
Seul d'un honteux affront votre frère blessé
A-t-il droit de venger son amour offensé ?
Votre fille me plut ; je prétendis lui plaire ;
Elle est de mes serments seule dépositaire :
Content de son hymen, vaisseaux, armes, soldats,
Ma foi lui promit tout, et rien à Ménélas.
Qu'il poursuive, s'il veut, son épouse enlevée ;
Qu'il cherche une victoire à mon sang réservée :
Je ne connois Priam, Hélène, ni Pâris ;
Je voulois votre fille, et ne pars qu'à ce prix.

AGAMEMNON.

Fuyez donc ; retournez dans votre Thessalie.

Moi-même je vous rends le serment qui vous lie:
Assez d'autres viendront , à mes ordres soumis ,
Se couvrir des lauriers qui vous furent promis ;
Et , par d'heureux exploits forçant la destinée ,
Trouveront d'Ilion la fatale journée.
J'entrevois vos mépris , et juge à vos discours ,
Combien j'achèterois vos superbes secours.
De la Grèce déjà vous vous rendez l'arbitre ;
Ses rois , à vous ouïr , m'ont paré d'un vain titre,
Fier de votre valeur , tout , si je vous en crois ,
Doit marcher , doit fléchir , doit trembler sous vos lois,
Un bienfait reproché tint toujours lieu d'offense :
Je veux moins de valeur , et plus d'obéissance.
Fuyez. Je ne crains point votre impuissant courroux ;
Et je romps tous les nœuds qui m'attachent à vous.

ACHILLE.

Rendez grace au seul nœud qui retient ma colère ;
D'Iphigénie encor je respecte le père.
Peut-être , sans ce nom , le chef de tant de rois
M'auroit osé braver pour la dernière fois.
Je ne dis plus qu'un mot ; c'est à vous de m'entendre.
J'ai votre fille ensemble et ma gloire à défendre :
Pour aller jusqu'au cœur que vous voulez percer ,
Voilà par quels chemins vos coups doivent passer.

F 3

SCÈNE VII.

AGAMEMNON.

Et voilà ce qui rend sa perte inévitable.
Ma fille toute seule étoit plus redoutable.
Ton insolent amour, qui croit m'épouvanter,
Vient de hâter le coup que tu veux arrêter.
Né délibérons plus. Bravons sa violence :
Ma gloire intéressée emporte la balance.
Achille menaçant détermine mon cœur :
Ma pitié sembleroit un effet de ma peur.
Holà, gardes, à moi.

SCÈNE VIII.

AGAMEMNON, EURYBATE, GARDES.

EURYBATE.

SEIGNEUR.

AGAMEMNON.

Que vais-je faire ?
Puis-je leur prononcer cet ordre sanguinaire ?
Cruel ! à quel combat faut-il te préparer !
Quel est cet ennemi que tu leur vas livrer ?
Une mère m'attend, une mère intrépide,
Qui défendra son sang contre un père homicide :
Je verrai mes soldats, moins barbares que moi,
Respecter dans ses bras la fille de leur roi.
Achille nous menace, Achille nous méprise :
Mais ma fille en est-elle à mes lois moins soumise ?
Ma fille, de l'autel cherchant à s'échapper,

F 3

Gémit-elle du coup dont je la veux frapper ?
Que dis-je ? que prétend mon sacrilège zèle ?
Quels vœux, en l'immolant, formerai-je sur elle ?
Quelques prix glorieux qni me soient proposés,
Quels lauriers me plairont de son sang arrosés ?
Je veux fléchir des dieux la puissance suprême :
Ah ! quels dieux me seroient plus cruels que moi-même ?
Non, je ne puis. Cédons au sang, à l'amitié,
Et ne rougissons plus d'une juste pitié :
Qu'elle vive... Mais quoi ! peu jaloux de ma gloire,
Dois-je au superbe Achille accorder la victoire ?
Son téméraire orgueil, que je vais redoubler,
Croira que je lui cède, et qu'il m'a fait trembler...
De quel frivole soin mon esprit s'embarrasse ?
Ne puis-je pas d'Achille humilier l'audace ?
Que ma fille à ses yeux soit un sujet d'ennui :
Il l'aime ; elle vivra pour un autre que lui.
Eurybate, appelez la princesse, la reine.
Qu'elles ne craignent point.

SCÈNE IX.

AGAMEMNON, GARDES.

AGAMEMNON.

GRANDS dieux, si votre haine
Persévère à vouloir l'arracher de mes mains,
Que peuvent devant vous tous les foibles humains ?
Loin de la secourir, mon amitié l'opprime :
Je le sais : mais, grands dieux, une telle victime
Vaut bien que, confirmant vos rigoureuses lois,
Vous me la demandiez une séconde fois.

SCÈNE X.

AGAMEMNON, CLYTEMNESTRE, IPHIGÉ-
NIE, ÉRIPHILE, EURYBATE, DORIS,
GARDES.

AGAMEMNON.

ALLEZ, madame, allez ; prenez soin de sa vie :
Je vous rends votre fille, et je vous la confie.
Loin de ces lieux cruels précipitez ses pas :
Mes gardes vous suivront commandés par Arcas ;
Je veux bien excuser son heureuse imprudence.
Tout dépend du secret et de la diligence :
Ulysse ni Calchas n'ont point encor parlé ;
Gardez que ce départ ne leur soit révélé.
Cachez bien votre fille ; et que tout le camp croie
Que je la retiens seule, et que je vous renvoie.
Fuyez. Puissent les dieux, de mes larmes contents,
A mes tristes regards ne l'offrir de long-temps !
Gardes, suivez la reine.

CLYTEMNESTRE.

Ah, seigneur !

IPHIGÉNIE.

Ah, mon père !

AGAMEMNON.

Prévenez de Calchas l'empressement sévère :
Fuyez, vous dis-je. Et moi, pour vous favoriser,
Par de feintes raisons je m'en vais l'abuser :
Je vais faire suspendre une pompe funeste,
Et de ce jour au moins, lui demander le reste.

SCÈNE XI.

ÉRIPHILE, DORIS.

ÉRIPHILE.

Suis-moi : ce n'est pas là, Doris, notre chemin,

DORIS.

Vous ne les suivez pas?

ÉRIPHILE.

Ah! je succombe enfin.
Je reconnois l'effet des tendresses d'Achille.
Je n'emporterai point une rage inutile :
Plus de raisons ; il faut ou la perdre ou périr.
Viens, te dis-je. A Calchas je vais tout découvrir.

FIN DU QUATRIÈME ACTE.

ACTE CINQUIÈME.

SCÈNE I.

IPHIGÉNIE, ÆGINE.

IPHIGÉNIE.

CESSE de m'arrêter. Va, retourne à ma mère,
Ægine : il faut des dieux apaiser la colère.
Pour ce sang malheureux qu'on veut leur dérober,
Regarde quel orage est tout prêt à tomber ;
Considère l'état où la reine est réduite ;
Vois comme tout le camp s'oppose à notre fuite,
Avec quelle insolence ils ont, de toutes parts,
Fait briller à nos yeux la pointe de leurs dards,
Nos gardes repoussés, la reine évanouie...
Ah ! c'est trop l'exposer : souffre que je la fuie ;
Et, sans attendre ici ses secours impuissants,
Laisse-moi profiter du trouble de ses sens.
Mon père même, hélas ! puisqu'il faut te le dire,
Mon père, en me sauvant, ordonne que j'expire.

ÆGINE.

Lui, madame ! Quoi donc ? qu'est-ce qui s'est passé ?

IPHIGÉNIE.

Achille, trop ardent, l'a peut-être offensé :
Mais le roi, qui le hait, veut que je le haïsse :
Il ordonne à mon cœur cet affreux sacrifice.
Il m'a fait par Arcas expliquer ses souhaits ;

Ægine, il me défend de lui parler jamais.

ÆGINE.

Ah, madame!

IPHIGÉNIE.

Ah, sentence! ah, rigueur inouie!
Dieux plus doux, vous n'avez demandé que ma v
Mourons, obéissons. Mais qu'est-ce que je voi?
Dieux! Achille!

SCÈNE II.

ACHILLE, IPHIGÉNIE.

ACHILLE.

Venez, madame, suivez-moi :
Ne craignez ni les cris ni la foule impuissante
D'un peuple qui se presse autour de cette tente.
Paroissez; et bientôt, sans attendre mes coups,
Ces flots tumultueux s'ouvriront devant vous.
Patrocle, et quelques chefs qui marchent à ma suite
De mes Thessaliens vous amènent l'élite:
Tout le reste assemblé près de mon étendard,
Vous offre de ses rangs l'invincible rempart.
A vos persécuteurs opposons cet asile :
Qu'ils viennent vous chercher sous les tentes d'Ach
Quoi! madame, est-ce ainsi que vous me seconde
Ce n'est que par des pleurs que vous me répondez
Vous fiez-vous encore à de si foibles armes ?
Hâtons-nous : votre père a déjà vu vos larmes.

IPHIGÉNIE.

Je le sais bien, seigneur : aussi tout mon espoir

N'est plus qu'au coup mortel que je vais recevoir.

ACHILLE.

Vous, mourir ! Ah ! cessez de tenir ce langage.
Songez-vous quel serment vous et moi nous engage ?
Songez-vous, pour trancher d'inutiles discours,
Que le bonheur d'Achille est fondé sur vos jours ?

IPHIGÉNIE.

Le ciel n'a point aux jours de cette infortunée
Attaché le bonheur de votre destinée.
Notre amour nous trompoit ; et les arrêts du sort
Veulent que ce bonheur soit un fruit de ma mort.
Songez, seigneur ; songez à ces moissons de gloire
Qu'à vos vaillantes mains présente la victoire :
Ce champ si glorieux où vous aspirez tous,
Si mon sang ne l'arrose est stérile pour vous.
Telle est la loi des dieux à mon père dictée :
En vain, sourd à Calchas, il l'avoit rejetée ;
Par la bouche des Grecs contre moi conjurés
Leurs ordres éternels se sont trop déclarés.
Partez ; à vos honneurs j'apporte trop d'obstacles :
Vous-même, dégagez la foi de vos oracles ;
Signalez ce héros à la Grèce promis ;
Tournez votre douleur contre ses ennemis.
Déjà Priam pâlit, déjà Troie, en alarmes,
Redoute mon bûcher, et frémit de vos larmes.
Allez ; et, dans ses murs vides de citoyens,
Faites pleurer ma mort aux veuves des Troyens :
Je meurs dans cet espoir satisfaite et tranquille.
Si je n'ai pas vécu la compagne d'Achille,
J'espère que du moins un heureux avenir

A vos faits immortels joindra mon souvenir :
Et qu'un jour mon trépas, source de votre gloire ,
Ouvrira le récit d'une si belle histoire.
Adieu, prince ; vivez , digne race des dieux.

ACHILLE.

Non, je ne reçois point vos funestes adieux.
En vain, par ces discours, votre cruelle adresse
Veut servir votre père, et tromper ma tendresse ;
En vain vous prétendez , obstinée à mourir,
Intéresser ma gloire à vous laisser périr :
Ces moissons de lauriers, ces honneurs, ces conquêtes,
Ma main, en vous servant, les trouve toutes prêtes.
Et qui de ma faveur se voudroit honorer
Si mon hymen prochain ne peut vous assurer ?
Ma gloire, mon amour, vous ordonnent de vivre :
Venez, madame ; il faut les en croire, et me suivre.

IPHIGÉNIE.

Qui ? moi ? que, contre un père osant me révolter ,
Je mérite la mort que j'irois éviter ?
Où seroit le respect et le devoir suprême....

ACHILLE.

Vous suivrez un époux avoué par lui-même.
C'est un titre qu'en vain il prétend me voler.
Ne fait-il des serments que pour les violer ?
Vous-même , que retient un devoir si sévère ,
Quand il vous donne à moi n'est-il point votre père ?
Suivez-vous seulement ses ordres absolus
Quand il cesse de l'être et ne vous connoît plus ?
Enfin, c'est trop tarder , ma princesse, est ma crainte...
IPHIGÉNIE

IPHIGÉNIE.

Quoi, seigneur! vous iriez jusques à la contrainte?
D'un coupable transport écoutant la chaleur,
Vous pourriez ajouter ce comble à mon malheur?
Ma gloire vous seroit moins chère que ma vie?
Ah, seigneur! épargnez la triste Iphigénie.
Asservie à des lois que j'ai dû respecter,
C'est déjà trop pour moi que de vous écouter:
Ne portez pas plus loin votre injuste victoire;
Ou, par mes propres mains immolée à ma gloire,
Je saurai m'affranchir, dans ces extrémités,
Du secours dangereux que vous me présentez.

ACHILLE.

Hé bien, n'en parlons plus. Obéissez, cruelle,
Et cherchez une mort qui vous semble si belle,
Portez à votre père un cœur où j'entrevoi
Moins de respect pour lui que de haine pour moi.
Une juste fureur s'empare de mon ame:
Vous allez à l'autel; et moi, j'y cours, madame.
Si de sang et de morts le ciel est affamé,
Jamais de plus de sang ses autels n'ont fumé.
A mon aveugle amour tout sera légitime:
Le prêtre deviendra la première victime;
Le bûcher, par mes mains détruit et renversé,
Dans le sang des bourreaux nagera dispersé;
Et si, dans les horreurs de ce désordre extrême,
Votre père frapé tombe et périt lui-même,
Alors, de vos respects voyant les tristes fruits,
Reconnoissez les coups que vous aurez conduits.

Tome 3.   G

IPHIGÉNIE,

'Ah, seigneur ! Ah, cruel !... Mais il fuit, il m'échappe ;
   O toi . qui veux ma mort , me voila seule, frappe,
Termine, juste ciel , ma vie et mon effroi,
Et lance ici des traits qui n'accablent que moi !

SCÈNE III.

CLYTEMNESTRE , IPHIGÉNIE , ÆGINE,
   EURYBATE , GARDES.

CLYTEMNESTRE.

Oui , je la défendrai contre toute l'armée.
Lâches, vous trahissez votre reine opprimée !

EURYBATE.

Non, madame : il suffit que vous me commandiez ;
Vous nous verrez combattre , et mourir à vos pieds.
Mais de nos foibles mains que pouvez-vous attendre ?
Contre tant d'ennemis qui vous pourra défendre ?
Ce n'est plus un vain peuple en désordre assemblé ;
C'est d'un zèle fatal tout le camp aveuglé.
Plus de pitié, Calchas seul règne, seul commande ;
La piété sévère exige son offrande.
Le roi de son pouvoir se voit déposséder,
Et lui-même au torrent nous contraint de céder ,
Achille à qui tout cède , Achille à cet orage
Voudroit lui-même en vain opposer son courage :
Que fera-t-il, madame ? et qui peut dissiper
Tous les flots d'ennemis prêts à l'envelopper ?

CLYTEMNESTRE.

Qu'ils viennent donc sur moi prouver leur zèle impie ;

Et m'arrachent ce peu qui me reste de vie !
La mort seule, la mort pourra rompre les nœuds
Dont mes bras nous vont joindre et lier toutes deux ;
Mon corps sera plutôt séparé de mon ame,
Que je souffre jamais... Ah, ma fille !

IPHIGÉNIE.

Ah, madame !
Sous quel astre cruel avez-vous mis au jour
Le malheureux objet d'une si tendre amour !
Mais que pouvez-vous faire en l'état où nous sommes ?
Vous avez à combattre et les dieux et les hommes.
Contre un peuple en fureur vous exposerez-vous ?
N'allez point dans un camp, rebelle à votre époux,
Seule à me retenir vainement obstinée,
Par des soldats peut-être indignement traînée,
Présenter, pour tout fruit d'un déplorable effort,
Un spectacle à mes yeux plus cruel que la mort.
Allez ; laissez aux Grecs achever leur ouvrage,
Et quittez pour jamais un malheureux rivage ;
Du bûcher qui m'attend, trop voisin de ces lieux,
La flamme de trop près viendrait frapper vos yeux.
Sur-tout, si vous m'aimez, par cet amour de mère,
Ne reprochez jamais mon trépas à mon père.

CLYTEMNESTRE.

Lui, par qui votre cœur à Calchas présenté...

IPHIGÉNIE.

Pour me rendre à vos pleurs que n'a-t-il point tenté ;

CLYTEMNESTRE.

Par quelle trahison le cruel m'a déçue !

G 2

IPHIGÉNIE.

Il me cédoit aux dieux dont il m'avoit reçue.
Ma mort n'emporte pas tout le fruit de vos feux :
De l'amour qui vous joint vous avez d'autres nœuds ;
Vos yeux me reverront dans Oreste mon frère.
Puisse-t-il être, hélas ! moins funeste à sa mère !
D'un peuple impatient vous entendez la voix.
Daignez m'ouvrir vos bras pour la dernière fois,
Madame ; et rappelant votre vertu sublime...
Eurybate, à l'autel conduisez la victime.

SCÈNE IV.

CLYTEMNESTRE, ÆGINE, GARDES.

CLYTEMNESTRE.

Ah ! vous n'irez pas seule ; et je ne prétends pas.
Mais on se jette en foule au-devant de mes pas.
Perfides, contentez votre soif sanguinaire.

ÆGINE.

Où courez-vous, madame ? Et que voulez-vous faire ?

CLYTEMNESTRE.

Hélas ! je me consume en impuissants efforts,
Et rentre au trouble affreux dont à peine je sors ;
Mourrai-je tant de fois sans sortir de la vie !

ÆGINE.

Ah ! savez-vous le crime, et qui vous a trahie,
Madame ? Savez-vous quel serpent inhumain
Iphigénie avoit retiré dans son sein?
Ériphile, en ces lieux par vous-même conduite,
A seule à tous les Grecs révélé votre fuite.

CLYTEMNESTRE.

O monstre, que Mégère en ses flancs a porté ?
Monstre, que dans nos bras les enfers ont jeté !
Quoi ! tu ne mourras point ! Quoi ! pour punir son cri-
Mais où va ma douleur chercher une victime ? [me...
Quoi ! pour noyer les Grecs et leurs mille vaisseaux,
Mer, tu n'ouvriras pas des abîmes nouveaux !
Quoi ! lorsque les chassant du port qui les recéla
L'Aulide aura vomi leur flotte criminelle,
Les vents, les mêmes vents si long-temps accusés,
Ne te couvriront pas de ses vaisseaux brisés !
Et toi, soleil, et toi, qui dans cette contrée
Reconnois l'héritier et le vrai fils d'Atrée,
Toi, qui n'osas du père éclairer le festin,
Recule, ils t'ont appris ce funeste chemin !

Mais, cependant, oh ciel ! ô mère infortunée !
De festons odieux ma fille couronnée
Tend la gorge aux couteaux par son père apptêtés,
Calchas va dans son sang... Barbares, arrêtez ;
C'est le pur sang du dieu qui lance le tonnerre...
J'entends gronder la foudre, et sens trembler la terre ;
Un dieu vengeur, un dieu fait retentir ses coups.

SCÈNE V.

CLYTEMNESTRE, ÆGINE, ARCAS, GARDES.

ARCAS.

N'EN doutez point, madame, un dieu combat pour
Achille an ce moment exance vos prières ;   [vous,
Il a brisé des Grecs les trop foibles barrières ;

Achille est à l'autel Calchas est éperdu :
Le fatal sacrifice est encor suspendu.
On se menace, on court, l'air gémit, le fer brille.
Achille fait ranger autour de votre fille
Tous ses amis, pour lui prêts à se dévouer.
Le triste Agamemnon, qui n'ose l'avouer,
Pour détourner ses yeux des meurtres qu'il présage,
Ou pour cacher ses pleurs, s'est voilé le visage.
Venez, puisqu'il se tait, venez par vos discours
De votre défenseur appuyer le secours.
Lui-même de sa main, de sang toute fumante,
Il veut entre vos bras remettre son amante ;
Lui-même il m'a chargé de conduire vos pas.
Ne craignez rien.

CLYTEMNESTRE.

Moi, craindre ! Ah ! courons, cher Arcas !
Le plus affreux péril n'a rien dont je pâlisse.
J'irai par tout... Mais, dieux ! ne vois-je pas Ulysse ?
C'est lui. Ma fille est morte ! Arcas, il n'est plus temps !

SCÈNE VI.

ULYSSE, CLYTEMNESTRE, ARCAS, ÆGINE.
GARDES.

ULYSSE.

Non, votre fille vit, et les dieux sont contents.
Rassurez-vous : le ciel a voulu vous la rendre.

CLYTEMNESTRE.

Elle vit ! et c'est vous qui venez me l'apprendre !

ULYSSE.

Oui, c'est moi, qui long-temps contre elle et contre
Ai cru devoir, madame, affermir votre époux ; [vous
Moi qui, jaloux tantôt de l'honneur de nos armes,
Par d'austères conseils ai fait couler vos larmes ;
Et qui viens, puisqu'enfin le ciel est apaisé,
Réparer tout l'ennui que je vous ai causé.

CLYTEMNESTRE.

Ma fille! Ah, prince ! Oh ciel ! je demeure éperdue.
Quel miracle, seigneur, quel dieu me l'a rendue ?

ULYSSE.

Vous m'en voyez moi-même, en cet heureux moment,
Saisi d'horreur, de joie et de ravissement.
Jamais jour n'a paru si mortel à la Grèce.
Déjà de tout le camp la discorde maîtresse
Avoit sur tous les yeux mis son bandeau fatal,
Et donné du combat le funeste signal.
De ce spectacle affreux votre fille alarmée
Voyoit pour elle Achille, et contre elle l'armée :
Mais, quoique seul pour elle, Achille furieux
Épouvantoit l'armée, et partageoit les dieux.
Déjà de traits en l'air s'élevoit un nuage :
Déjà couloit le sang, prémices du carnage :
Entre les deux partis Calchas s'est avancé,
L'œil farouche, l'air sombre, et le poil hérissé,
Terrible, et plein du dieu qui l'agitoit sans doute:
« Vous, Achille, a-t-il dit, et vous, Grecs, qu'on
[m'écoute.
« Le dieu qui maintenant vous parle par ma voix
« M'explique son oracle, et m'instruit de son choix.

« Un autre sang d'Hélène, une autre Iphigénie
« Sur ce bord immolée y doit laisser sa vie.
« Thésée avec Hélène uni secrètement
« Fit succéder l'hymen à son enlèvement :
« Une fille en sortit, que sa mère a célée ;
« Du nom d'Iphigénie elle fut appelée.
« Je vis moi-même alors ce fruit de leurs amours :
« D'un sinistre avenir je menaçai ses jours.
« Sous un nom emprunté sa noire destinée
« Et ses propres fureurs ici l'ont amenée.
« Elle me voit, m'entend, elle est devant vos yeux ;
« Et c'est elle, en un mot, que demandent les dieux. »
Ainsi parle Calchas. Tout le camp immobile
L'écoute avec frayeur, et regarde Ériphile.
Elle étoit à l'autel ; et peut-être en son cœur
Du fatal sacrifice accusoit la lenteur.
Elle-même tantôt, d'une course subite,
Étoit venue aux Grecs annoncer votre fuite.
On admire en secret sa naissance et son sort.
Mais, puisque Troie enfin est le prix de sa mort,
L'armée à haute voix se déclare contre elle,
Et prononce à Calchas sa sentence mortelle.
Déjà pour la saisir Calchas lève le bras.
« Arrête, a-t-elle dit, et ne m'approche pas.
« Le sang de ces héros dont tu me fais descendre
« sans tes profanes mains saura bien se répandre. »
Furieuse elle vole, et sur l'autel prochain
Prend le sacré couteau, le plonge dans son sein.
A peine son sang coule et fait rougir la terre,
Les dieux font sur l'autel entendre le tonnerre,

Les vents agitent l'air d'heureux frémissements,
Et la mer leur répond par ses mugissements ;
La rive au loin gémit, blanchissante d'écume ;
La flamme du bûcher d'elle-même s'allume ;
Le ciel brille d'éclairs, s'entr'ouvre, et parmi nous
Jette une sainte horreur qui nous rassure tous.
Le soldat étonné dit que dans une nue
Jusque sur le bûcher Diane est descendue ;
Et croit que, s'élevant au travers de ses feux,
Elle portoit au ciel notre encens et nos vœux.
Tout s'empresse, tout part. La seule Iphigénie
Dans ce commun bonheur pleure son ennemie.
Des mains d'Agamemnon venez la recevoir :
Venez. Achille et lui, brûlent de vous revoir,
Madame, et désormais tous deux d'intelligence ;
Sont prêts à confirmer leur auguste alliance.

CLYTEMNESTRE.

Par quel prix, quel encens, ô ciel, puis-je jamais
Récompenser Achille, et payer tes bienfaits !

FIN D'IPHIGÉNIE.

PHÈDRE,

TRAGÉDIE.

1677.

PERSONNAGES.

THÉSÉE, fils d'Égée, roi d'Athènes.

PHÈDRE, femme de Thésée, fille de Minos et
  de Pasiphaé.

HIPPOLYTE, fils de Thésée, et d'Antiope
  reine des Amazones.

ARICIE, princesse du sang royal d'Athènes.

ŒNONE, nourrice et confidente de Phèdre.

THÉRAMÈNE, gouverneur d'Hippolite.

ISMÈNE, confidente d'Aricie.

PANOPE, femme de la suite de Phèdre.

GARDES.

La scène est à Trézène, ville du Péloponnèse.

PHÈDRE,

PHÈDRE,

TRAGÉDIE.

ACTE PREMIER.

SCÈNE I.

HIPPOLYTE, THÉRAMÈNE.

HIPPOLYTE.

Le dessein en est pris, je pars, cher Théramène,
Et quitte le séjour de l'aimable Trézène.
Dans le doute mortel dont je suis agité,
Je commence à rougir de mon oisiveté :
Depuis plus de six mois éloigné de mon père,
J'ignore le destin d'une tête si chère,
J'ignore jusqu'aux lieux qui le peuvent cacher.

THÉRAMÈNE.

Et dans quels lieux, seigneur, l'allez-vous donc cher-
Déjà, pour satisfaire à votre juste crainte,   [cher ?
J'ai couru les deux mers que sépare Corinthe ;
J'ai demandé Thésée aux peuples de ces bords
Où l'on voit l'Achéron se perdre chez les morts ;
J'ai visité l'Élide, et, laissant le Ténare,

Passé jusqu'à la mer qui vit tomber Icare.
Sur quel espoir nouveau, dans quels heureux climats
Croyez-vous découvrir la trace de ses pas ?
Qui sait même, qui sait si le roi votre père
Veut que de son absence on sache le mystère?
Et si, lorsqu'avec vous nous tremblons pour ses jours,
Tranquille, et nous cachant de nouvelles amours,
Ce héros n'attend point qu'une amante abusée...

HIPPOLYTE.

Cher Théramène, arrête; et respecte Thésée.
De ses jeunes erreurs désormais revenu,
Par un indigne obstacle il n'est point retenu ;
Et fixant de ses vœux l'inconstance fatale
Phèdre depuis long-temps ne craint plus de rivale.
Enfin, en le cherchant je suivrai mon devoir,
Et je fuirai ces lieux, que je n'ose plus voir.

THÉRAMÈNE.

Hé! depuis quand, seigneur, craignez-vous la présence
De ces paisibles lieux si chers à votre enfance,
Et dont je vous ai vu préférer le séjour
Au tumulte pompeux d'Athène et de la cour?
Quel péril, ou plutôt quel chagrin vous en chasse ?

HIPPOLYTE.

Cet heureux temps n'est plus. Tout a changé de face,
Depuis que sur ces bords les dieux ont renvoyé
La fille de Minos et de Pasiphaé.

THÉRAMÈNE.

J'entends : de vos douleurs la cause m'est connue.
Phèdre ici vous chagrine, et blesse votre vue.
Dangereuse marâtre, à peine elle vous vit,

Que votre exil d'abord signala son crédit.
Mais sa haine, sur vous autrefois attachée,
Ou s'est évanouie, ou s'est bien relâchée.
Et d'ailleurs quels périls vous peut faire courir
Une femme mourante, et qui cherche à mourir ?
Phèdre atteinte d'un mal qu'elle s'obstine à taire,
Lasse enfin d'elle-même et du jour qui l'éclaire,
Peut-elle contre vous former quelques desseins ?

HIPPOLYTE.

Sa vaine inimitié n'est pas ce que je crains.
Hyppolyte en partant fuit une autre ennemie ;
Je fui, je l'avourai, cette jeune Aricie,
Reste d'un sang fatal conjuré contre nous.

THÉRAMÈNE.

Quoi ! vous-même, seigneur, la persécutez-vous ?
Jamais l'aimable sœur des cruels Pallantides
Trempa-t-elle aux complots de ses frères perfides ?
Et devez-vous haïr ses innocents appas ?

HIPPOLYTE.

Si je la haïssois, je ne la fuirois pas.

THÉRAMÈNE.

Seigneur, m'est-il permis d'expliquer votre fuite ?
Pourriez-vous n'être plus ce superbe Hippolyte
Implacable ennemi des amoureuses lois
Et d'un joug que Thésée a subi tant de fois ?
Vénus, par votre orgueil si long-temps méprisée,
Voudroit-elle à la fin justifier Thésée ?
Et, vous mettant au rang du reste des mortels,
Vous a-t-elle forcé d'encenser ses autels ?
Aimeriez-vous, seigneur ?

HIPPOLYTE.

Ami, qu'oses-tu dire?
Toi qui connois mon cœur depuis que je respire,
Des sentiments d'un cœur si fier, si dédaigneux,
Peux-tu me demander le désaveu honteux?
C'est peu qu'avec son lait une mère amazone
M'ait fait sucer encor cet orgueil qui t'étonne;
Dans un âge plus mûr moi-même parvenu,
Je me suis applaudi quand je me suis connu.
Attaché près de moi par un zèle sincère,
Tu me contois alors l'histoire de mon père.
Tu sais combien mon ame, attentive à ta voix,
S'échauffoit au récit de ses nobles exploits;
Quand tu me dépeignois ce héros intrépide
Consolant les mortels de l'absence d'Alcide,
Les montres étouffés, et les brigands punis,
Procruste, Cercyon, et Scyrron, et Sinnis,
Et les os dispersés du géant d'Épidaure,
Et la Crète fumant du sang du Minotaure:
Mais quand tu récitois des faits moins glorieux,
Sa foi par-tout offerte et reçue en cent lieux,
Hélène à ses parents dans Sparte dérobée,
Salamine témoin des pleurs de Péribée,
Tant d'autres dont les noms lui sont même échappés,
Trop crédules esprits que sa flamme a trompés!
Ariane aux rochers contant ses injustices,
Phèdre enlevée enfin sous de meilleurs auspices;
Tu sais comme, à regret écoutant ce discours,
Je te pressois souvent d'en abréger le cours.
Heureux si j'avois pu ravir à la mémoire

Cette indigne moitié d'une si belle histoire !
Et moi-même, à mon tour, je me verrois lié !
Et les dieux jusque-là m'auroient humilié !
Dans mes lâches soupirs d'autant plus méprisable,
Qu'un long amas d'honneurs rend Thésée excusable :
Qu'aucuns monstres par moi domtés jusqu'aujourd'hui
Ne m'ont acquis le droit de faillir comme lui !
Quand même ma fierté pourroit s'être adoucie,
Aurois-je pour vainqueur dû choisir Aricie ?
Ne souviendroit-il plus à mes sens égarés
De l'obstacle éternel qui nous a séparés ?
Mon père la réprouve ; et, par des lois sévères,
Il défend de donner des neveux à ses frères.
D'une tige coupable il craint un rejeton.
Il veut avec leur sœur ensevelir leur nom ;
Et que, jusqu'au tombeau soumise à sa tutelle,
Jamais les feux d'hymen ne s'allument pour elle.
Dois-je épouser ses droits contre un père irrité ?
Donnerai-je l'exemple à la témérité ?
Et dans un fol amour ma jeunesse embarquée....

THÉRAMÈNE.

Ah ! seigneur ! si votre heure est une fois marquée,
Le ciel de nos raisons ne sait point s'informer.
Thésée ouvre vos yeux en voulant les fermer ;
Et sa haine, irritant une flamme rebelle,
Prête à son ennemie une grace nouvelle.
Enfin, d'un chaste amour pourquoi vous effrayer ?
S'il a quelque douceur, n'osez-vous l'essayer ?
En croirez-vous toujours un farouche scrupule ?
Craint-on de s'égarer sur les traces d'Hercule ?

H 3

Quels courages Vénus n'a-t-elle pas domtés?
Vous-même, où seriez-vous, vous qui la combattez,
Si toujours Antiope, à ses lois opposée,
D'une pudique ardeur n'eût brûlé pour Thésée?
Mais que sert d'affecter un superbe discours ?
Avouez-le tout change ; et depuis quelques jours
On vous voit moins souvent, orgueilleux et sauvage,
Tantôt faire voler un char sur le rivage,
Tantôt, savant dans l'art par Neptune inventé,
Rendre docile au frein un coursier indomté :
Les forêts de nos cris moins souvent retentissent :
Chargés d'un feu secret vos yeux s'appesantissent.
Il n'en faut point douter, vous aimez, vous brûlez ;
Vous périssez d'un mal que vous dissimulez.
La charmante Aricie a-t-elle su vous plaire?

HIPPOLYTE.

Théramène, je pars, et vais chercher mon père.

THÉRAMÈNE.

Ne verrez-vous point Phèdre avant que de partir,
Seigneur ?

HIPPOLYTE.

    C'est mon dessein ; tu peux l'en avertir,
Voyons-la, puisqu'ainsi mon devoir me l'ordonne.
Mais quel nouveau malheur trouble sa chère Œnone?

SCÈNE II.

HIPPOLYTE, ŒNONE, THÉRAMÈNE.

ŒNONE.

HÉLAS! seigneur, quel trouble au mien peut-être égal?
La reine touche presque à son terme fatal.
En vain à l'observer jour et nuit je m'attache,
Elle meurt dans mes bras d'un mal qu'elle me cache;
Un désordre éternel règne dans son esprit;
Son chagrin inquiet l'arrache de son lit;
Elle veut voir le jour, et sa douleur profonde
M'ordonne toutefois d'écarter tout le monde....
Elle vient.

HIPPOLYTE.

Il suffit : je la laisse en ces lieux,
Et ne lui montre point un visage odieux.

SCÈNE III.

PHÈDRE, ŒNONE.

PHÈDRE.

N'ALLONS point plus avant. Demeurons, chère Œnone,
Je ne me soutiens plus ; ma force m'abandonne :
Mes yeux sont éblouis du jour que je revoi,
Et mes genoux tremblants se dérobent sous moi,
Hélas !

(Elle s'assied.)

ŒNONE.

Dieux tout-puissants, que nos pleurs vous apaisent!

PHÈDRE.

Que ces vains ornements, que ces voiles me pèsent!
Quelle importune main, en formant tous ces nœuds,
A pris soin sur mon front d'assembler mes cheveux?
Tout m'afflige et me nuit et conspire à me nuire.

ŒNONE.

Comme on voit tous ses vœux l'un l'autre se détruire!
Vous-même, condamnant vos injustes desseins,
Tantôt à vous parer vous excitiez nos mains;
Vous-même, rappelant votre force première,
Vous vouliez vous montrer et revoir la lumière.
Vous la voyez, madame; et, prête à vous cacher,
Vous haïssez le jour que vous veniez chercher!

PHÈDRE.

Noble et brillant auteur d'une triste famille,
Toi, dont ma mère osoit se vanter d'être fille,
Qui peut-être rougis du trouble où tu me vois,
Soleil, je te viens voir pour la dernière fois!

ŒNONE.

Quoi! vous ne perdrez point cette cruelle envie?
Vous verrai-je toujours, renonçant à la vie,
Faire de votre mort les funestes apprêts?

PHÈDRE.

Dieux! que ne suis-je assise à l'ombre des forêts!
Quand pourrai-je, au travers d'une noble poussière,
Suivre de l'œil un char fuyant dans la carrière?

ŒNONE.

Quoi, madame!

PHÈDRE.

Insensée, où suis-je? et qu'ai-je d

Où laissé-je égarer mes vœux et mon esprit?
Je l'ai perdu : les dieux m'en ont ravi l'image.
Œnone, la rougeur me couvre le visage :
Je te laisse trop voir mes honteuses douleurs ;
Et mes yeux malgré moi se remplissent de pleurs.

ŒNONE.

Ah ! s'il vous faut rougir, rougissez d'un silence
Qui de vos maux encore aigrit la violence ;
Rebelle à tous nos soins, sourde à tous nos discours
Voulez-vous sans pitié laisser finir vos jours ?
Quelle fureur les borne au milieu de leur course ?
Quel charme ou quel poison en a tari la source ?
Les ombres par trois fois ont obscurci les cieux
Depuis que le sommeil n'est entré dans vos yeux ;
Et le jour a trois fois chassé la nuit obscure
Depuis que votre corps languit sans nourriture.
A quel affreux dessein vous laissez-vous tenter?
De quel droit sur vous-même osez-vous attenter?
Vous offensez les dieux auteurs de votre vie ;
Vous trahissez l'époux à qui la foi vous lie ;
Vous trahissez enfin vos enfants malheureux,
Que vous précipitez sous un joug rigoureux.
Songez qu'un même jour leur ravira leur mère ;
Et rendra l'espérance au fils de l'étrangère,
A ce fier ennemi de vous, de votre sang,
Ce fils qu'une Amazone a porté dans son flanc,
Cet Hyppolyte...

PHÈDRE.

Ah dieux!

ŒNONE.

Ce reproche vous touche?

PHÈDRE.

Malheureuse! quel nom est sorti de ta bouche!

ŒNONE.

Hé bien, votre colère éclate avec raison:
J'aime à vous voir frémir à ce funeste nom.
Vivez donc: que l'amour, le devoir vous excite.
Vivez, ne souffrez pas que le fils d'une Scythe,
Accablant vos enfants d'un empire odieux,
Commande au plus beau sang de la Grèce et des dieux.
Mais ne différez point; chaque moment vous tue:
Réparez promptement votre force abattue;
Tandis que de vos jours prêts à se consumer
Le flambeau dure encore et peut se rallumer.

PHÈDRE.

J'en ai trop prolongé la coupable durée.

ŒNONE.

Quoi! de quelques remords êtes-vous déchirée?
Quel crime a pu produire un trouble si pressant?
Vos mains n'ont point trempé dans le sang innocent?

PHÈDRE.

Graces au ciel, mes mains ne sont point criminelles.
Plût aux dieux que mon cœur fût innocent comme elles!

ŒNONE.

Et quel affreux projet avez-vous enfanté
Dont votre cœur encor doive être épouvanté?

PHÈDRE.

Je t'en ai dit assez: épargne-moi le reste.
Je meurs, pour ne point faire un aveu si funeste.

ŒNONE.

Mourez donc, et gardez un silence inhumain :
Mais pour fermer vos yeux cherchez une autre main.
Quoiqu'il vous reste à peine une foible lumière,
Mon ame chez les morts descendra la première ;
Mille chemins ouverts y conduisent toujours,
Et ma juste douleur choisira les plus courts.
Cruelle ! quand ma foi vous a-t-elle déçue ?
Songez-vous qu'en naissant mes bras vous ont reçue ?
Mon pays, mes enfants, pour vous j'ai tout quitté.
Réserviez-vous ce prix à ma fidélité ?

PHÈDRE.

Quel fruit espères-tu de tant de violence ?
Tu frémiras d'horreur si je romps le silence.

ŒNONE.

Et que me direz-vous qui ne cède, grands dieux !
A l'horreur de vous voir expirer à mes yeux ?

PHÈDRE.

Quand tu sauras mon crime, et le sort qui m'accable,
Je n'en mourrai pas moins ; j'en mourrai plus coupable.

ŒNONE.

Madame, au nom des pleurs que pour vous j'ai versés,
Par vos foibles genoux que je tiens embrassés,
Délivrez mon esprit de ce funeste doute.

PHÈDRE.

Tu le veux : lève-toi.

ŒNONE.

Parlez, je vous écoute.

PHÈDRE.

Ciel ! que lui vais-je dire ? et par où commencer ?

ŒNONE.

Par de vaines frayeurs cessez de m'offenser.

PHÈDRE.

O haine de Vénus! ô fatale colère!
Dans quels égarements l'amour jeta ma mère!

ŒNONE.

Oublions-les, madame; et qu'à tout l'avenir
Un silence éternel cache ce souvenir.

PHÈDRE.

Ariane ma sœur! de quel amour blessée
Vous mourûtes aux bords où vous fûtes laissée!

ŒNONE.

Que faites-vous, madame? et quel mortel ennui
Contre tout votre sang vous anime aujourd'hui?

PHÈDRE.

Puisque Vénus le veut, de ce sang déplorable
Je péris la dernière et la plus misérable.

ŒNONE.

Aimez-vous?

PHÈDRE.

De l'amour j'ai toutes les fureurs.

ŒNONE.

Pour qui?

PHÈDRE.

Tu vas ouïr le comble des horreurs.
J'aime... A ce nom fatal je tremble, je frissonne.
J'aime...

ŒNONE.

Qui?

PHÈDRE.

PHÈDRE.

Tu connois ce fils de l'Amazone,
Ce prince si long-temps par moi-même opprimé...

ŒNONE.

Hippolyte ? Grands dieux !

PHÈDRE.

C'est toi qui l'as nommé.

ŒNONE.

Juste ciel ! tout mon sang dans mes veines se glace !
O désespoir ! o crime ! ô déplorable race !
Voyage infortuné ! Rivage malheureux,
Falloit-il approcher de tes bords dangereux !

PHÈDRE.

Mon mal vient de plus loin. A peine au fils d'Égée
Sous les lois de l'hymen je m'étois engagée,
Mon repos, mon bonheur sembloit être affermi ;
Athènes me montra mon superbe ennemi :
Je le vis, je rougis, je pâlis à sa vue ;
Un trouble s'éleva dans mon ame éperdue ;
Mes yeux ne voyoient plus, je ne pouvois parler :
Je sentis sout mon corps et transir et brûler.
Je reconnus Vénus, et ses feux redoutables,
D'un sang qu'elle poursuit tourments inévitables.
Par des vœux assidus je crus les détourner :
Je lui bâtis un temple, et pris soin de l'orner ;
De victimes moi-même à toute heure entourée,
Je cherchois dans leurs flancs ma raison egarée :
D'un incurable amour remèdes impuissants !
En vain sur les autels ma main brûloit l'encens,

Quand ma bouche imploroit le nom de la déesse,
J'adorois Hippolyte ; et , le voyant sans cesse,
Même au pied des autels que je faisois fumer,
J'offrois tout à ce dieu que je n'osoit nommer.
Je l'évitois par-tout. O comble de misère !
Mes yeux le retrouvoient dans les traits de son père.
Contre moi-même enfin j'osai me révolter :
J'excitai mon courage à le persécuter.
Pour bannir l'ennemi dont j'étois idolâtre,
J'affectai les chagrins d'une injuste marâtre ;
Je pressai son exil ; et mes cris éternels
L'arrachèrent du sein et des bras paternels.
Je respirois Œnone ; et, depuis son absence,
Mes jours moins agités couloient dans l'innocence :
Soumise à mon époux, et cachant mes ennuis,
De son fatal hymen je cultivois les fruits.
Vaines précautions ! Cruelle destinée !
Par mon époux lui-même à Trézène amenée ;
J'ai revu l'ennemi que j'avois éloigné :
Ma blessure trop vive aussitôt a saigné.
Ce n'est plus une ardeur dans mes veines cachée,
C'est Vénus tout entière à sa proie attachée.
J'ai conçu pour mon crime une juste terreur:
J'ai pris la vie en haine, et ma flamme en horreur ;
Je voulois en mourant prendre soin de ma gloire,
Et dérober au jour une flamme si noire :
Je n'ai pu soutenir tes larmes, tes combats ;
Je t'ai tout avoué ; je ne m'en repens pas,
Pourvu que de ma mort respectant les approches
Tu ne m'affliges plus par d'injustes reproches,

Et que tes vains secours cessent de rappeler
Un reste de chaleur tout prêt à s'exhaler.

SCÈNE IV.

PHÈDRE, ŒNONE, PANOPE.

PANOPE.

Je voudrois vous cacher une triste nouvelle,
Madame ; mais il faut que je vous la révèle.
La mort vous a ravi votre invincible époux ;
Et ce malheur n'est plus ignoré que de vous.

ŒNONE.

Panope, que dis-tu ?

PANOPE.

Que la reine abusée
En vain demande au ciel le retour de Thésée ;
Et que, par des vaisseaux arrivés dans le port
Hippolyte son fils vient d'apprendre sa mort.

PHÈDRE.

Ciel !

PANOPE.

Pour le choix d'un maître Athènes se partage ;
Au prince votre fils l'un donne son suffrage,
Madame ; et de l'état l'autre oubliant les lois
Au fils de l'étrangère ose donner sa voix :
On dit même qu'au trône une brigue insolente
Veut placer Aricie et le sang de Pallante.
J'ai cru de ce péril vous devoir avertir.
Déjà même Hippolyte est tout prêt à partir ;
Et l'on craint, s'il paroît dans ce nouvel orage,

I 2

Qu'il n'entraîne après lui tout un peuple volage.

ŒNONE.

Panope , c'est assez : la reine , qui t'entend ,
Ne négligera point cet avis important.

SCÈNE V.

PHÈDRE , ŒNONE.

ŒNONE.

MADAME , je cessois de vous presser de vivre,
Déjà même au tombeau je songeois à vous suivre :
Pour vous en détourner je n'avois plus de voix :
Mais ce nouveau malheur vous prescrit d'autres lois.
Votre fortune change et prend une autre face :
Le roi n'est plus, madame; il faut prendre sa place.
Sa mort vous laisse un fils à qui vous vous devez ;
Esclave s'il vous perd, et roi si vous vivez.
Sur qui, dans son malheur, voulez-vous qu'il s'appuie ?
Ses larmes n'auront plus de main qui les essuie ;
Et ses cris innocents, portés jusques aux dieux,
Iront contre sa mère irriter ses aïeux.
Vivez; vous n'avez plus de reproche à vous faire :
Votre flamme devient une flamme ordinaire ;
Thésée en expirant vient de rompre les nœuds
Qui faisoient tout le crime et l'horreur de vos feux.
Hippolyte pour vous devient moins redoutable;
Et vous pouvez le voir sans vous rendre coupable.
Peut-être, convaincu de votre aversion,
Il va donner un chef à la sédition ;
Détrompez son erreur, fléchissez son courage.

Roi de ces bords heureux, Trézène est son partage ;
Mais il sait que les lois donnent à votre fils
Les superbes remparts que Minerve a bâtis.
Vous avez l'un et l'autre une juste ennemie :
Unissez-vous tous deux pour combattre Aricie.

PHÈDRE.

Hé bien! à tes conseils je me laisse entraîner.
Vivons, si vers la vie on peut me ramener,
Et si l'amour d'un fils, en ce moment funeste,
De mes foibles esprits peut ranimer le reste.

FIN DU PREMIER ACTE.

ACTE SECOND.

SCÈNE I.

ARICIE, ISMÈNE.

ARICIE.

HIPPOLYTE demande à me voir en ce lieu ?
Hippolyte me cherche, et veut me dire adieu ?
Ismène, dis-tu vrai ? n'est-tu point abusée ?

ISMÈNE.

C'est le premier effet de la mort de Thésée.
Préparez-vous, madame, à voir de tous côtés,
Voler vers vous les cœurs par Thésée écartés.
Aricie, à la fin de son sort est maîtresse,
Et bientôt à ses pieds verra toute la Grèce.

ARICIE.

Ce n'est donc point, Ismène, un bruit mal affermi ?
Je cesse d'être esclave, et n'ai plus d'ennemi ?

ISMÈNE.

Non, madame, les dieux ne vous sont plus contraires ;
Et Thésée a rejoint les mânes de vos frères.

ARICIE.

Dit-on quelle aventure a terminé ses jours ?

ISMÈNE.

On sème de sa mort d'incroyables discours.
On dit que, ravisseur d'une amante nouvelle,
Les flots ont englouti cet époux infidèle.

On dit même, et ce bruit est par-tout répandu,
Qu'avec Pirithoüs aux enfers descendu
Il a vu le Cocyte et les rivages sombres,
Et s'est montré vivant aux infernales ombres;
Mais qu'il n'a pu sortir de ce triste séjour,
Et repasser les bords qu'on passe sans retour.

ARICIE.

Croirai-je qu'un mortel, avant sa dernière heure,
Peut pénétrer des morts la profonde demeure?
Quel charme l'attiroit sur ces bords redoutés?

ISMÈNE.

Thésée est mort, madame, et vous seule en doutez?
Athènes en gémit; Trézène en est instruite,
Et déjà pour son roi reconnoît Hippolyte.
Phèdre, dans ce palais, tremblante pour son fils,
De ses amis troublés demande les avis.

ARICIE.

Et tu crois que, pour moi plus humain que son père,
Hippolyte rendra ma chaîne plus légère;
Qu'il plaindra mes malheurs?

ISMÈNE.

Madame, je le croi.

ARICIE.

L'insensible Hippolyte est-il connu de toi?
Sur quel frivole espoir penses-tu qu'il me plaigne,
Et respecte en moi seule un sexe qu'il dédaigne?
Tu vois depuis quel temps il évite nos pas,
Et cherche tous les lieux où nous ne sommes pas.

ISMÈNE.

Je sais de ses froideurs tout ce que l'on récite;

Mais j'ai vu près de vous ce superbe Hippolyte ;
Et même, en le voyant, le bruit de sa fierté
A redoublé pour lui ma curiosité.
Sa présence à ce bruit n'a point paru répondre :
Dès vos premiers regards je l'ai vu se confondre ;
Ses yeux, qui vainement vouloient vous éviter,
Déjà pleins de langueur ne pouvoient vous quitter.
Le nom d'amant peut-être offense son courage ;
Mais il en a les yeux, s'il n'en a le langage.

ARICIE.

Que mon cœur, chère Ismène, écoute avidement
Un discours qui peut-être a peu de fondement !
O toi qui me connois, te sembloit-il croyable
Que le triste jouet d'un sort impitoyable,
Un cœur toujours nourri d'amertume et de pleurs,
Dût connoître l'amour et ses folles douleurs ?
Reste du sang d'un roi noble fils de la Terre,
Je suis seule échappée aux fureurs de la guerre.
J'ai perdu dans la fleur de leur jeune saison
Six frères ; quel espoir d'une illustre maison !
Le fer moissonna tout, et la terre humectée
But à regret le sang des neveux d'Érechthée.
Tu sais depuis leur mort quelle sévère loi
Défend à tous les Grecs de soupirer pour moi :
On craint que de la sœur les flammes téméraires
Ne raniment un jour la cendre de ses frères.
Mais tu sais bien aussi de quel œil dédaigneux
Je regardois ce soin d'un vainqueur soupçonneux.
Tu sais que, de tout temps à l'amour opposée,

Je rendois souvent grace à l'injuste Thésée,
Dont l'heureuse rigueur secondoit mes mépris.
Mes yeux alors, mes yeux n'avoient pas vu son fils.
Non que, par les yeux seuls lâchement enchantée,
J'aime en lui sa beauté, sa grace tant vantée,
Présents dont la nature a voulu l'honorer,
Qu'il méprise lui-même, et qu'il semble ignorer :
J'aime, je prise en lui de plus nobles richesses,
Les vertus de son père, et non point les foiblesses :
J'aime, je l'avoûrai cet orgueil généreux
Qui jamais n'a fléchi sous le joug amoureux.
Phèdre en vain s'honoroit des soupirs de Thésée :
Pour moi, je suis plus fière, et fuis la gloire aisée
D'arracher un hommage à mille autres offert,
Et d'entrer dans un cœur de toutes parts ouvert.
Mais de faire fléchir un courage inflexible,
De porter la douleur dans une ame insensible,
D'enchaîner un captif de ses fers étonné,
Contre un joug qui lui plaît vainement mutiné ;
C'est là ce que je veux, c'est là ce qui m'irrite.
Hercule à désarmer coûtoit moins qu'Hippolyte,
Et vaincu plus souvent, et plus tôt surmonté,
Préparoit moins de gloire aux yeux qui l'ont domté.
Mais, chère Ismène, hélas ! quelle est mon impruden-
On ne m'opposera que trop de résistance :   [ce !
Tu m'entendras peut-être, humble dans mon ennui,
Gemir du même orgueil que j'admire aujourd'hui.
Hippolyte aimeroit ! par quel bonheur extrême
Aurois-je pu fléchir...

ISMÈNE.

Vous l'entendez lui-même.
Il vient à vous.

SCÈNE II.

HIPPOLYE , ARICIE , ISMÈNE.

HIPPOLYTE.

MADAME , avant que de partir ,
J'ai cru de votre sort vous devoir avertir.
Mon père ne vit plus. Ma juste défiance
Présageoit les raisons de sa trop longue absence :
La mort seule, bornant ses travaux éclatants ,
Pouvoit à l'univers le cacher si long-temps.
Les dieux livrent enfin à la parque homicide
L'ami , le compagnon , le successeur d'Alcide.
Je crois que votre haine , épargnant ses vertus ,
Écoute sans regret ces noms qui lui sont dus.
Un espoir adoucit ma tristesse mortelle :
Je puis vous affranchir d'une austère tutelle ;
Je révoque des lois dont j'ai plaint la rigueur.
Vous pouvez disposer de vous , de votre cœur ;
Et dans cette Trézène, aujourd'hui mon partage ,
De mon aïeul Pitthée autrefois l'héritage ,
Qui m'a sans balancer reconnu pour son roi ,
Je vous laisse aussi libre et plus libre que moi.

ARICIE.

Modérez des bontés dont l'excès m'embarrasse.
D'un soin si généreux honorer ma disgrace ,
Seigneur, c'est me ranger, plus que vous ne pensez,
Sous ces austères lois dont vous me dispensez.

HIPPOLYTE.

Du choix d'un successeur Athènes incertaine
Parle de vous, me nomme, et le fils de la reine.

ARICIE.

De moi, seigneur?

HIPPOLYTE.

Je sais, sans vouloir me flatter,
Qu'une superbe loi semble me rejeter :
La Grèce me reproche une mère étrangère.
Mais si pour concurrent je n'avois que mon frère,
Madame, j'ai sur lui de véritables droits
Que je saurois sauver du caprice des lois.
Un frein plus légitime arrête mon audace :
Je vous cède ou plutôt je vous rends une place,
Un sceptre que jadis vos aïeux ont reçu
De ce fameux mortel que la Terre a conçu.
L'adoption le mit entre les mains d'Égée.
Athènes, par mon père accrue et protégée,
Reconnut avec joie un roi si généreux,
Et laissa dans l'oubli vos frères malheureux.
Athènes dans ses murs maintenant vous rappelle ;
Assez elle a gémi d'une longue querelle ;
Assez dans ses sillons votre sang englouti
A fait fumer le champ dont il étoit sorti.
Trézène m'obéit. Les campagnes de Crète
Offrent au fils de Phèdre une riche retraite.
L'Attique est votre bien. Je pars, et vais pour vous
Réunir tous les vœux partagés entre nous.

ARICIE.

De tout ce que j'entends étonnée et confuse,

Je crains presque, je crains qu'un songe ne m'abuse.
Veillé-je ? Puis-je croire un semblable dessein ?
Quel dieu, seigneur, quel dieu l'a mis dans votre sein ?
Qu'à bon droit votre gloire en tous lieux est semée !
Et que la vérité passe la renommée !
Vous-même en ma faveur vous voulez vous trahir !
N'étoit-ce pas assez de ne me point haïr,
Et d'avoir si long-temps pu défendre votre ame
De cette inimitié...

HIPPOLYTE.

Moi, vous haïr, madame !
Avec quelques couleurs qu'on ait peint ma fierté,
Croit-on que dans ses flancs un monstre m'ait porté ?
Quelles sauvages mœurs, quelle haine endurcie ?
Pourroit, en vous voyant, n'être point adoucie ?
Ai-je pu résister au charme décevant...

ARICIE.

Quoi, seigneur !

HIPPOLYTE.

Je me suis engagé trop avant.
Je vois que la raison cède à la violence :
Puisque j'ai commencé de rompre le silence,
Madame, il faut poursuivre ; il faut vous informer
D'un secret que mon cœur ne peut plus renfermer.

Vous voyez devant vous un prince déplorable,
D'un téméraire orgueil exemple mémorable :
Moi qui, contre l'amour fièrement révolté,
Aux fers de ses captifs ai long-temps insulté ;
Qui, des foibles mortels déplorant les naufrages,
Pensois toujours du bord contempler les orages ;

Asservi

Asservi maintenant sous la commune loi,
Par quel trouble me vois-je emporté loin de moi!
Un moment a vaincu mon audace imprudente :
Cette ame si superbe est enfin dépendante.
Depuis près de six mois, honteux, désespéré,
Portant par-tout le trait dont je suis déchiré,
Contre vous, contre moi, vainement je m'éprouve :
Présente, je vous fuis; absente, je vous trouve;
Dans le fond des forêts votre image me suit;
La lumière du jour, les ombres de la nuit,
Tout retrace à mes yeux les charmes que j'évite;
Tout vous livre à l'envi le rebelle Hippolyte.
Moi-même, pour tout fruit de mes soins superflus,
Maintenant je me cherche, et ne me trouve plus :
Mon arc, mes javelots, mon char, tout m'importune;
Je ne me souviens plus des leçons de Neptune;
Mes seuls gémissements font retentir les bois;
Et mes coursiers oisifs ont oublié ma voix.

　　Peut-être le récit d'un amour si sauvage
Vous fait, en m'écoutant, rougir de votre ouvrage.
D'un cœur qui s'offre à vous quel farouche entretien!
Quel étrange captif pour un si beau lien!
Mais l'offrande à vos yeux en doit être plus chère.
Songez que je vous parle une langue étrangère;
Et ne rejetez pas des vœux mal exprimés,
Qu'Hippolyte sans vous n'auroit jamais formés.

SCÈNE III.

HIPPOLYTE , ARICIE , THÉRAMÈNE , ISMÈNE.

THÉRAMÈNE.

SEIGNEUR , la reine vient, et je l'ai devancée :
Elle vous cherche.

HIPPOLYTE.

Moi ?

THÉRAMÈNE.

     J'ignore sa pensée ;
Mais on vous est venu demander de sa part.
Phèdre veut vous parler avant votre départ.

HIPPOLYTE.

Phèdre ! Que lui dirai-je ? et que peut-elle attendre ?...

ARICIE.

Seigneur, vous ne pouvez refuser de l'entendre :
Quoique trop convaincu de son inimitié,
Vous devez à ses pleurs quelque ombre de pitié.

HIPPOLYTE.

Cependant vous sortez. Et je pars : et j'ignore
Si je n'offense point les charmes que j'adore ;
J'ignore si ce cœur que je laisse en vos mains...

ARICIE.

Partez, prince, et suivez vos généreux desseins ;
Rendez de mon pouvoir Athènes tributaire :
J'accepte tous les dons que vous me voulez faire.
Mais cet empire enfin, si grand si glorieux,
N'est pas de vos présents le plus cher à mes yeux.

SCÈNE IV.

HIPPOLYTE, THÉRAMÈNE.

HIPPOLYTE.

AMI, tout est-il prêt? Mais la reine s'avance.
Va, que pour le départ tout s'arme en diligence :
Fais donner le signal, cours, ordonne, et revien
Me délivrer bientôt d'un fâcheux entretien.

SCÈNE V.

PHÈDRE, HIPPOLYTE, ŒNONE.

PHÈDRE, *à Œnone, dans le fond du théâtre.*

LE voici. Vers mon cœur tout mon sang se retire.
J'oublie, en le voyant, ce que je viens lui dire.

ŒNONE.

Souvenez-vous d'un fils qui n'espère qu'en vous.

PHÈDRE.

On dit qu'un prompt départ vous éloigne de nous,
Seigneur. A vos douleurs je viens joindre mes larmes;
Je vous viens pour un fils expliquer mes alarmes.
Mon fils n'a plus de père, et le jour n'est pas loin
Qui de ma mort encort doit le rendre témoin.
Déjà mille ennemis attaquent son enfance :
Vous seul pouvez contre eux embrasser sa défense.
Mais un secret remords agite mes esprits :
Je crains d'avoir fermé votre oreille à ses cris ;
Je tremble que sur lui votre juste colère
Ne poursuive bientôt une odieuse mère.

K 2

HIPPOLYTE.

Madame, je n'ai point des sentiments si bas.

PHÈDRE.

Quand vous me haïriez, je ne m'en plaindrois pas,
Seigneur; vous m'avez vue attachée à vous nuire;
Dans le fond de mon cœur vous ne pouviez pas lire.
A votre inimitié j'ai pris soin de m'offrir;
Aux bords que j'habitois je n'ai pu vous souffrir;
En public, en secret, contre vous déclarée,
J'ai voulu par des mers en être séparée;
J'ai même défendu par une expresse loi
Qu'on osât prononcer votre nom devant moi.
Si pourtant à l'offense on mesure la peine,
Si la haine peut seule attirer votre haine,
Jamais femme ne fut plus digne de pitié,
Et moins digne, seigneur, de votre inimitié.

HIPPOLYTE.

Des droits de ses enfants une mère jalouse
Pardonne rarement au fils d'une autre épouse;
Madame, je le sais: les soupçons importuns
Sont d'un second hymen les fruits les plus communs.
Tout autre auroit pour moi pris les mêmes ombrages,
Et j'en aurois peut-être essuyé plus d'outrages.

PHÈDRE.

Ah, seigneur! que le ciel, j'ose ici l'attester,
De cette loi commune a voulu m'excepter!
Qu'un soin bien différent me trouble et me dévore!

HIPPOLYTE.

Madame, il n'est pas temps de vous troubler encore;
Peut-être votre époux voit encore le jour;

Le ciel peut à nos pleurs accorder son retour.
Neptune le protège ; et ce dieu tutélaire
Ne sera pas en vain imploré par mon père.

PHÈDRE.

On ne voit point deux fois le rivage des morts ;
Seigneur : puisque Thésée a vu les sombres bords,
En vain vous espérez qu'un dieu vous le renvoie ;
Et l'avare Achéron ne lâche point sa proie.   [vous,
Que dis-je ? il n'est point mort, puisqu'il respire en
Toujours devant mes yeux je crois voir mon époux :
Je le vois, je lui parle ; et mon cœur... Je m'égare,
Seigneur ; ma folle ardeur malgré moi se déclare.

HIPPOLYTE.

Je vois de votre amour l'effet prodigieux :
Tout mort qu'il est, Thésée est présent à vos yeux ;
Toujours de son amour votre ame est embrasée.

PHÈDRE.

Oui, prince, je languis, je brûle pour Thésée :
Je l'aime, non point tel que l'ont vu les enfers,
Volage adorateur de mille objets divers,
Qui va du dieu des morts déshonorer la couche ;
Mais fidèle, mais fier, et même un peu farouche,
Charmant, jeune, traînant tous les cœurs après soi,
Tel qu'on dépeint nos dieux, ou tel que je vous voi.
Il avoit votre port, vos yeux, votre langage ;
Cette noble pudeur coloroit son visage,
Lorsque de notre Crète il traversa les flots,
Digne sujet des vœux des filles de Minos.
Que faisiez-vous alors ? Pourquoi, sans Hippolyte,
Des héros de la Grèce assembla-t-il l'élite ?

K 3

Pourquoi , trop jeune encor, ne pûtes-vous alors
Entrer dans le vaisseau qui le mit sur nos bords ?
Par vous auroit péri le monstre de la Crète ,
Malgré tous les détours de sa vaste retraite :
Pour en développer l'embarras incertain
Ma sœur du fil fatal eût armé votre main.
Mais non : dans ce dessein je l'aurois devancée :
L'amour m'en eût d'abord inspiré la pensée ;
C'est moi, prince, c'est moi dont l'utile secours
Vous eût du labyrinthe enseigné les détours.
Que de soins m'eût coûté cette tête charmante !
Un fil n'eût point assez rassuré votre amante:
Compagne du péril qu'il vous falloit chercher,
Moi-même devant vous j'aurois voulu marcher ;
Et Phèdre au labyrinthe avec vous descendue
Se seroit avec vous retrouvée ou perdue.

HIPPOLYTE.   [vous

Dieux! qu'est-ce que j'entends ! Madame, oubliez-
Que Thésée est mon père, et qu'il est votre époux ?

PHÈDRE.

Et sur quoi jugez-vous que j'en perds la mémoire,
Prince ? Aurois-je perdu tout le soin de ma gloire ?

HIPPOLYTE.

Madame, pardonnez : j'avoue, en rougissant,
Que j'accusois à tort un discours innocent.
Ma honte ne peut plus soutenir votre vue ;
Et je vais...

PHÈDRE.

Ah, cruel ! tu m'as trop entendue !
Je t'en ai dit assez pour te tirer d'erreur.

Hé bien ! connois donc Phèdre et toute sa fureur :
J'aime. Ne pense pas qu'au moment que je t'aime,
Innocente à mes yeux, je m'approuve moi-même,
Ni que du fol amour qui trouble ma raison
Ma lâche complaisance ait nourri le poison :
Objet infortuné des vengeances célestes,
Je m'abhorre encor plus que tu ne me détestes.
Les dieux m'en sont témoins, ces dieux qui dans mon
Ont allumé le feu fatal à tout mon sang ; • [flanc
Ces dieux qui se sont fait une gloire cruelle
De séduire le cœur d'une foible mortelle.
Toi-même en ton esprit rappelle le passé :
C'est peu de t'avoir fui, cruel, je t'ai chassé ;
J'ai voulu te paroître odieuse, inhumaine ;
Pour mieux te résister j'ai recherché ta haine.
De quoi m'ont profité mes inutiles soins ?
Tu me haïssois plus, je ne t'aimois pas moins ;
Tes malheurs te prêtoient encor de nouveaux charmes.
J'ai langui, j'ai séché dans les feux, dans les larmes :
Il suffit de tes yeux pour t'en persuader,
Si tes yeux un moment pouvoient me regarder.
Que dis-je ? cet aveu que je te viens de faire,
Cet aveu si honteux, le crois-tu volontaire ?
Tremblante pour un fils que je n'osois trahir,
Je te venois prier de ne le point haïr :
Foibles projets d'un cœur trop plein de ce qu'il aime !
Hélas ! je ne t'ai pu parler que de toi-même !
Venge-toi, punis-moi d'un odieux amour :
Digne fils du héros qui t'a donné le jour,
Délivre l'univers d'un monstre qui t'irrite.

La veuve de Thésée ose aimer Hippolyte?
Crois-moi, ce monstre affreux ne doit point t'échapper;
Voilà mon cœur, c'est là que ta main doit frapper.
Impatient déjà d'expier son offence,
Au-devant de ton bras je le sens qui s'avance.
Frappe : ou si tu le crois indigne de tes coups,
Si ta haine m'envie un supplice si doux,
Ou si d'un sang trop vil ta main seroit trempée,
Au défaut de ton bras prête-moi ton épée;
Donne.

ŒNONE.

Que faites-vous, madame! Justes dieux!
Mais on vient : évitez des témoins odieux.
Venez, rentrez; fuyez une honte certaine.

SCÈNE VI.

HIPPOLYTE . THÉRAMÈNE.

THÉRAMÈNE.

Est-ce Phèdre qui fuit, ou plutôt qu'on entraîne?
Pourquoi, seigneur, pourquoi ces marques de douleur?
Je vous vois sans épée, interdit, sans couleur?

HIPPOLYTE.

Théramène, fuyons. Ma surprise est extrême :
Je ne puis sans horreur me regarder moi-même.
Phèdre... Mais non, grands dieux! qu'en un profond
Cet horrible secret demeure enseveli.   [oubli,

THÉRAMÈNE.

Si vous voulez partir la voile est préparée :
Mais Athènes, seigneur, s'est déjà déclarée;

Ses chefs ont pris les voix de toutes ses tribus;
Votre frère l'emporte, et Phèdre a le dessus.

HIPPOLYTE.

Phèdre ?

THÉRAMÈNE.

Un héraut chargé des volontés d'Athènes
De l'état en ses mains vient remettre les rênes.
Son fils est roi, seigneur.

PIPPOLYTE.

Dieux, qui la connoissez,
Est-ce donc sa vertu que vous récompensez ?

THÉRAMÈNE.

Cependant un bruit sourd veut que le roi respire;
On prétend que Thésée a paru dans l'Épire :
Mais moi, qui l'y cherchai, seigneur, je sais trop bien...

HIPPOLYTE.

N'importe; écoutons tout, et ne négligeons rien.
Examinons ce bruit, remontons à sa source.
S'il ne mérite pas d'interrompre ma course,
Partons; et, quelque prix qu'il en puisse coûter,
Mettons le sceptre aux mains dignes de le porter.

FIN DU SECOND ACTE.

ACTE TROISIÈME.

SCÈNE I.

PHÈDRE, ŒNONE.

PHÈDRE.

Ah! que l'on porte ailleurs les honneurs qu'on m'envoie.
Importune, peux-tu souhaiter qu'on me voie ?
De quoi viens-tu flatter mon esprit désolé ?
Cache-moi bien plutôt; je n'ai que trop parlé.
Mes fureurs au dehors ont osé se répandre :
J'ai dit ce que jamais on ne devoit entendre.
Ciel! comme il m'écoutoit! Par combien de détours
L'insensible a long-temps éludé mes discours!
Comme il ne respiroit qu'une retraite prompte!
Et combien sa rougeur a redoublé ma honte !
Pourquoi détournois-tu mon funeste dessein?
Hélas! quand son épée alloit chercher mon sein,
A-t-il pâli pour moi? me l'a-t-il arrachée?
Il suffit que ma main l'ait une fois touchée,
Je l'ai rendue horrible à ses yeux inhumains;
Et ce fer malheureux profaneroit ses mains.

ŒNONE. [dre,

Ainsi dans vos malheurs, ne songeant qu'à vous plain-
Vous nourrissez un feu qu'il vous faudroit éteindre.
Ne vaudroit-il pas mieux, digne sang de Minos,
Dans de plus noble soins chercher votre repos,

Contre un ingrat qui plaît recourir à la fuite,
Régner, et de l'état embrasser la conduite ?

PHÈDRE.

Moi, régner ! moi, ranger un état sous ma loi,
Quand ma foible raison ne règne plus sur moi !
Lorsque j'ai de mes sens abandonné l'empire !
Quand sous un joug honteux à peine je respire !
Quand je me meurs !

ŒNONE.

Fuyez.

PHÈDRE.

Je ne le puis quitter.

ŒNONE.

Vous l'osâtes bannir, vous n'osez l'éviter ?

PHÈDRE.

Il n'est plus temps : il sait mes ardeurs insensées.
De l'austère pudeur les bornes sont passées :
J'ai déclaré ma honte aux yeux de mon vainqueur ;
Et l'espoir malgré moi s'est glissé dans mon cœur.
Toi-même, rappelant ma force défaillante,
Et mon ame déjà sur mes lèvres errante,
Par tes conseils flatteurs tu m'as su ranimer ;
Tu m'as fait entrevoir que je pouvois l'aimer.

ŒNONE.

Hélas ! de vos malheurs innocente ou coupable,
De quoi pour vous sauver n'étois-je point capable ?
Mais si jamais l'offense irrita vos esprits,
Pouvez-vous d'un superbe oublier les mépris ?
Avec quels yeux cruels sa rigueur obstinée
Vous laissoit à ses pieds peu s'en faut prosternée !

Que son farouche orgueil le rendoit odieux!
Que Phèdre en ce moment n'avoit-elle mes yeux !

PHÈDRE.

Œnone, il peut quitter cet orgueil qui te blesse ;
Nourri dans les forêts, il en a la rudesse.
Hippolyte, endurci par de sauvages lois ,
Entend parler d'amour pour la première fois :
Peut-être sa surprise à causé son silence ;
Et nos plaintes peut-être ont trop de violence.

ŒNONE.

Songez qu'une barbare en son sein l'a formé.

PHÈDRE.

Quoique Scythe et barbare , elle a pourtant aimé.

ŒNONE.

Il a pour tout le sexe une haine fatale.

PHÈDRE.

Je ne me verrai point préférer de rivale.
Enfin tous tes conseils ne sont plus de saison :
Sers ma fureur, Œnone, et non point ma raison.
Il oppose à l'amour un cœur inaccessible :   [ble
Cherchons pour l'attaquer quelque endroit plus sensi-
Les charmes d'un empire ont paru le toucher ;
Athènes l'attiroit, il n'a pu s'en cacher ;
Déjà de ses vaisseaux la pointe étoit tournée ,
Et la voile flottoit aux vents abandonnée.
Va trouver de ma part ce jeune ambitieux,
Œnone ; fais briller la couronne à ses yeux ;
Qu'il mette sur son front le sacré diadème :
Je ne veux que l'honneur de l'attacher moi-même.
Cédons-lui ce pouvoir que je ne puis garder.

II

Il instruira mon fils dans l'art de commander;
Peut-être il voudra bien lui tenir lieu de père:
Je mets sous son pouvoir et le fils et la mère.
Pour le fléchir enfin tente tous les moyens ;
Tes discours trouveront plus d'accès que les miens;
Presse, pleure, gémis; peins-lui Phèdre mourante;
Ne rougis point de prendre une voix suppliante:
Je t'avoûrai de tout ; je n'espère qu'en toi.
Va : j'attends ton retour pour disposer de moi.

SCÈNE II.

PHÈDRE.

O toi qui vois la honte où je suis descendue,
Implacable Vénus, suis-je assez confondue !
Tu ne saurois plus loin pousser ta cruauté :
Ton triomphe est parfait; tous tes traits ont porté.
Cruelle ! si tu veux une gloire nouvelle,
Attaque un ennemi qui te soit plus rebelle.
Hippolyte te fuit , et , bravant ton courroux,
Jamais à tes autels n'a fléchi les genoux;
Ton nom semble offenser ses superbes oreilles.
Déesse, venge-toi; nos causes sont pareilles :
Qu'il aime... Mais déjà tu reviens sur tes pas,
Œnone ! On me déteste; on ne t'écoute pas.

SCÈNE III.

PHÈDRE, ŒNONE.

ŒNONE.

Il faut d'un vain amour étouffer la pensée,
Madame ; rappelez votre vertu passée :
Le roi, qu'on a cru mort, va paroître à vos yeux ;
Thésée est arrivé, Thésée est en ces lieux.
Le peuple pour le voir court et se précipite.
Je sortois par votre ordre, et cherchois Hippolyte,
Lorsque jusques au ciel mille cris élancés...

PHÈDRE.

Mon époux est vivant, Œnone ; c'est assez.
J'ai fait l'indigne aveu d'un amour qui l'outrage.
Il vit ; je ne veux pas en savoir davantage.

ŒNONE.

Quoi ?

PHÈDRE.

Je te l'ai prédit ; mais tu n'as pas voulu ;
Sur mes justes remords tes pleurs ont prévalu ;
Je mourois ce matin digne d'être pleurée ;
J'ai suivi tes conseils ; je meurs déshonorée.

ŒNONE.

Vous mourez ?

PHÈDRE.

Juste ciel ! qu'ai-je fait aujourd'hui !
Mon époux va paroître, et son fils avec lui !
Je verrai le témoin de ma flamme adultère
Observer de quel front j'ose aborder son père,

Le cœur gros de soupirs qu'il n'a point écoutés,
L'œil humide de pleurs par l'ingrat rebutés !
Penses-tu que, sensible à l'honneur de Thésée,
Il lui cache l'ardeur dont je suis embrasée ?
Laissera-t-il trahir et son père et son roi ?
Pourra-t-il contenir l'horreur qu'il a pour moi ?
Il se tairoit en vain : je sais mes perfidies,
Œnone, et ne suis point de ces femmes hardies
Qui, goûtant dans le crime une tranquille paix,
Ont su se faire un front qui ne rougit jamais ;
Je connois mes fureurs, je les rappelle toutes :
Il me semble déjà que ces murs, que ces voûtes
Vont prendre la parole, et prêts à m'accuser,
Attendent mon époux pour le désabuser.
Mourons : de tant d'horreurs qu'un trépas me délivre,
Est-ce un malheur si grand que de cesser de vivre ?
La mort aux malheureux ne cause point d'effroi :
Je ne crains que le nom que je laisse après moi.
Pour mes tristes enfants quel affreux héritage !
Le sang de Jupiter doit enfler leur courage :
Mais, quelque juste orgueil qu'inspire un sang si beau,
Le crime d'une mère est un pesant fardeau.
Je tremble qu'un discours, hélas ! trop véritable
Un jour ne leur reproche une mère coupable :
Je tremble qu'opprimés de ce poids odieux
L'un ni l'autre jamais n'osent lever les yeux.

ŒNONE.

Il n'en faut point douter, je les plains l'un et l'autre,
Jamais crainte ne fut plus juste que la vôtre.
Mais a de tels affronts pourquoi les exposer ?

Pourquoi contre vous-même allez-vous déposer?
C'en est fait : on dira que Phèdre, trop coupable,
De son époux trahi fuit l'aspect redoutable.
Hippolyte est heureux qu'aux dépens de vos jours
Vous-même, en expirant, appuyiez ses discours.
A votre accusateur que pourrai-je répondre?
Je serai devant lui trop facile à confondre :
De son triomphe affreux je le verrai jouir,
Et conter votre honte à qui voudra l'ouïr.
Ah! que plutôt du ciel la flamme me dévore!
Mais, ne me trompez point, vous est-il cher encore?
De quel œil voyez-vous ce prince audacieux ?

PHÈDRE.

Je le vois comme un monstre effroyable à mes yeux.

ŒNONE.

Pourquoi donc lui céder une victoire entière?
Vous le craignez ; osez l'accuser la première
Du crime dont il peut vous charger aujourd'hui.
Qui vous démentira ? Tout parle contre lui:
Son épée en vos mains heureusement laissée,
Votre trouble présent, votre douleur passée,
Son père par vos cris dès long-temps prévenu,
Et déjà son exil par vous-même obtenu.

PHÈDRE.

Moi, que j'ose opprimer et noircir l'innocence?

ŒNONE.

Mon zèle n'a besoin que de votre silence.
Tremblante comme vous, j'en sens quelques remords;
Vous me verriez plus prompte affronter mille morts.
Mais, puisque je vous perds sans ce triste remède,

Votre vie est pour moi d'un prix à qui tout cède:
Je parlerai. Thésée, aigri par mes avis,
Bornera sa vengeance à l'exil de son fils.
Un père, en punissant, madame, est toujours père;
Un supplice léger suffit à sa colère.
Mais, le sang innocent dût-il être versé,
Que ne demande point votre honneur menacé?
C'est un trésor trop cher pour oser le commettre.
Quelque loi qu'il vous dicte, il faut vous y soumettre,
Madame; et, pour sauver notre honneur combattu,
Il faut immoler tout, et même la vertu.
On vient; je vois Thésée.

PHÈDRE.

Ah! je vois Hippolyte;
Dans ses yeux insolents je vois ma perte écrite.
Fais ce que tu voudras, je m'abandonne à toi:
Dans le trouble où je suis je ne puis rien pour moi.

SCÈNE IV.

THÉSÉE, HIPPOLYTE, PHÈDRE, ŒNONE; THÉRAMÈNE.

THÉSÉE.

LA fortune à mes vœux cesse d'être opposée,
Madame, et dans vos bras met...

PHÈDRE.

Arrêtez, Thésée,
Et ne profanez point des transports si charmants;
Je ne mérite plus ces doux empressements;
Vous êtes offensé. La fortune jalouse

L 3

N'a pas en votre absence épargné votre épouse;
Indigne de vous plaire et de vous approcher,
Je ne dois désormais songer qu'à me cacher.

SCÈNE V.

THÉSÉE, HIPPOLYTE, THÉRAMÈNE.

THÉSÉE.

QUEL est l'étrange accueil qu'on fait à votre père,
Mon fils ?

HYPPOLYTE.

Phèdre peut seule expliquer ce mystère.
Mais, si mes vœux ardents vous peuvent émouvoir,
Permettez-moi, seigneur, de ne la plus revoir ;
Souffrez que pour jamais le tremblant Hippolyte
Disparoisse des lieux que votre épouse habite.

THÉSÉE.

Vous, mon fils, me quitter ?

HIPPOLITE.

Je ne la cherchois pas;
C'est vous qui sur ces bords conduisîtes ses pas;
Vous daignâtes, seigneur, aux rives de Trézène
Confier en partant Aricie et la reine :
Je fus même chargé du soin de les garder.
Mais quels soins désormais peuvent me retarder ?
Assez dans les forêts mon oisive jeunesse
Sur de vils ennemis a montré son adresse :
Ne pourrai-je, en fuyant un indigne repos,
D'un sang plus glorieux teindre mes javelots?
Vous n'aviez pas encore atteint l'âge où je touche;

Déjà plus d'un tyran, plus d'un monstre farouche,
Avoit de votre bras senti la pesanteur;
Déjà, de l'insolence heureux persécuteur,
Vous aviez des deux mers assuré les rivages;
Le libre voyageur ne craignoit plus d'outrages;
Hercule, respirant sur le bruit de vos coups,
Déjà de son travail se reposoit sur vous:
Et moi, fils inconnu d'un si glorieux père,
Je suis même encor loin des traces de ma mère!
Souffrez que mon courage ose enfin s'occuper:
Souffrez, si quelque monstre a pu vous échapper,
Que j'apporte à vos pieds sa dépouille honorable,
Ou que d'un beau trépas la mémoire durable,
Éternisant des jours si noblement finis,
Prouve à tout l'avenir que j'étois votre fils.

THÉSÉE.

Que vois-je? quelle horreur dans ces lieux répandue
Fait fuir devant mes yeux ma famille éperdue?
Si je reviens si craint et si peu désiré,
O ciel, de ma prison pourquoi m'as-tu tiré?
Je n'avois qu'un ami son imprudente flamme
Du tyran de l'Épire alloit ravir la femme;
Je servois à regret ses desseins amoureux;
Mais le sort irrité nous aveugloit tous deux.
Le tyran m'a surpris sans défense et sans armes.
J'ai vu Pirithoüs, triste objet de mes larmes,
Livré par ce barbare à des monstres cruels
Qu'il nourrissoit du sang des malheureux mortels.
Moi-même il m'enferma dans des cavernes sombres,
Lieux profonds et voisins de l'empire des ombres.

Les dieux, après six mois, enfin m'ont regardé :
J'ai su tromper les yeux par qui j'étois gardé.
D'un perfide ennemi j'ai purgé la nature :
A ses monstres lui-même a servi de pâture.
Et lorsqu'avec transport je pense m'approcher
De tout ce que les dieux m'ont laissé de plus cher,
Que dis-je ? quand mon ame, à soi-même rendue,
Vient se rassasier d'une si chère vue,
Je n'ai pour tout accueil que des frémissements ;
Tout fuit, tout se refuse à mes embrassements :
Et moi-même, éprouvant la terreur que j'inspire,
Je voudrois être encor dans les prisons d'Épire.
Parlez. Phèdre se plaint que je suis outragé.
Qui m'a trahi ? Pourquoi ne suis-je pas vengé ?
La Grèce, à qui mon bras fut tant de fois utile,
A-t-elle au criminel accordé quelque asile ?
Vous ne répondez point. Mon fils, mon propre fils,
Est-il d'intelligence avec mes ennemis ?
Entrons : c'est trop garder un doute qui m'accable.
Connoissons à la fois le crime et le coupable :
Que Phèdre explique enfin le trouble où je la voi.

SCÈNE VI.

HIPPOLYTE, THÉRAMÈNE.

HYPPOLYTE.

Ou tendoit ce discours qui m'a glacé d'effroi :
Phèdre, toujours en proie à sa fureur extrême,
Veut-elle s'accuser et se perdre elle-même ?
Dieux ! que dira le roi ? Quel funeste poison

L'amour a répandu sur toute sa maison !
Moi-même, plein d'un feu que sa haine réprouve ;
Quel il m'a vu jadis, et quel il me retrouve !
De noirs pressentiments viennent m'épouvanter.
Mais l'innocence enfin n'a rien à redouter :
Allons ; cherchons ailleurs par quelle heureuse adresse
Je pourrai de mon père émouvoir la tendresse,
Et lui dire un amour qu'il peut vouloir troubler,
Mais que tout son pouvoir ne sauroit ébranler.

FIN DU TROISIÈME ACTE.

ACTE QUATRIÈME.

SCÈNE I.

THÉSÉE, ŒNONE.

THÉSÉE.

Ah! qu'est-ce que j'entends! Un traître, un téméraire
Préparoit cet outrage à l'honneur de son père!
Avec quelle rigueur, destin, tu me poursuis!
Je ne sais où je vais, je ne sais où je suis.
O tendresse! O bonté trop mal récompensée!
Projet audacieux! détestable pensée!
Pour parvenir au but de ses noires amours
L'insolent de la force empruntoit le secours!
J'ai reconnu le fer, instrument de sa rage,
Ce fer dont je l'armai pour un plus noble usage.
Tous les liens du sang n'ont pu le retenir!
Et Phèdre différoit à le faire punir!
Le silence de Phèdre épargnoit le coupable!

ŒNONE.

Phèdre épargnoit toujours un père déplorable.
Honteuse du dessein d'un amant furieux,
Et du feu criminel qu'il a pris dans ses yeux,
Phèdre mouroit, seigneur, et sa main meurtrière
Éteignoit de ses yeux l'innocente lumière.
J'ai vu lever le bras, j'ai couru la sauver :
Moi seule à votre amour j'ai su la conserver;

Et, plaignant à le fois son trouble et vos alarmes,
J'ai servi malgré moi d'interprète à ses larmes.

THÉSÉE.

Le perfide! il n'a pas pu s'empêcher de pâlir:
De crainte, en m'abordant, je l'ai vu tressaillir.
Je me suis étonné de son peu d'allégresse;
Ses froids embrassements ont glacé ma tendresse.
Mais ce coupable amour dont il est dévoré
Dans Athènes déja s'étoit-il déclaré?

ŒNONE.

Seigneur, souvenez-vous des plaintes de la reine.
Un amour criminel causa toute sa haine.

THÉSÉE.

Et ce feu dans Trézène a donc recommencé?

ŒNONE.

Je vous ai dit, seigneur, tout ce qui s'est passé.
C'est trop laisser la reine à sa douleur mortelle;
Souffrez que je vous quitte, et me range auprès d'elle.

SCÈNE II.

THÉSÉE, HIPPOLYTE.

THÉSÉE.

Ah! le voici. Grands dieux! à ce noble maintien
Quel œil ne seroit pas trompé comme le mien?
Faut-il que sur le front d'un profane adultère
Brille de la vertu le sacré caractère!
Et ne devroit-on pas à des signes certains
Reconnoître le cœur des perfides humains!

HIPPOLYTE.

Puis-je vous demander quel funeste nuage,

Seigneur, a pu troubler votre auguste visage ?
N'osez-vous confier ce secret à ma foi ?

THÉSÉE.

Perfide! oses-tu bien te montrer devant moi?
Monstre, qu'a trop long-temps épargné le tonnerre,
Reste impur des brigands dont j'ai purgé la terre !
Après que le transport d'un amour plein d'horreur
Jusqu'au lit de ton père a porté ta fureur,
Tu m'oses présenter une tête ennemie!
Tu parois dans des lieux pleins de ton infamie!
Et ne vas pas chercher, sous un ciel inconnu,
Des pays où mon nom ne soit point parvenu!
Fuis, traitre. Ne viens point braver ici ma haine,
Et tenter un courroux que je retiens à peine :
C'est bien assez pour moi de l'opprobre éternel
D'avoir pu mettre au jour un fils si criminel,
Sans que ta mort encor, honteuse à ma mémoire,
De mes nobles travaux vienne souiller la gloire.
Fuis: et, si tu ne veux qu'un châtiment soudain
T'ajoute aux scélérats qu'a punis cette main,
Prends garde que jamais l'astre qui nous éclaire
Ne te voie en ces lieux mettre un pied téméraire.
Fuis, dis-je ; et, sans retour précipitant tes pas,
De ton horrible aspect purge tous mes états.

Et toi, Neptune, et toi, si jadis mon courage
D'infâmes assassins nettoya ton rivage,
Souviens-toi que, pour prix de mes efforts heureux,
Tu promis d'exaucer le premier de mes vœux.
Dans les longues rigueurs d'une prison cruelle
Je n'ai point imploré ta puissance immortelle ;

Avar

Avare du secours que j'attends de tes soins,
Mes vœux t'ont réservé pour de plus grands besoins,
Je t'implore aujourd'hui. Venge un malheureux père :
J'abandonne ce traître à toute ta colère ;
Étouffe dans son sang ses désirs effrontés.
Thésée à tes fureurs connoîtra tes bontés.

HIPPOLYTE.

D'un amour criminel Phèdre accuse Hippolyte !
Un tel excès d'horreur rend mon ame interdite :
Tant de coups imprévus m'accablent à la fois,
Qu'ils m'ôtent la parole, et m'étouffent la voix.

THÉSÉE.

Traître, tu prétendois qu'en un lâche silence
Phèdre enseveliroit ta brutale insolence :
Il falloit, en fuyant, ne pas abandonner
Le fer qui dans ses mains aide à te condamner ;
Ou plutôt il falloit, comblant ta perfidie,
Lui ravir tout d'un coup la parole et la vie.

HIPPOLYTE.

D'un mensonge si noir justement irrité,
Je devrois faire ici parler la vérité,
Seigneur : mais je supprime un secret qui vous touche.
Approuvez le respect qui me ferme la bouche ;
Et, sans vouloir vous-même augmenter vos ennuis,
Examinez ma vie, et songez qui je suis.
Quelques crimes toujours précèdent les grands crimes ;
Quiconque a pu franchrir les bornes légitimes.
Peut violer enfin les droits les plus sacrés :
Ainsi que la vertu le crime a ses degrés ;
Et jamais on n'a vu la timide innocence

Tome 3. M

Passer subitement à l'extrême licence.
Un jour seul ne fait point d'un mortel vertueux
Un perfide assassin, un lâche incestueux.
Élevé dans le sein d'une chaste héroïne ,
Je n'ai point de son sang démenti l'origine :
Pitthée, estimé sage entre tous les humains,
Daigna m'instruire encore au sortir de ses mains.
Je ne veux point me peindre avec trop d'avantage ;
Mais si quelque vertu m'est tombée en partage ,
Seigneur, je crois sur-tout avoir fait éclater
La haine des forfaits qu'on ose m'imputer.
C'est par-là qu'Hippolyte est connu dans la Grèce.
J'ai poussé la vertu jusques à la rudesse :
On sait de mes chagrins l'inflexible rigueur :
Le jour n'est pas plus pur que le fond de mon cœur.
Et l'on veut qu'Hippolyte, épris d'un feu profane...

THÉSÉE.

Oui, c'est ce même orgueil, lâche ! qui te condamne,
Je vois de tes froideurs le principe odieux :
Phèdre seule charmoit tes impudiques yeux ;
Et pour tout autre objet ton ame indifférente
Dédaignoit de brûler d'une flamme innocente.

HIPPOLYTE.

Non , mon père , ce cœur c'est trop vous le celer,
N'a point d'un chaste amour dédaigné de brûler.
Je confesse à vos pieds ma véritable offense :
J'aime : j'aime, il est vrai, malgré votre défense.
Aricie à ses lois tient mes veux asservis ;
La fille de Pallante a vaincu votre fils :

Je l'adore ; et mon ame , à vos ordres rebelle,
Ne peut ni soupirer ni brûler que pour elle.

THÉSÉE.

Tu l'aimes ! ciel ! Mais non, l'artifice est grossier :
Tu te feins criminel pour te justifier.

HIPPOLYTE.

Seigneur, depuis six mois je l'évite, et je l'aime :
Je venois, en tremblant, vous le dire à vous-même.
Hé quoi ! de votre erreur rien ne vous peut tirer ?
Par quel affreux serment faut-il vous rassurer ?
Que la terre , le ciel, que toute la nature...

THÉSÉE.

Toujours les scélérats ont recours au parjure.
Cesse, cesse, et m'épargne un importun discours,
Si ta fausse vertu n'a point d'autre secours.

HIPPOLYTE.

Elle vous paroît fausse et pleine d'artifice :
Phèdre au fond de son cœur me rend plus de justice.

THÉSÉE.

Ah ! que ton impudence excite mon courroux !

HIPPOLYTE.

Quel temps à mon exil, quel lieu prescrirez-vous ?

THÉSÉE.

Fusses-tu par-delà les colonnes d'Alcide,
Je me croirois encor trop voisin d'un perfide.

HIPPOLYTE.

Chargé du crime affreux dont vous me soupçonnez,
Quels amis me plaindront quand vous m'abandonnez ?

THÉSÉE.

Va chercher des amis dont l'estime funeste

M 2

Honore l'adultère, applaudisse à l'inceste;
Des traîtres, des ingrats sans honneur et sans loi,
Dignes de protéger un méchant tel que toi.

HIPPOLYTE.

Vous me parlez toujours d'inceste et d'adultère :
Je me tais. Cependant Phèdre sort d'une mère,
Phèdre est d'un sang, seigneur, vous le savez trop bien
De toutes ces horreurs plus rempli que le mien.

THÉSÉE.

Quoi ! ta rage à mes yeux perd toute retenue ?
Pour la dernière fois, ôte-toi de ma vue.
Sors, traître : n'attends pas qu'un père furieux
Te fasse avec opprobre arracher de ces lieux.

SCÈNE III.

THÉSÉE.

MISÉRABLE, tu cours à ta perte infaillible.
Neptune, par le fleuve aux dieux mêmes terrible,
M'a donné sa parole, et va l'exécuter.
Un dieu vengeur te suit, tu ne peux l'éviter.
Je t'aimois; et je sens que, malgré ton offense,
Mes entrailles pour toi se troublent par avance.
Mais à te condamner tu m'as trop engagé :
Jamais père en effet fut-il plus outragé !
Justes dieux, qui voyez la douleur qui m'accable,
Ai-je pu mettre au jour un enfant si coupable !

SCÈNE IV.

PHÈDRE , THÉSÉE.

PHÈDRE.

SEIGNEUR , je viens à vous , pleine d'un juste effroi.
Votre voix redoutable a passé jusqu'à moi :
Je crains qu'un prompt effet n'ait suivi la menace.
S'il en est temps encore , épargnez votre race,
Respectez votre sang, j'ose vous en prier :
Sauvez-moi de l'horreur de l'entendre crier ;
Ne me préparez point la douleur éternelle
De l'avoir fait répandre à la main paternelle.

PHÈDRE.

Non, madame, en mon sang ma main n'a point trempé;
Mais l'ingrat toutefois ne m'est point échappé :
Une immortelle main de sa perte est chargée,
Neptune me la doit ; et vous serez vengée.

PHÈDRE.

Neptune vous la doit! Quoi! vos vœux irrités....

THÉSÉE.

Quoi! craignez-vous déjà qu'ils ne soient écoutés?
Joignez-vous bien plutôt à mes vœux légitimes :
Dans toute leur noirceur retracez-moi ses crimes;
Échauffez mes transports trop lents , trop retenus.
Tous ses crimes encor ne vous sont pas connus :
Sa fureur contre vous se répand en injures ;
Votre bouche, dit-il, est pleine d'imposture :
Il soutient qu'Aricie a son cœur, a sa foi,
Qu'il l'aime.

M 7

PHÈDRE.

Quoi, seigneur !

THÉSÉE.

Il l'a dit devant moi ;
Mais je sais rejetter un frivole artifice.
Espérons de Neptune une prompte justice :
Je vais moi-même encore au pied de ses autels
Le presser d'accomplir ses serments immortels.

SCÈNE V.

PHÈDRE.

IL sort. Quelle nouvelle a frappé mon oreille !
Quel feu mal étouffé dans mon cœur se réveille !
Quel coup de foudre, oh ciel ! et quel funeste avis !
Je volois tout entière au secours de son fils ;
Et, m'arrachant des bras d'Œnone épouvantée,
Je cédois aux remords dont j'étois tourmentée.
Qui sait même où m'alloit porter ce repentir ?
Peut-être à m'accuser j'aurois pu consentir ;
Peut-être, si la voix ne m'eût été coupée,
L'affreuse vérité me seroit échappée.
Hippolyte est sensible, et ne sent rien pour moi !
Aricie a son cœur, Aricie a sa foi !
Ah dieux ! Lorsqu'à mes vœux l'ingrat inexorable
S'armoit d'un œil si fier, d'un front si redoutable,
Je pensois qu'à l'amour son cœur toujours fermé
Fût contre tout mon sexe également armé :
Une autre cependant a fléchi son audace ;
Devant ses yeux cruels une autre a trouvé grace,
Peut-être a-t-il un cœur facile à s'attendrir ;

Je suis le seul objet qu'il ne sauroit souffrir.
Et je me chargerois du soin de le défendre !

SCÈNE VI.

PHÈDRE, ŒNONE.

PHÈDRE.

CHÈRE Œnone, sais-tu ce que je viens d'apprendre ?

ŒNONE.

Non ; mais je viens tremblante, à ne vous point mentir.
J'ai pâli du dessein qui vous a fait sortir ;
J'ai craint une fureur à vous-même fatale.

PHÈDRE.

Œnone, qui l'eût cru ! j'avois une rivale !

ŒNONE.

Comment ?

PHÈDRE.

Hippolyte aime ; et je n'en puis douter.
Ce farouche ennemi qu'on ne pouvoit domter,
Qu'offensoit le respect, qu'importunoit la plainte ;
Ce tigre, que jamais je n'abordai sans crainte,
Soumis, apprivoisé, reconnoît un vainqueur :
Aricie a trouvé le chemin de son cœur.

ŒNONE.

Aricie ?

PHÈDRE.

Ah, douleur non encore éprouvée !
A quel nouveau tourment je me suis réservée !
Tout ce que j'ai souffert, mes craintes, mes transports,
La fureur de mes feux, l'horreur de mes remords,
Et d'un refus cruel l'insupportable injure,

N'étoit qu'un faible essai du tourment que j'endure.
Ils s'aiment! Par quel charme ont-ils trompé mes yeux?
Comment se sont-ils vus ? depuis quand ? dans quels
                                        [lieux ?
Tu le savois: pourquoi me laisssois-tu séduire ?
De leur furtive ardeur ne pouvois-tu m'instruire ?
Les a-t-on vus souvent se parler , se chercher ?
Dans le fond des forêts alloient-ils se cacher ?
Hélas! ils se voyoient avec pleine licence ;
Le ciel de laurs soupirs approuvoit l'innocence ;
Ils suivoient sans remords leur penchant amoureux;
Tous les jours se levoient clairs et sereins pour eux :
Et moi, triste rebut de la nature entière ,
Je me cachois au jour, je fuyois la lumière ;
La mort est le seul dieu que j'osois implorer.
J'attendois le moment où j'allois expirer :
Me nourrissant de fiel , de larmes abreuvée,
Encor , dans mon malheur de trop près observée,
Je n'osois dans mes pleurs me noyer à loisir,
Je goûtois en tremblant ce funeste plaisir;
Et, sous un front serein déguisant mes alarmes ;
Il falloit bien souvent me priver de mes larmes.

                    ŒNONE.

Quel fruit recevront-ils de leurs vaines amours ?
Ils ne se verront plus.

                    PHÈDRE.

                    Ils s'aimeront toujours!
Au moment que je parle , ah, mortelle pensée!
Ils bravent la fureur d'une amante insensée :
Malgré ce même exil qui va les écarter,

Ils font mille serments de ne se point quitter.
Non, je ne puis souffrir un bonheur qui m'outrage ;
Œnone, prends pitié de ma jalouse rage.
Il faut perdre Aricie ; il faut de mon époux
Contre un sang odieux réveiller le courroux ;
Qu'il ne se borne pas à des peines légères ;
Le crime de la sœur passe celui des frères.
Dans mes jaloux transports je le veux implorer.

Que fais-je ? où ma raison se va-t-elle égarer ?
Moi jalouse ! et Thésée est celui que j'implore !
Mon époux est vivant ; et moi je brûle encore !
Pour qui ? quel est le cœur où prétendent mes vœux ?
Chaque mot sur mon front fait dresser mes cheveux.
Mes crimes désormais ont comblé la mesure :
Je respire à la fois l'inceste et l'imposture ;
Mes homicides mains, promptes à me venger,
Dans le sang innocent brûlent de se plonger.
Misérable ! et je vis ! et je soutiens la vue
De ce sacré soleil dont je suis descendue !
J'ai pour aïeul le père et le maître des dieux ;
Le ciel, tout l'univers est plein de mes aïeux :
Où me cacher ? Fuyons dans la nuit infernale.
Mais que dis-je ! mon père y tient l'urne fatale ;
Le sort, dit-on, l'a mise en ses sévères mains :
Minos juge aux enfers tous les pâles humains.
Ah ! combien frémira son ombre épouvantée
Lorsqu'il verra sa fille, à ses yeux présentée,
Contrainte d'avouer tant de forfaits divers,
Et des crimes peut-être inconnus aux enfers !
Que diras-tu, mon père à ce spectacle horrible ?

Je crois voir de ta main tomber l'urne terrible;
Je crois te voir, cherchant un supplice nouveau,
Toi-même de son sang devenir le bourreau.
Pardonne. Un dieu cruel a perdu ta famille :
Reconnois sa vengeance aux fureurs de ta fille.
Hélas ! du crime affreux dont la honte me suit
Jamais mon triste cœur n'a recueilli le fruit :
Jusqu'au dernier soupir de malheurs poursuivie,
Je rends dans les tourments une pénible vie.

ŒNONE.

Hé ! repoussez, madame, une injuste terreur,
Regardez d'un autre œil une excusable erreur.
Vous aimez. On ne peut vaincre sa destinée;
Par un charme fatal vous fûtes entraînée.
Est-ce donc un prodige inoui parmi nous?
L'amour n'a-t-il encor triomphé que de vous!
La foiblesse aux humains n'est que trop naturelle :
Mortelle, subissez le sort d'une mortelle.
Vous vous plaignez d'un joug imposé dès-long-temps;
Les dieux mêmes, les dieux de l'olympe habitants,
Qui d'un bruit si terrible épouvantent les crimes,
Ont brûlé quelquefois de feux illégitimes.

PHÈDRE.

Qu'entends-je! Quels conseils ose-t-on me donner!
Ainsi donc jusqu'au bout tu veux m'empoisonner,
Malheureuse ! Voilà comme tu m'as perdue.
Au jour que je fuyois c'est toi qui m'as rendue ;
Tes prières m'ont fait oublier mon devoir:
J'évitois Hippolyte ; et tu me l'as fais voir.
De quoi te chargeois-tu ? Pourquoi ta bouche impie

A-t-elle, en l'accusant, osé noircir sa vie ?
Il en mourra peut-être, et d'un père insensé
Le sacrilège vœu peut-être est exaucé.
Je ne t'écoute plus. Va-t-en, monstre exécrable ;
Va, laisse-moi le soin de mon sort déplorable.
Puisse le juste ciel dignement te payer !
Et puisse ton supplice à jamais effrayer
Tous ceux qui, comme toi, par de lâches adresses,
Des princes malheureux nourrissent les foiblesses,
Les poussent au penchant où leur cœur est enclin,
Et leur osent du crime aplanir le chemin !
Détestables flatteurs, présent le plus funeste
Que puisse faire aux rois la colère céleste !

ŒNONE, *seule.*

Ah dieux ! pour la servir j'ai tout fait, tout quitté ;
Et j'en reçois ce prix ! Je l'ai bien mérité.

FIN DU QUATRIÈME ACTE.

ACTE CINQUIÈME.

~~~

SCÈNE I.

HIPPOLYTE, ARICIE, ISMÈNE.

ARICIE.

QUOI! vous pouvez vous taire en ce péril extrême?
Vous laissez dans l'erreur un père qui vous aime?
Cruel! si de mes pleurs méprisant le pouvoir,
Vous consentez sans peine à ne me plus revoir,
Partez; séparez-vous de la triste Aricie:
Mais du moins en partant assurez votre vie;
Défendez votre honneur d'un reproche honteux;
Et forcez votre père à révoquer ses vœux;
Il en est temps encor. Pourquoi, par quel caprice
Laissez-vous le champ libre à votre accusatrice?
Éclaircissez Thésée.

HIPPOLYTE.

Hé! que n'ai-je point dit!
Ai-je dû mettre au jour l'opprobre de son lit?
Devois-je, en lui faisant un récit trop sincère,
D'une indigne rougeur couvrit le front d'un père?
Vous seule avez percé ce mystère odieux.
Mon cœur pour s'épancher n'a que vous et les dieux;
Je n'ai pu vous cacher, jugez si je vous aime,

Tout

Tout ce que je voulois me cacher à moi-même.
Mais songez sous quel sceau je vous l'ai révélé :
Oubliez, s'il se peut, que je vous ai parlé,
Madame ; et que jamais une bouche si pure
Ne s'ouvre pour conter cette horrible aventure.
Sur l'équité des dieux osons nous confier :
Ils ont trop d'intérêt à me justifier,
Et Phèdre, tôt ou tard de son crime punie,
N'en sauroit éviter la juste ignominie.
C'est l'unique respect que j'exige de vous.
Je permets tout le reste à mon libre courroux :
Sortez de l'esclavage où vous êtes réduite ;
Osez me suivre ; osez accompagner ma fuite ;
Arrachez-vous d'un lieu funeste et profané,
Où la vertu respire un air empoisonné ;
Profitez, pour cacher votre prompte retraite,
De la confusion que ma disgrace y jette.
Je vous puis de la fuite assurer les moyens :
Vous n'avez jusqu'ici de gardes que les miens ;
De puissants défenseurs prendront notre querelle ;
Argos nous tend les bras, et Sparte nous appelle :
A nos amis communs portons nos justes cris ;
Ne souffrons pas que Phèdre, assemblant nos débris,
Du trône paternel nous chasse l'un et l'autre.
Et promette à son fils ma dépouille et la vôtre.
L'occasion est belle, il la faut embrasser...
Quelle peur vous retient ? vous semblez balancer !
Votre seul intérêt m'inspire cette audace :
Quand je suis tout de feu, d'où vous vient cette glace ?
Sur les pas d'un banni craignez-vous de marcher ?

ARICIE.

Hélas! qu'un tel exil, seigneur, me seroit cher!
Dans quels ravissements, à votre sort liée,
Du reste des mortels je vivrois oubliée !
Mais, n'étant point unis par un lien si doux,
Me puis-je avec honneur dérober avec vous?
Je sais que, sans blesser l'honneur le plus sévère,
Je me puis affranchir des mains de votre père :
Ce n'est point m'arracher du sein de mes parents ;
Et la fuite est permise à qui fuit ses tyrans.
Mais vous m'aimez, seigneur; et ma gloire alarmée..

HIPPOLYTE.

Non, non; j'ai trop de soin de votre renommée :
Un plus noble dessein m'amène devant vous.
Fuyez vos ennemis, et suivez votre époux.
Libres dans nos malheurs, puisque le ciel l'ordonne,
Le don de notre foi ne dépend de personne :
L'hymen n'est point toujours entouré de flambeaux.
Aux portes de Trézène, et parmi ces tombeaux,
Des princes de ma race antiques sépultures,
Est un temple sacré, formidable aux parjures :
C'est là que les mortels n'osent jurer en vain;
Le perfide y reçoit un châtiment soudain ;
Et craignant d'y trouver la mort inévitable ;
Le mensonge n'a point de frein plus redoutable.
Là, si vous m'en croyez, d'un amour éternel
Nous irons confirmer le serment solennel.
Nous prendrons à témoin le dieu qu'on y révère :
Nous le prierons tous deux de nous servir de père.
Des dieux les plus sacrés j'attesterai le nom;

Et la chaste Diane, et l'auguste Junon ;
Et tous les dieux enfin, témoins de mes tendresses,
Garantiront la foi de mes saintes promesses.

ARICIE.

Le roi vient. Fuyez, prince, et partez promptement
Pour cacher mon départ je demeure un moment.
Allez ; et laissez-moi quelque fidèle guide
Qui conduise vers vous ma démarche timide.

SCÈNE II.

THÉSÉE, ARICIE, ISMÈNE.

THÉSÉE.

DIEUX, éclairez mon trouble, et daignez à mes yeux
Montrer la vérité que je cherche en ces lieux !

ARICIE.

Songe à tout, chère Ismène, et sois prête à la fuite.

SCÈNE III.

THÉSÉE, ARICIE.

THÉSÉE.

Vous changez de couleur et semblez interdite,
Madame. Que faisoit Hippolyte en ce lieu ?

ARICIE.

Seigneur, il me disoit un éternel adieu.

THÉSÉE.

Vos yeux ont su domter ce rebelle courage ;
Et ses premiers soupirs sont votre heureux ouvrage.

N 2

ARICIE.

Seigneur, je ne vous puis nier la vérité :
De votre injuste haine il n'a pas hérité,
Il ne me traitoit point comme une criminelle.

THÉSÉE.

J'entends : il vous juroit une amour éternelle.
Ne vous assurez point sur ce cœur inconstant.;
Car à d'autres que vous il en juroit autant.

ARICIE.

Lui, seigneur ?

THÉSÉE.

Vous deviez le rendre moins volage :
Comment souffriez-vous cet horrible partage ?

ARICIE.

Et comment souffrez-vous que d'horribles discours
D'une si belle vie osent noircir le cours ?
Avez-vous de son cœur si peu de connoissance ?
Discernez-vous si mal le crime et l'innocence ?
Faut-il qu'à vos yeux seuls un nuage odieux
Dérobe sa vertu, qui brille à tous les yeux !
Ah ! c'est trop le livrer à des langues perfides.
Cessez : repentez-vous de vos vœux homicides ;
Craignez, seigneur, craignez que le ciel rigoureux
Ne vous haïsse assez pour exaucer vos vœux.
Souvent dans sa colère il reçoit nos victimes :
Ses présents sont souvent la peine de nos crimes.

THÉSÉE.

Non, vous voulez en vain couvrir son attentat :
Votre amour vous aveugle en faveur de l'ingrat.

Mais j'en crois des témoins certains, irréprochables :
J'ai vu, j'ai vu couler des larmes véritables.

ARICIE.

Prenez garde, seigneur : vos invincibles mains
Ont de monstres sans nombre affranchi les humains;
Mais tout n'est pas détruit, et vous en laissez vivre
Un... Votre fils, seigneur, me défend de poursuivre.
Instruite du respect qu'il veut vous conserver,
Je l'affligerois trop si j'osois achever.
J'imite sa pudeur, et fuis votre présence
Pour n'être pas forcée à rompre le silence.

SCÈNE IV.

THÉSÉE.

QUELLE est donc sa pensée ? et que cache un discours
Commencé tant de fois, interrompu toujours ?
Veulent-ils m'éblouir par une feinte vaine ?
Sont-ils d'accord tous deux pour me mettre à la gêne ?
Mais moi-même, malgré ma sévère rigueur,
Quelle plaintive voix crie au fond de mon cœur ?
Une pitié secrète et m'afflige et m'étonne.
Une seconde fois interrogeons Œnone :
Je veux de tout le crime être mieux éclairci.
Gardes, qu'Œnone sorte et vienne seule ici.

SCÈNE V.

THÉSÉE, PANOPE.

PANOPE.

J'IGNORE le projet que la reine médite,
Seigneur ; mais je crains tout du transport qui l'agite.
Un mortel désespoir sur son visage est peint ;
La pâleur de la mort est déjà sur son teint.
Déjà, de sa présence avec honte chassée,
Dans la profonde mer Œnone s'est lancée ;
On ne sait point d'où part ce dessein furieux :
Et les flots pour jamais l'ont ravie à nos yeux.

THÉSÉE.

Qu'entend-je !

PANOPE.

      Son trépas n'a point calmé la reine ;
Le trouble semble croître en son ame incertaine.
Quelquefois, pour flatter ses secrètes douleurs,
Elle prend ses enfants et les baigne de pleurs ;
Et soudain, renonçant à l'amour maternelle,
Sa main avec horreur les repousse loin d'elle :
Elle porte au hasard ses pas irrésolus ;
Son œil tout égaré ne nous reconnoît plus :
Elle a trois fois écrit ; et, changeant de pensée,
Trois fois elle a rompu sa lettre commencée.
Daignez la voir, seigneur ; daignez la secourir.

THÉSÉE.

O ciel ! Œnone est morte, et Phèdre veut mourir ?

Qu'on rappelle mon fils, qu'il vienne se défendre ;
Qu'il vienne me parler, je suis prêt de l'entendre.
   (*seul.*)
Ne précipite point tes funestes bienfaits,
Neptune ; j'aime mieux n'être exaucé jamais.
J'ai peut-être trop cru des témoins peu fidèles,
Et j'ai trop tôt vers toi levé mes mains cruelles.
Ah ! de quel désespoir mes vœux seroient suivis !

SCÈNE VI.

THÉSÉE , THÉRAMÈNE.

THÉSÉE.

THÉRAMÈNE, est-ce toi ? Qu'as-tu fait de mon fils ?
Je te l'ai confié dès l'âge le plus tendre.
Mais d'où naissent les pleurs que je te vois répandre ?
Que fait mon fils ?

THÉRAMÈNE.

    O soins tardifs et superflus !
Inutile tendresse ! Hippolyte n'est plus.

THÉSÉE.

Dieux !

THÉRAMÈNE.

   J'ai vu des mortels périr le plus aimable,
Et j'ose dire encor, seigneur, le moins coupable.

THÉSÉE.

Mon fils n'est plus ! Hé quoi ! quand je lui tends les
Les dieux impatiens ont hâté son trépas ! [bras,
Quel coup me l'a ravi ? quelle foudre soudaine ?

THÉRAMÈNE.

A peine nous sortions des portes de Trézène,

Il étoit sur son char ; ses gardes affligés
Imitoient son silence, autour de lui rangés :
Il suivoit tout pensif le chemin de Mycènes ;
Sa main sur les chevaux laissoit flotter les rênes ;
Ses superbes coursiers, qu'on voyoit autrefois
Pleins d'une ardeur si noble obéir à sa voix,
L'œil morne maintenant et la tête baissée,
Sembloient se conformer à sa triste pensée.
Un effroyable cri, sorti du fond des flots,
Des airs en ce moment a troublé le repos ;
Et du sein de la terre une voix formidable
Répond en gémissant à ce cri redoutable.
Jusqu'au fond de nos cœurs notre sang s'est glacé :
Des coursiers attentifs le crin s'est hérissé.
Cependant, sur le dos de la plaine liquide,
S'élève à gros bouillons une montagne humide :
L'onde approche, se brise, et vomit à nos yeux,
Parmi des flots d'écume, un monstre furieux.
Son front large est armé de cornes menaçantes ;
Tout son corps est couvert d'écailles jaunissantes :
Indomtable taureau, dragon impétueux,
Sa croupe se recourbe en replis tortueux,
Ses longs mugissements font trembler le rivage.
Le ciel avec horreur voit ce monstre sauvage ;
La terre s'en émeut, l'air en est infecté,
Le flot qui l'apporta recule épouvanté.
Tout fuit ; et, sans s'armer d'un courage inutile,
Dans le temple voisin chacun cherche un asile.
Hippolyte lui seul, digne fils d'un héros,
Arrête ses coursiers, saisit ses javelots,

Pousse au monstre, et d'un dard lancé d'une main sûre
Il lui fait dans le flanc une large blessure.
De rage et de douleur le monstre bondissant
Vient aux pieds des chevaux tomber en mugissant,
Se roule, et leur présente une gueule enflammée
Qui les couvre de feu, de sang, et de fumée.
La frayeur les emporte; et, sourds à cette fois,
Ils ne connoissent plus ni le frein ni la voix;
En efforts impuissants leur maître se consume;
Ils rougissent le mors d'une sanglante écume.
On dit qu'on a vu même, en ce désordre affreux,
Un dieu qui d'aiguillons pressoit leur flanc poudreux.
A travers les rochers la peur les précipite;
L'essieu crie et se rompt: l'intrépide Hippolyte
Voit voler en éclats tout son char fracassé;
Dans les rênes lui-même il tombe embarrassé.
Excusez ma douleur; cette image cruelle
Sera pour moi de pleurs une source éternelle:
J'ai vu, seigneur, j'ai vu votre malheureux fils
Traîné par les chevaux que sa main a nourris.
Il veut les rappeler, et sa voix les effraie;
Ils courent: tout son corps n'est bientôt qu'une plaie.
De nos cris douloureux la plaine retentit.
Leur fougue impétueuse enfin se ralentit:
Ils s'arrêtent non loin de ces tombeaux antiques
Où des rois ses aïeux sont les froides reliques.
J'y cours en soupirant, et sa garde me suit:
De son généreux sang la trace nous conduit,
Les rochers en sont teints; les ronces d'égouttantes
Portent de ses cheveux les dépouilles sanglantes.

J'arrive, je l'appelle ; et me tendant la main,
Il ouvre un œil mourant qu'il renferme soudain ;
« Le ciel, dit-il, m'arrache une innocente vie.
« Prends soin après ma mort de la triste Aricie.
« Cher ami, si mon père un jour désabusé
« Plaint le malheur d'un fils faussement accusé,
« Pour appaiser mon sang et mon ombre plaintive,
« Dis-lui qu'avec douceur il traite sa captive ;
« Qu'il lui rende... » A ce mot ce héros expiré
N'a laissé dans mes bras qu'un corps défiguré :
Triste objet où des dieux triomphe la colère,
Et que méconnoîtroit l'œil même de son père.

THÉSÉE.

O mon fils ! cher espoir que je me suis ravi !
Inexorables dieux, qui m'avez trop servi !
A quels mortels regrets ma vie est réservée !

THÉRAMÈNE.

La timide Aricie est alors arrivée :
Elle venoit, seigneur, fuyant votre courroux,
A la face des dieux l'accepter pour époux.
Elle approche ; elle voit l'herbe rouge et fumante ;
Elle voit (quel objet pour les yeux d'une amante !)
Hippolyte étendu, sans forme et sans couleur,
Elle veut quelque temps douter de son malheur ;
Et ne connoissant plus ce héros qu'elle adore,
Elle voit Hippolyte, et le demande encore.
Mais trop sûre à la fin qu'il est devant ses yeux,
Par un triste regard elle accuse les dieux ;
Et froide gémissante, et presque inanimée,
Aux pieds de son amant elle tombe pâmée.

Ismène est auprès d'elle ; Ismène toute en pleurs
La rappelle à la vie , ou plutôt aux douleurs
Et moi, je suis venu, détestant la lumière,
Vous dire d'un héros la volonté dernière,
Et m'acquitter, seigneur, du malheureux emploi
Dont son cœur expirant s'est reposé sur moi.
Mais j'aperçois venir sa mortelle ennemie.

SCÈNE VII.

THÉSÉE, PHÈDRE, THÉRAMÈNE, PANOPE,
GARDES.

THÉSÉE.

Hé bien ! vous triomphez , et mon fils est sans vie.
Ah ! que j'ai lieu de craindre ! et qu'un cruel soupçon,
L'excusant dans mon cœur, m'alarme avec raison !
Mais, madame, il est mort ; prenez votre victime ;
Jouissez de sa perte, injuste ou légitime :
Je consens que mes yeux soient toujours abusés.
Je le crois criminel , puisque vous l'accusez.
Son trépas à mes pleurs offre assez de matières
Sans que j'aille chercher d'odieuses lumières,
Qui, ne pouvant le rendre à ma juste douleur,
Peut-être ne feroient qu'accroître mon malheur.
Laissez-moi, loin de vous, et loin de ce rivage,
De mon fils déchiré fuir la sanglante image.
Confus, persécuté d'un mortel souvenir,
De l'univers entier je voudrois me bannir.
Tout semble s'élever contre mon injustice ;
L'éclat de mon nom même augmente mon supplice ;

Moins connu des mortels, je me cacherois mieux.
Je hais jusques aux soins dont m'honorent les dieux ;
Et je m'en vais pleurer leurs faveurs meurtrières,
Sans plus les fatiguer d'inutiles prières.
Quoi qu'ils fissent pour moi, leur funeste bonté
Ne me sauroit payer de ce qu'ils m'ont ôté.

PHÈDRE.

Non, Thésée, il faut rompre un injuste silence :
Il faut à votre fils rendre son innocence :
Il n'étoit point coupable.

THÉSÉE.

Ah ! père infortuné !
Et c'est sur votre foi que je l'ai condamné !
Cruelle ! pensez-vous être assez excusée ?

PHÈDRE.

Les moments me sont chers ; écoutez-moi, Thésée.
C'est moi qui, sur ce fils chaste et respectueux,
Osai jeter un œil profane, incestueux.
Le ciel mit dans mon sein une flamme funeste :
La détestable Œnone a conduit tout le reste.
Elle a craint qu'Hyppolyte, instruit de ma fureur,
Ne découvrit un feu qui lui faisoit horreur :
La perfide, abusant de ma foiblesse extrême,
S'est hâtée à vos yeux de l'accuser lui-même.
Elle s'en est punie, et, fuyant mon courroux,
A cherché dans les flots un supplice trop doux.
Le fer auroit déjà tranché ma destinée ;
Mais je laissois gémir la vertu soupçonnée :
J'ai voulu, devant vous exposant mes remords,
Par un chemin plus lent descendre chez les morts.

J'ai

J'ai pris, j'ai fait couler dans mes brûlantes veines
Un poison que Médée apporta dans Athènes.
Déjà jusqu'à mon cœur le venin parvenu
Dans ce cœur expirant jette un froid inconnu;
Déjà je ne vois plus qu'à travers un nuage
Et le ciel et l'époux que ma présence outrage;
Et la mort, à mes yeux dérobant la clarté,
Rend au jour qu'ils souilloient toute sa pureté.

PANOPE.

Elle expire, seigneur!

THÉSÉE.

D'une action si noire
Que ne peut avec elle expirer la mémoire!
Allons de mon erreur, hélas! trop éclaircis,
Mêler nos pleurs au sang de mon malheureux fils:
Allons de ce cher fils embrasser ce qui reste,
Expier la fureur d'un vœu que je déteste:
Rendons-lui les honneurs qu'il a trop mérités;
Et, pour mieux apaiser ses mânes irrités,
Que, malgré les complots d'une injuste famille,
Son amante aujourd'hui me tienne lieu de fille.

FIN DE PHÈDRE.

ESTHER,

TRAGÉDIE.

TIRÉE DE L'ÉCRITURE SAINTE.

1689.

PROLOGUE.

LA PIÉTÉ.

PERSONNAGES.

ASSUÉRUS, roi de Perse.

ESTHER, reine de Perse.

MARDOCHÉE, oncle d'Esther.

AMAN, favori d'Assuérus.

ZARÈS, femme d'Aman.

HYDASPE, officier du palais intérieur d'Assuérus.

ASAPH, autre officier d'Assuérus.

ÉLISE, confidente d'Esther.

THAMAR, Israélite de la suite d'Esther.

GARDES du roi Assuérus.

CHŒUR de jeunes filles israélites.

La scène est à Suse, dans le palais d'Assuérus.

PROLOGUE.

LA PIÉTÉ.

Du séjour bienheureux de la Divinité
Je descends dans ce lieu (1) par la Grace habité ;
L'Innocence s'y plaît, ma compagne éternelle,
Et n'a point sous les cieux d'asile plus fidèle.
Ici, loin du tumulte, aux devoirs les plus saints
Tout un peuple naissant est formé par mes mains ;
Je nourris dans son cœur la semence féconde
Des vertus dont il doit sanctifier le monde.
Un roi qui me protége, un roi victorieux,
A commis à mes soins ce dépôt précieux.
C'est lui qui rassembla ces colombes timides,
Éparses en cent lieux, sans secours et sans guides ;
Pour elles, à sa porte, élevant ce palais,
Il leur y fit trouver l'abondance et la paix.
   Grand Dieu, que cet ouvrage ait place en ta mémoire!
Que tous les soins qu'il prend pour soutenir ta gloire
Soient gravés de ta main au livre où sont écrits
Les noms prédestinés des rois que tu chéris !

---

(1) La maison de Saint-Cyr.

Tu m'écoutes : ma voix ne t'est point étrangère ;
Je suis la Piété, cette fille si chère,
Qui t'offre de ce roi les plus tendres soupirs :
Du feu de ton amour j'allume ses désirs.
Du zèle qui pour toi l'enflamme et le dévore
La chaleur se répand du couchant à l'aurore :
Tu le vois tous les jours, devant toi prosterné,
Humilier ce front de splendeur couronné,
Et, confondant l'orgueil par d'augustes exemples,
Baiser avec respect le pavé de tes temples.
De ta gloire animé, lui seul de tant de rois
S'arme pour ta querelle, et combat pour tes droits :
Le perfide intérêt, l'aveugle jalousie,
S'unissent contre toi pour l'affreuse hérésie ;
La discorde en fureur frémit de toutes parts ;
Tout semble abandonner tes sacrés étendards ;
Et l'enfer, couvrant tout de ses vapeurs funèbres,
Sur les yeux les plus saints a jeté ses ténèbres :
Lui seul invariable, et fondé sur la foi,
Ne cherche, ne regarde, et n'écoute que toi,
Et bravant du démon l'impuissant artifice,
De la religion soutient tout l'édifice.
Grand Dieu, juge ta cause, et déploie aujourd'hui
Ce bras, ce même bras qui combattoit pour lui.
Lorsque des nations à sa perte animées
Le rhin vit tant de fois disperser les armées.
Des mêmes ennemis je reconnois l'orgueil ;
Ils viennent se briser contre le même écueil :
Déjà rompant par-tout leurs plus fermes barrières,
Du débris de leurs forts il couvre ses frontières.

Tu lui donnes un fils prompt à le seconder,
Qui sait combattre, plaire, obéir, commander :
Un fils qui, comme lui suivi de la victoire,
Semble à gagner son cœur borner toute sa gloire ;
Un fils à tous ses vœux avec amour soumis,
L'éternel désespoir de tous ses ennemis :
Pareils à ces esprits que ta justice envoie,
Quand son roi lui dit, pars, il s'élance avec joie ;
Du tonnerre vengeur s'en va tout embraser,
Et tranquille à ses pieds revient le déposer.

Mais, tandis qu'un grand roi venge ainsi mes injures,
Vous qui goûtez ici des délices si pures,
S'il permet à son cœur un moment de repos,
A vos jeux innocents appelez ce héros ;
Retracez-lui d'Esther l'histoire glorieuse,
Et sur l'impiété la foi victorieuse.

Et vous, qui vous plaisez aux folles passions
Qu'allument dans vos cœurs les vaines fictions,
Profanes amateurs de spectacles frivoles,
Dont l'oreille s'ennuie au son de mes paroles,
Fuyez de mes plaisirs la sainte austérité :
Tout respire ici Dieu, la paix, la vérité.

ESTHER,

TRAGÉDIE.

ACTE PREMIER.

Le théâtre représente l'appartement d'Esther.

SCÈNE I.

ESTHER, ÉLISE.

ESTHER.

Est-ce toi, chère Élise? O jour trois fois heureux!
Que béni soit le ciel qui te rend à mes vœux!
Toi, qui, de Benjamin comme moi descendue,
Fus de mes premiers ans la compagne assidue,
Et qui, d'un même joug souffrant l'oppression,
M'aidois à soupirer les malheurs de Sion!
Combien ce temps encore est cher à ma mémoire!
Mais toi, de ton Esther ignorois-tu la gloire?
Depuis plus de six mois que je te fais chercher,
Quel climat, quel désert a donc pu te cacher?

ÉLISE.

Au bruit de votre mort justement éplorée,
Du reste des humains je vivois séparée,

Et de mes tristes jours n'attendois que la fin ;
Quand tout à coup, madame, un prophète divin :
« C'est pleurer trop long-temps une mort qui t'abuse
« Lève-toi, m'a-t-il dit, prends ton chemin vers Suse,
« Là tu verras d'Esther la pompe et les honneurs,
« Et sur le trône assis le sujet de tes pleurs.
« Rassure, ajouta-t-il, tes tribus alarmées,
« Sion ; le jour approche, où le dieu des armées
« Va de son bras puissant faire éclater l'appui ;
« Et le cri de son peuple est monté jusqu'à lui. »
Il dit : et moi, de joie et d'horreur pénétrée,
Je cours. De ce palais j'ai su trouver l'entrée.
O spectacle ! ô triomphe admirable à mes yeux ;
Digne en effet du bras qui sauva nos aïeux !
Le fier Assuérus couronne sa captive,
Et le Persan superbe est aux pieds d'une Juive !
Par quels secrets ressorts, par quel enchaînement
Le ciel a-t il conduit ce grand évènement ?

ESTHER.

Peut-être on t'a conté la fameuse disgrace
De l'altière Vasthi, dont j'occupe la place ;
Lorsque le roi, contre elle enflammé de dépit,
La chassa de son trône ainsi que de son lit.
Mais il ne put sitôt en bannir la pensée :
Vasthi régna long-temps dans son ame offensée ;
Dans ses nombreux états il fallut donc chercher
Quelque nouvel objet qui l'en pût détacher.
De l'Inde à l'Hellespont ses esclaves coururent ;
Les filles de l'Égypte à Suse comparurent ;
Celles même du Parthe et du Scythe indompté

Y briguèrent le sceptre offert à la beauté.
On m'élevoit alors, solitaire et cachée,
Sous les yeux vigilants du sage Mardochée :
Tu sais combien je dois à ses heureux secours.
La mort m'avoit ravi les auteurs de mes jours :
Mais lui, voyant en moi la fille de son frère,
Me tint lieu, chère Élise, et de père et de mère.
Du triste état des Juifs jour et nuit agité,
Il me tira du sein de mon obscurité ;
Et, sur mes foibles mains fondant leur délivrance,
Il me fit d'un empire accepter l'espérance.
A ses desseins secrets, tremblante, j'obéis ;
Je vins : mais je cachais ma race et mon pays.
Qui pourroit cependant t'exprimer les cabales
Que formoit en ces lieux ce peuple de rivales,
Qui toutes, disputant un si grand intérêt,
Des yeux d'Assuérus attendoient leur arrêt ?
Chacune avoit sa brigue et de puissants suffrages :
L'une d'un sang fameux vantoit les avantages :
L'autre, pour se parer de superbes atours,
Des plus adroites mains empruntoit le secours :
Et moi, pour toute brigue et pour tout artifice,
De mes larmes au ciel j'offrois le sacrifice.
    Enfin on m'annonça l'ordre d'Assuérus.
Devant ce fier monarque, Élise, je parus.
Dieu tient le cœur des rois entre ses mains puissantes ;
Il fait que tout prospère aux ames innocentes,
Tandis qu'en ses projets l'orgueilleux est trompé.
De mes foibles attraits le roi parut frappé :
Il m'observa long-temps dans un sombre silence ;

Et le ciel, qui pour moi fit pencher la balance ;
Dans ce temps-là, sans doute, agissoit sur son cœur.
Enfin, avec des yeux où régnoit la douceur :
Soyez reine, dit-il ; et, dès ce moment même,
De sa main sur mon front posa son diadème.
Pour mieux faire éclater sa joie et son amour,
Il combla de présents tous les grands de sa cour ;
Et même ses bienfaits, dans toutes ses provinces,
Invitèrent le peuple aux noces de leurs princes.
Hélas ! durant ces jours de joie et de festins,
Quelle étoit en secret ma honte et mes chagrins !
Esther, disois-je, Esther dans la pourpre est assise;
La moitié de la terre à son sceptre est soumise :
Et de Jérusalem l'herbe cache les murs !
Sion, repaire affreux de reptiles impurs,
Voit de son temple saint les pierres dispersées !
Et du dieu d'Israël les fêtes sont cessées !

ÉLISE.

N'avez-vous point au roi confié vos ennuis ?

ESTHER.

Le roi, jusqu'à ce jour, ignore qui je suis.
Celui par qui le ciel règle ma destinée
Sur ce secret encor tient ma langue enchaînée.

ÉLISE.

Mardochée ? Hé ! peut-il approcher de ces lieux ?

ESTHER.

Son amitié pour moi le rend ingénieux.
Absent, je le consulte ; et ses réponses sages
Pour venir jusqu'à moi trouvent mille passages :

U₂

Un père a moins de soin du salut de son fils.
Déjà même, déjà, par ses secrets avis,
J'ai découvert au roi les sanglantes pratiques
Que formoient contre lui deux ingrats domestiques.

Cependant mon amour pour notre nation
A rempli ce palais de filles de Sion :
Jeunes et tendres fleurs, par le sort agitées,
Sous un ciel étranger comme moi transplantées.
Dans un lieu séparé des profanes témoins,
Je mets à les former mon étude et mes soins ;
Et c'est là que, fuyant l'orgueil du diadème,
Lasse de vains honneurs ! et me cherchant moi-même,
Aux pieds de l'Éternel je viens m'humilier,
Et goûte le plaisir de me faire oublier.
Mais à tous les Persans je cache leurs familles.
Il faut les appeler. Venez, venez, mes filles,
Compagnes autrefois de ma captivité,
De l'antique Jacob jeune postérité.

SCÈNE II.

ESTHER, ÉLISE, LE CHŒUR.

UNE ISRAÉLITE, *chantant derrière le théâtre.*

Ma sœur, quelle voix nous appelle ?

UNE AUTRE.

J'en reconnois les agréables sons :
C'est la reine.

TOUTES DEUX.

Courons, mes sœurs, obéissons,
La reine nous appelle :
Allons, rangeons-nous auprès d'elle.

TOUT LE CHŒUR,

entrant sur la scène par plusieurs endroits différents,

La reine nous appelle :

Allons, rangeons-nous auprès d'elle.

ÉLISE.

Ciel! quel nombreux essaim d'innocentes beautés

S'offre à mes yeux en foule, et sort de tous côtés !

Quelle aimable pudeur sur leur visage est peinte !

Prospérez, cher espoir d'une nation sainte.

Puissent jusques au ciel vos soupirs innocents

Monter comme l'odeur d'un agréable encens !

Que Dieu jette sur vous des regards pacifiques !

ESTHER.

Mes filles, chantez-nous quelqu'un de ces cantiques

Où vos voix si souvent se mêlant à mes pleurs

De la triste Sion célèbrent les malheurs.

UNE ISRAÉLITE *chante seule.*

Déplorable Sion, qu'as-tu fais de ta gloire ?

Tout l'univers admiroit ta splendeur :

Tu n'est plus que poussière ; et de cette grandeur

Il ne nous reste plus que la triste mémoire.

Sion, jusques au ciel élevée autrefois,

Jusqu'aux enfers maintenant abaissée,

Puisé-je demeurer sans voix,

Si dans mes chants ta douleur retracée

Jusqu'au dernier soupir n'occupe ma pensée !

TOUT LE CHŒUR.

O rives du Jourdain ! o champs aimés des cieux !

Sacrés monts, fertiles vallées

Par cent miracles signalées !

Du doux pays de nos aïeux
Serons-nous toujours exilées ?

UNE ISRAÉLITE , *seule.*

Quand verrai-je , ô Sion ! relever tes remparts ?
Et de tes tours les magnifiques faîtes ?
Quand verrai-je de toutes parts
Tes peuples en chantant accourir à tes fêtes ?

TOUT LE CHŒUR.

O rives du Jourdain ! ô champs aimés des cieux !
Sacrés monts , fertiles vallées
Par cent miracles signalées !
Du doux pays de nos aïeux
Serons-nous toujours exilées ?

SCÈNE III.

ESTHER, MARDOCHÉE, ÉLISE, LE CHŒUR.

ESTHER.

QUEL profane en ce lieu s'ose avancer vers nous ?
Que vois-je ! Mardochée ! O mon père , est-ce vous ?
Un ange du seigneur sous son aile sacrée
A donc conduit vos pas , et caché votre entrée ?
Mais d'où vient cet air sombre , et ce cilice affreux !
Et cette cendre enfin qui couvre vos cheveux ?
Que nous annoncez-vous ?

MARDOCHÉE.

O reine infortunée !
O d'un peuple innocent barbare destinée !
Lisez, lisez l'arrêt détestable, cruel....
Nous sommes tous perdus ! et c'est fait d'Israël !

P 2

ESTHER.

Juste ciel ! tout mon sang dans mes veines se glace!

MARDOCHÉE.

On doit de tous les Juifs exterminer la race.
Au sanguinaire Aman nous sommes tous livrés;
Les glaives, les couteaux sont déjà préparés:
Toute la nation à la fois est proscrite.
Aman, l'impie Aman, race d'Amalécite,
A pour ce coup funeste armé tout son crédit;
Et le roi trop crédule a signé cet édit.
Prévenu contre nous par cette bouche impure,
Il nous croit en horreur à toute la nature :
Ses ordres sont donnés, et dans tous ses états
Le jour fatal est pris pour tant d'assassinats,
Cieux, éclairez-vous cet horrible carnage !
Le fer ne connoîtra ni le sexe ni l'âge;
Tout doit servir de proie aux tigres, aux vautours:
Et ce jour effroyable arrive dans dix jours.

ESTHER.

O dieu, qui vois former des desseins si funestes,
As-tu donc de Jacob abandonné les restes ?

UNE DES PLUS JEUNES ISRAÉLITES.

Ciel, qui nous défendra, si tu ne nous défends ?

MARDOCHÉE.

Laissez les pleurs, Esther, à ces jeunes enfants.
En vous est tout l'espoir de vos malheureux frères;
Il faut les secourir: mais les heures sont chères;
Le temps vole, et bientôt amènera le jour
Où le nom des Hébreux doit périr sans retour.

Toute pleine du feu de tant de saints prophètes,
Allez, osez au roi déclarer qui vous êtes.

ESTHER.

Hélas ! ignorez-vous quelles sévères lois
'Aux timides mortels cachent ici les rois !
Au fond de leur palais leur majesté terrible
Affecte à leurs sujets de se rendre invisible ;
Et la mort est le prix de tout audacieux
Qui sans être appelé se présente à leurs yeux,
Si le roi dans l'instant, pour sauver le coupable,
Ne lui donne à baiser son sceptre redoutable.
Rien ne met à l'abri de cet ordre fatal,
Ni le rang, ni le sexe ; et le crime est égal.
Moi-même, sur son trône à ses côtés assise,
Je suis à cette loi, comme un autre, soumise ;
Et sans le prévenir, il faut pour lui parler
Qu'il me cherche, ou du moins qu'il me fasse appeler.

MARDOCHÉE.

Quoi ! lorsque vous voyez périr votre patrie,
Pour quelque chose, Esther, vous comptez votre vie !
Dieu parle ; et d'un mortel vous craignez le courroux !
Que dis-je ? votre vie, Esther, est-elle à vous ?
N'est-elle pas au sang dont vous êtes issue ?
N'est-elle pas à dieu dont vous l'avez reçue ?
Et qui sait, lorsqu'au trone il conduisoit vos pas,
Si pour sauver son peuple il ne vous gardoit pas ?
Songez-y bien ; ce Dieu ne vous a pas choisie
Pour être un vain spectacle aux peuples de l'Asie,
Ni pour charmer les yeux des profanes humains :
Pour un plus noble usage il réserve ses saints.

P 3

S'immoler pour son nom et pour son héritage,
D'un enfant d'Israël voilà le vrai partage :
Trop heureuse pour lui de hasarder vos jours !
Et quel besoin son bras a-t-il de nos secours ?
Que peuvent contre lui tous les rois de la terre ?
En vain ils suniroient pour lui faire la guerre :
Pour dissiper leur ligue il n'a qu'à se montrer ;
Il parle, et dans la poudre il les fait tous rentrer.
Au seul son de sa voix la mer fuit, le ciel tremble ;
Il voit comme un néant tout l'univers ensemble ;
Et les foibles mortels, vains jouets du trépas,
Sont tous devant ses yeux comme s'ils n'étoient pas.

　　S'il a permis d'Aman l'audace criminelle,
Sans doute qu'il vouloit signaler votre zèle.
C'est lui qui, m'excitant à vous oser chercher,
Devant moi, chère Esther, a bien voulu marcher :
Et s'il faut que sa voix frappe en vain vos oreilles,
Nous n'en verrons pas moins éclater ses merveilles.
Il peut confondre Aman, il peut briser nos fers
Par la plus foible main qui soit dans l'univers :
Et vous, qui n'aurez point accepté cette grace,
Vous périrez peut-être et toute votre race.

ESTHER.

Allez : que tous les Juifs dans Suse répandus,
A prier avec vous jour et nuit assidus,
Me prêtent de leurs vœux le secours salutaire,
Et pendant ces trois jours gardent un jeûne austère.
Déjà la sombre nuit a commencé son tour :
Demain, quand le soleil rallumera le jour,
Contente de périr, s'il faut que je périsse,

J'irai pour mon pays m'offrir en sacrifice.
Qu'on s'éloigne un moment.

(*Le chœur se retire vers le fond du théâtre.*)

SCÈNE IV.

ESTHER, ÉLISE, LE CHŒUR.

ESTHER.

              O mon souverain roi,
Me voici donc tremblante et seule devant toi !
Mon père mille fois m'a dit dans mon enfance
Qu'avec nous tu juras une sainte alliance,
Quand, pour te faire un peuple agréable à tes yeux,
Il plut à ton amour de choisir nos aïeux :
Même tu leur promis de ta bouche sacrée
Une postérité d'éternelle durée.
Hélas ! ce peuple ingrat a méprisé ta loi.
La nation chérie a violé sa foi ;
Elle a répudié son époux et son père,
Pour rendre à d'autres dieux un honneur adultère,
Maintenant elle sert sous un maître étranger.
Mais c'est peu d'être esclave, on la veut égorger :
Nos superbes vainqueurs, insultant à nos larmes,
Imputent à leurs dieux le bonheur de leurs armes,
Et veulent aujourd'hui qu'un même coup mortel
Abolisse ton nom, ton peuple, et ton autel.
Ainsi donc un perfide, après tant de miracles,
Pourroit anéantir la foi de tes oracles,
Raviroit aux mortels le plus cher de tes dons,
Le saint que tu promets, et que nous attendons ?

Non, non, ne souffre pas que ces peuples farouches,
Ivres de notre sang, ferment les seules bouches
Qui dans tout l'univers célèbrent tes bienfaits;
Et confonds tous ces dieux qui ne furent jamais.
    Pour moi, que tu retiens parmi ces infidèles,
Tu sais combien je hais leurs fêtes criminelles,
Et que je mets au rang des profanations
Leur table, leurs festins, et leurs libations,
   Que même cette pompe où je suis condamnée,
Ce bandeau dont il faut que je paroisse ornée
Dans ces jours solennels à l'orgueil dédiés,
Seule et dans le secret je le foule à mes pieds;
Qu'à ces vains ornements je préfère la cendre,
Et n'ai de goût qu'aux pleurs que tu me vois répandre,
J'attendois le moment marqué dans ton arrêt,
Pour oser de ton peuple embrasser l'intérêt:
Ce moment est venu; ma prompte obéissance
Va d'un roi redoutable affronter la présence.
C'est pour toi que je marche: accompagne mes pas
  Devant ce fier lion qui ne te connoît pas;
Commande en me voyant que son courroux s'apaise,
Et prête à mes discours un charme qui lui plaise.
Les orages, les vents, les cieux te sont soumis:
Tourne enfin sa fureur contre nos ennemis.

SCÈNE V.

Toute cette scène est chantée.

LE CHŒUR.

UNE ISRAÉLITE, *seule.*

PLEURONS et gémissons, mes fidèles compagnes,
A nos sanglots donnons un libre cours :
Levons les yeux vers les saintes montagnes
D'où l'innocence attend tout son secours.

O mortelles alarmes !
Tout Israël périt. Pleurez, mes tristes yeux :
Il ne fut jamais sous les cieux
Un si juste sujet de larmes.

TOUT LE CHŒUR.
O mortelles alarmes !

UNE AUTRE ISRAÉLITE.
N'étoit-ce pas assez qu'un vainqueur odieux
De l'auguste Sion eût détruit tout les charmes,
Et traîné ses enfants captifs en mille lieux ?

TOUT LE CHŒUR.
O mortelles alarmes !

LA MÊME ISRAÉLITE.
Foibles agneaux livrés à des loups furieux,
Nos soupirs sont nos seules armes.

TOUT LE CHŒUR.
O mortelles alarmes !

UNE ISRAÉLITE.
Arrachons, déchirons tous ces vains ornements
Qui parent notre tete.

UNE AUTRE.

Revêtons-nous d'habillements
Conformes à l'horrible fête
Que l'impie Aman nous apprête.

TOUT LE CHŒUR.

Arrachons, déchirons tous ces vains ornements
Qui parent notre tête.

UNE ISRAÉLITE.

Quel carnage de toutes parts !
On égorge à la fois les enfants, les vieillards,
Et la sœur et le frère,
Et la fille et la mère,
Le fils dans les bras de son père !
Que de corps entassés, que de membres épars,
Privés de sépulture !
Grands Dieu, tes saints sont la pâture
Des tigres et des léopards.

UNE DES PLUS JEUNES ISRAÉLITES.

Hélas ! si jeune encore,
Par quel crime ai-je pu mériter mon malheur?
Ma vie à peine a commencé d'éclore :
Je tomberai comme une fleur.
Qui n'a vu qu'une aurore.
Hélas ! si jeune encore,
Par quel crime ai-je pu mériter mon malheur ?

UNE AUTRE.

Des offenses d'autrui malheureuses victimes,
Que nous servent, hélas ! ces regrets superflus ?
Nos pères ont péché, nos pères ne sont plus,
Et nous portons la peine de leurs crimes.

TOUT LE CHŒUR.

Le dieu que nous servons est le Dieu des combats :
Non, non, il ne souffrira pas
Qu'on égorge ainsi l'innocence.

UNE ISRAÉLITE, *seule*.

Hé quoi ! diroit l'impiété ;
Où donc est-il ce Dieu si redouté
Dont Israël nous vantoit la puissance ?

UNE AUTRE.

Ce Dieu jaloux, ce Dieu victorieux,
Frémissez, peuples de la terre,
Ce Dieux jaloux, ce Dieux victorieux,
Est le seul qui commande aux cieux :
Ni les éclairs ni le tonnerre
N'obéissent point à vos dieux.

UNE AUTRE.

Il renverse l'audacieux.

UNE AUTRE.

Il prend l'humble sous sa défense.

TOUT LE CHŒUR.

Le Dieu que nous servons est le Dieu des combats ;
Non, non, il ne souffrira pas
Qu'on égorge ainsi l'innocence.

DEUX ISRAÉLITES.

O Dieu, que la gloire couronne,
Dieu, que la lumière environne,
Qui voles sur l'aile des vents
Et dont le trône est porté par les anges ;

DEUX AUTRES DES PLUS JEUNES.

Dieux, qui veux bien que de simples enfants
Avec eux chantent tes louanges ;

TOUT LE CHŒUR.

Tu vois nos pressants dangers;
Donne à ton nom la victoire ;
Ne souffre point que ta gloire
Passe à des dieux étrangers.

UNE ISRAÉLITE, *seule.*

Arme-toi, viens nous défendre :
Descends, tel qu'autrefois la mer te vis descendre,
Que les méchants apprennent aujourd'hui
A craindre ta colère.
Qu'ils soient comme la poudre et la paille légère
Que le vent chasse devant lui.

TOUT LE CHŒUR.

Tu vois nos pressants dangers ;
Donne à ton nom la victoire ;
Ne souffre point que ta gloire
Passe à des dieux étrangers.

FIN DU PREMIER ACTE.

ACTE

ACTE SECOND.

Le théâtre représente la chambre où est le trône
d'Assuérus.

SCÈNE I.

AMAN, HYDASPE.

AMAN.

HÉ quoi! lorsque le jour ne commence qu'à luire,
Dans ce lieu redoutable oses-tu m'introduire?

HIDASPE.

Vous savez qu'on s'en peut reposer sur ma foi;
Que ces portes, seigneur, n'obéissent qu'à moi.
Venez. Par-tout ailleurs on pourroit nous entendre.

AMAN.

Quel est donc le secret que tu me veux apprendre?

HYDASPE.

Seigneur, de vos bienfaits mille fois honoré,
Je me souviens toujours que je vous ai juré
D'exposer à vos yeux, par des avis sincères,
Tout ce que ce palais renferme de mystères.
Le roi d'un noir chagrin paroît enveloppé;
Quelque songe effrayant cette nuit l'a frappé.
Pendant que tout gardoit un silence paisible,
Sa voix s'est fait entendre avec un cri terrible.
J'ai couru. Le desordre étoit dans ses discours:
Il s'est plaint d'un péril qui menaçoit ses jours;

Il parloit d'ennemi, de ravisseur farouche;
Même le nom d'Esther est sorti de sa bouche.
Il a dans ces horreurs passé toute la nuit.
Enfin, las d'appeler un sommeil qui le fuit,
Pour écarter de lui ces images funèbres,
Il s'est fait apporter ces annales célèbres
Où les faits de son règne, avec soin amassés,
Par de fidèles mains chaque jour sont tracés;
On y conserve écrits le service et l'offense :
Monuments éternels d'amour et de vengeance.
Le roi, que j'ai laissé plus calme dans son lit,
D'une oreille attentive écoute ce récit.

AMAN.

De quel temps de sa vie a-t-il choisi l'histoire ?

HYDASPE.

Il revoit tous ces temps si rempl's de sa gloire,
Depuis le fameux jour qu'au trône de Cyrus
Le choix du sort plaça l'heureux Assuérus.

AMAN.

Ce songe, Hydaspe, est donc sorti de son idée ?

HYDASPE.

Entre tous les devins fameux dans la Chaldée,
Il a fait assembler ceux qui savent le mieux
Lire en un songe obscur les volontés des cieux...
Mais quel trouble vous-même aujourd'hui vous agite ?
Votre ame en m'écoutant paroît toute interdite.
L'heureux Aman a-t-il quelques secrets ennuis ?

AMAN.

Peux-tu le demander dans la place où je suis ?

Haï, craint, envié, souvent plus misérable
Que tous les malheureux que mon pouvoir accable!

HYDASPE.

Hé! qui jamais du ciel eut des regards plus doux?
Vous voyez l'univers prosterné devant vous.

AMAN.

L'univers! Tous les jours un homme... un vil esclave,
D'un front audacieux me dédaigne et me brave,

HYDASPE.

Quel est cet ennemi de l'état et du roi?

AMAN.

Le nom de Mardochée est-il connu de toi?

HYDASPE.

Qui? ce chef d'une race abominable, impie?

AMAN.

Oui, lui-même.

HYDASPE.

Hé, seigneur! d'une si belle vie
Un si foible ennemi peut-il troubler la paix?

AMAN.

L'insolent devant moi ne se courba jamais.
En vain de la faveur du plus grand des monárques
Tout révère à genoux les glorieuses marques;
Lorsque d'un saint respect tous les Persans touchés
N'osent lever leurs fronts à la terre attachés,
Lui, fièrement assis, et la tête immobile,
Traite tous ces honneurs d'impiété servile,
Présente à mes regards un front séditieux,
Et ne daigneroit-pas au moins baisser les yeux!
Du palais cependant il assiège la porte :

Q 2

A quelque heure que j'entre, Hydaspe, ou que je
Son visage odieux m'afflige et me poursuit; [sorte;
Et mon esprit troublé le voit encor la nuit.
Ce matin j'ai voulu devancer la lumière:
Je l'ai trouvé couvert d'une affreuse poussière,
Revêtu de lambeaux, tout pâle; mais son œil
Conservoit sous la cendre encor le même orgueil.
D'où lui vient, cher ami, cette impudente audace?
Toi, qui dans ce palais vois tout ce qui se passe,
Crois-tu que quelque voix ose parler pour lui?
Sur quel roseau fragile a-t-il mis son appui?

HYDASPE.

Seigneur, vous le savez, son avis salutaire
Découvrit de Tharès le complot sanguinaire,
Le roi promit alors de le récompenser:
Le roi, depuis ce temps, paroît n'y plus penser.

AMAN.

Non, il faut à tes yeux dépouiller l'artifice:
J'ai su de mon destin corriger l'injustice:
Dans les mains des Persans jeune enfant apporté,
Je gouverne l'empire où je fus acheté;
Mes richesses des rois égalent l'opulence;
Environné d'enfants, soutiens de ma puissance,
Il ne manque à mon front que le bandeau royal:
Cependant (des mortels aveuglement fatal!)
De cet amas d'honneurs la douceur passagère
Fait sur mon cœur à peine une atteinte légère;
Mais Mardochée, assis aux portes du palais,
Dans ce cœur malheureux enfonce mille traits;

Et toute ma grandeur me devient insipide
Tandis que le soleil éclaire ce perfide.

HYDASPE.

Vous serez de sa vue affranchi dans dix jours :
La nation entière est promise aux vautours.

AMAN.

Ah ! que ce temps est long à mon impatience !
C'est lui, je te veux bien confier ma vengeance ;
C'est lui qui , devant moi refusant de ployer ,
Les a livrés au bras qui les va foudroyer.
C'étoit trop peu pour moi d'une telle victime :
La vengeance trop foible attire un second crime.
Un homme tel qu'Aman , lorsqu'on l'ose irriter,
Dans sa juste fureur ne peut trop éclater.
Il faut des châtiments dont l'univers frémisse ;
Qu'on tremble en comparant l'offense et le supplice ;
Que les peuples entiers dans le sang soient noyés.
Je veux qu'on dise un jour aux siècles effrayés:
Il fut des Juifs ; il fut une insolente race ;
Répandus sur la terre ils en couvroient la face ;
Un seul osa d'Aman attirer le courroux ;
Aussitôt de la terre ils disparurent tous.

HYDASPE.

Ce n'est donc pas , seigneur , le sang amalécite
Dont la voix à les perdre en secret vous excite ?

AMAN.

Je sais que , descendu de ce sang malheureux,
Une éternelle haine a dû m'armer contre eux ;
Qu'ils firent d'Amalec un indigne carnage;
Que, jusqu'aux vils troupeaux, tout éprouva leur rage;

Q 3

Qu'un déplorable reste à peine fut sauvé :

Mais, crois-moi, dans le rang où je suis élevé,

Mon ame, à ma grandeur tout entière attachée,

Des intérêts du sang est foiblement touchée.

Mardochée est coupable ; et que faut-il de plus?

Je prévins donc contre eux l'esprit d'Assuérus,

J'inventai des couleurs ; j'armai la calomnie ;

J'intéressai sa gloire ; il trembla pour sa vie :

Je les peignis puissants, riches, séditieux ;

Leur dieu même ennemi de tous les autres dieux,

Jusqu'à quand souffre-t-on que ce peuple respire,

Et d'un culte profane infecte votre empire ?

Étrangers dans la Perse, à nos lois opposés,

Du reste des humains ils semblent divisés,

N'aspirent qu'à troubler le repos où nous sommes,

Et détestés par-tout détestent tous les hommes.

Prévenez, punissez leurs insolents efforts,

De leur dépouille enfin grossissez vos trésors.

Je dis ; et l'on me crut. Le roi, dès l'heure même,

Mit dans ma main le sceau de son pouvoir suprême ;

Assure, me dit-il, le repos de ton roi ;

Va, perds ces malheureux : leur dépouille est à toi.

Toute la nation fut ainsi condamnée.

Du carnage avec lui je réglai la journée.

Mais de ce traitre enfin le trépas différé

Fait trop souffrir mon cœur de son sang altéré.

Un je ne sais quel trouble empoisonne ma joie.

Pourquoi dix jours encor faut-il que je le voie !

HYDASPE.

Et ne pouvez-vous pas d'un mot l'exterminer?

Dites au roi, seigneur, de vous l'abandonner.

AMAN.

Je viens pour épier le moment favorable.
Tu connois comme moi ce prince inexorable
Tu sais combien terrible en ses soudains transports
De nos desseins souvent il rompt tous les ressorts.
Mais à me tourmenter ma crainte est trop subtile:
Mardochée à ses yeux est une ame trop vile.

HYDASPE.

Que tardez-vous? Allez, et faites promptement
Élever de sa mort le honteux instrument.

AMAN.

J'entends du bruit; je sors. Toi, si le roi m'appelle...

HYDASPE.

Il suffit.

SCÈNE II.

ASSUÉRUS, HYDASPE, ASAPH,
SUITE D'ASSUÉRUS.

ASSUÉRUS.

Ainsi donc, sans cet avis fidèle,
Deux traîtres dans son lit assassinoient leur roi?
Qu'on me laisse; et qu'Asaph seul demeure avec moi.

SCÈNE III,

ASSUÉRUS, ASAPH.

ASSUÉRUS, *assis sur son trône,*

Je veux bien l'avouer, de ce couple perfide
J'avois presque oublié l'attentat parricide ;
Et j'ai pâli deux fois au terrible récit
Qui vient d'en retracer l'image à mon esprit.
Je vois de quel succès leur fureur fut suivie ,
Et que dans les tourments ils laissèrent la vie.
Mais ce sujet zélé qui , d'un œil si subtil ,
Sut de leur noir complot développer le fil ,
Qui me montra sur moi leur main déjà levée ,
Enfin par qui la Perse avec moi fut sauvée ,
Quel honneur pour sa foi , quel prix a-t-il reçu ?

ASAPH.

On lui promit beaucoup : c'est tout ce que j'ai su.

ASSUÉRUS.

O d'un si grand service oubli trop condamnable!
Des embarras du trône effet inévitable !
De soins tumultueux un prince environné
Vers de nouveaux objets est sans cesse entraîné ;
L'avenir l'inquiète, et le présent le frappe :
Mais plus prompt que l'éclair le passé nous échappe ;
Et de tant de mortels à toute heure empressés
A nous faire valoir leurs soins intéressés
Il ne s'en trouve point qui , touchés d'un vrai zèle ,
Prennent à notre gloire un intérêt fidèle,
Du mérite oublié nous fassent souvenir ,

Trop prompts à nous parler de ce qu'il faut punir!
Ah ! que plutôt l'injure échappe à ma vengeance,
Qu'un si rare bienfait à ma reconnoissance.!
Et qui voudroit jamais s'exposer pour son roi?
    Ce mortel qui montra tant de zèle pour moi,
Vit-il encore ?

ASAPH.

    Il voit l'astre qui vous éclaire.

ASSUÉRUS.

Et que n'a-t-il plus tôt demandé son salaire;
Quel pays reculé le cache à mes bienfaits ?

ASAPH.

Assis le plus souvent aux portes du palais,
Sans se plaindre de vous ni de sa destinée,
Il y traîne , seigneur, sa vie infortunée.

ASSUÉRUS.

Et je dois d'autant moins oublier la vertu ,
Qu'elle-même s'oublie. Il se nomme, dis-tu?

ASAPH.

Mardochée est le nom que je viens de vous lire,

ASSUÉRUS.

Et son pays ?

ASAPH.

    Seigneur, puisqu'il faut vous le dire,
C'est un de ces captifs à périr destinés,
Des rives du Jourdain sur l'Euphrate amenés.

ASSUÉRUS.

Il est donc Juif? Oh ciel ! sur le point que la vie
Par mes propres sujets m'alloit être ravie,
Un Juif rend par ses soins leurs efforts impuissants,

Un Juif ma préservé du glaive des Persans !
Mais, puisqu'il m'a sauvé, quel qu'il soit, il n'importe.
Holà, quelqu'un.

SCÈNE IV.

ASSUÉRUS, HYDASPE, ASAPH.

HYDASPE.

Seigneur ?

ASSUÉRUS.

Regarde à cette porte ;
Vois s'il s'offre à tes yeux quelque grand de ma cour.

HYDASPE.

Aman à votre porte a devancé le jour.

ASSUÉRUS.

Qu'il entre. Ses avis m'éclaireront peut-être.

SCÈNE V.

ASSUÉRUS, AMAN, HYDASPE, ASAPH.

ASSUÉRUS.

Approche, heureux appui du trône de ton maître,
Ame de mes conseils, et qui seul tant de fois
Du sceptre dans ma main as soulagé le poids.
Un reproche secret embarrasse mon ame.
Je sais combien est pur le zèle qui t'enflamme ;
Le mensonge jamais n'entra dans tes discours ;
Et mon intérêt seul est le but où tu cours.
Dis-moi donc : que doit faire un prince magnanime
Qui veut combler d'honneurs un sujet qu'il estime ?
Par quel gage éclatant, et digne d'un grand roi,
Puis-je récompenser le mérite et la foi ?

Ne donne point de borne à ma reconnoissance ;
Mesure tes conseils sur ma vaste puissance.

AMAN, à part.

C'est pour toi-même, Aman, que tu vas prononcer ;
Et quel autre que toi peut-on récompenser ?

ASSUÉRUS.

Que penses-tu ?

AMAN.

Seigneur, je cherche, j'envisage
Des monarques persans la conduite et l'usage :
Mais à mes yeux envain je les rappelle tous ;
Pour vous régler sur eux, que sont-ils près de vous ?
Votre règne aux neveux doit servir de modèle.
Vous voulez d'un sujet reconnoître le zèle :
L'honneur seul peut flatter un esprit généreux :
Je voudrois donc, seigneur, que ce mortel heureux,
De la pourpre aujourd'hui paré comme vous-même,
Et portant sur le front le sacré diadème,
Sur un de vos coursiers pompeusement orné,
Aux yeux de vos sujets dans Suse fût mené :
Que, pour comble de gloire et de magnificence,
Un seigneur éminent en richesse, en puissance,
Enfin de votre empire après vous le premier,
Par la bride guidât son superbe coursier ;
Et lui-même marchant en habits magnifiques
Criât à haute voix dans les places publiques :
« Mortels, prosternez-vous : c'est ainsi que le roi
« Honore le mérite, et couronne la foi. »

ASSUÉRUS.

Je vois que la sagesse elle-même t'inspire ;

Avec mes volontés ton sentiment conspire.

Va , ne perds point de temps ; ce que tu m'as dicté,

Je veux de point en point qu'il soit exécuté :

La vertu dans l'oubli ne sera plus cachée.

Aux portes du palais prends le Juif Mardochée,

C'est lui que je prétends honorer aujourd'hui :

Ordonne son triomphe , et marche devant lui ;

Que Suse par ta voix de son nom retentisse ,

Et fais à son aspect que tout genou fléchisse.

Sortez tous.

AMAN , à part.

Dieux !

<h2 style="text-align:center">SCÈNE VI.</h2>

<h3 style="text-align:center">ASSUÉRUS.</h3>

         LE prix est sans doute inouï ;

Jamais d'un tel honneur un sujet n'a joui :

Mais plus la récompense est grande et glorieuse,

Plus même de ce Juif la race est odieuse ,

Plus j'assure ma vie , et montre avec éclat

Combien Assuérus redoute d'être ingrat.

On verra l'innocent discerné du coupable :

Je n'en perdrai pas moins ce peuple abominable ;

Leur crime...

SCÈNE VII.

ASSUÉRUS, ESTHER, ÉLISE, THAMAR,
UNE PARTIE DU CHŒUR.

(Esther entre s'appuyant sur Elise : quatre Israé-
lites soutiennent sa robe.)

ASSUÉRUS.

Sans mon ordre on porte ici ses pas !
Quel mortel insolent vient chercher le trépas ?
Gardes... C'est vous, Esther ? quoi ! sans être attendue ?

ESTHER.

Mes filles, soutenez votre reine éperdue.
Je me meurs. (*Elle tombe évanouie.*)

ASSUÉRUS.

Dieux puissants ! quelle étrange pâleur
De son teint tout à coup efface la couleur !
Esther, que craignez-vous ? suis-je pas votre frère ?
Est-ce pour vous qu'est fait un ordre si sévère ?
Vivez : le sceptre d'or que vous tend cette main
Pour vous de ma clémence est un gage certain.

ESTHER.

Quelle voix salutaire ordonne que je vive,
Et rappelle en mon sein mon ame fugitive ?

ASSUÉRUS.

Ne connoissez-vous pas la voix de votre époux ?
Encore un coup, vivez, et revenez à vous.

ESTHER.

Seigneur, je n'ai jamais contemplé qu'avec crainte
L'auguste majesté sur votre front empreinte :

Jugez combien ce front irrité contre moi
Dans mon ame troublée a dû jeter d'effroi :
Sur ce trône sacré qu'environne la foudre
J'ai cru vous voir tout prêt à me réduire en poudre.
Hélas ! sans frissonner quel cœur audacieux
Soutiendroit les éclairs qui partoient de vos yeux ?
Ainsi du Dieu vivant la colère étincelle...

ASSUÉRUS.

O soleil ! ô flambeaux de lumière immortelle !
Je me trouble moi-même ; et sans frémissement
Je ne puis voir sa peine et son saisissement.
Calmez, reine, calmez la frayeur qui vous presse
Du cœur d'Assuérus souveraine maîtresse,
Éprouvez seulement son ardente amitié.
Faut-il de mes états vous donner la moitié ?

ESTHER.

Hé ! se peut-il qu'un roi craint de la terre entière,
Devant qui tout fléchit et baise la poussière,
Jette sur son esclave un regard si serein,
Et m'offre sur son cœur un pouvoir souverain ?

ASSUÉRUS.

Croyez-moi, chère Esther, ce sceptre, cet empire,
Et ces profonds respects que la terreur inspire,
A leur pompeux éclat mêlent peu de douceur,
Et fatiguent souvent leur triste possesseur.
Je ne trouve qu'en vous je ne sais quelle grace
Qui me charme toujours et jamais ne me laisse.
De l'aimable vertu doux et puissants attraits !
Tout respire en Esther l'innocence et la paix.
Du chagrin le plus noir elle écarte les ombres,

Et fait des jours sereins de mes jours les plus sombres;
Que dis-je ? sur ce trône assis auprès de vous,
Des astres ennemis j'en crains moins le courroux,
Et crois que votre front prête à mon diadème
Un éclat qui le rend respectacle aux dieux même,
Osez donc me répondre, et ne me cachez pas
Quel sujet important conduit ici vos pas.
Quel intérêt, quels soins vous agitent, vous pressent ?
Je vois qu'en m'écoutant vos yeux au ciel s'adressent.
Parlez : de vos désirs le succès est certain,
Si ce succès dépend d'une mortelle main.

ESTHER.

O bonté qui m'assure autant qu'elle m'honore !
Un intérêt puissant veut que je vous implore;
J'attends ou mon malheur ou ma félicité ;
Et tout dépend, seigneur, de votre volonté.
Un mot de votre bouche, en terminant mes peines,
Peut rendre Esther heureuse entre toutes les reines.

ASSUÉRUS,

Ah ! que vous enflammez mon désir curieux !

ESTHER.

Seigneur, si j'ai trouvé grace devant vos yeux,
Si jamais à mes vœux vous fûtes favorable,
Permettez, avant tout, qu'Esther puisse à sa table
Recevoir aujourd'hui son souverain seigneur,
Et qu'Aman soit admis à cet excès d'honneur.
J'oserai devant lui rompre ce grand silence;
Et j'ai pour m'expliquer besoin de sa présence.

ASSUÉRUS.

Dans quelle inquiétude, Esther, vous me jetez !

R 3

Toutefois qu'il soit fait comme vous souhaitez.

(*à ceux de sa suite.*)

Vous, que l'on cherche Aman; et qu'on lui fasse enten-
Qu'invité chez la reine il ait soin de s'y rendre.   [dre

SCÈNE VIII.

ASSUÉRUS, ESTHER, ÉLISE, THAMAR
HYDASPE, UNE PARTIE DU CHŒUR.

HYDASPE.

LES savants Chaldéens, par votre ordre appelés,
Dans cet appartement, seigneur, sont assemblés.

ASSUÉRUS.

Princesse, un songe étrange occupe ma pensée:
Vous-même en leur réponse êtes intéressée.
Venez, derrière un voile écoutant leurs discours,
De vos propres clartés me prêter le secours.
Je crains pour vous, pour moi, quelque ennemi perfide.

ESTHER.

Suis-moi, Thamar. Et vous, troupe jeune et timide,
Sans craindre ici les yeux d'une profane cour,
A l'abri de ce trône attendez mon retour.

SCÈNE IX.

Cette scène est partie déclamée et partie chantée.

ÉLISE, UNE PARTIE DU CHŒUR.

ÉLISE.

QUE vous semble, mes sœurs, de l'état où nous som-
D'Esther, d'Aman, qui le doit emporter? [mes

Est-ce Dieu, sont-ce les hommes,
Dont les œuvres vont éclater ?
Vous avez vu quelle ardente colère
Allumoit de ce roi le visage sévère.

UNE ISRAÉLITE.

Des éclairs de ses yeux l'œil étoit ébloui.

UNE AUTRE.

Et sa voix m'a paru comme un tonnerre horrible.

ÉLISE.

Comment ce courroux si terrible
En un moment s'est-il évanoui ?

UNE ISRAÉLITE *chante.*

Un moment a changé ce courage inflexible :
Le lion rugissant est un agneau paisible.
Dieu, notre Dieu sans doute a versé dans son cœur
Cet esprit de douceur.

LE CHŒUR *chante.*

Dieu, notre Dieu sans doute a versé dans son cœur
Cet esprit de douceur.

LA MÊME ISRAÉLITE *chante.*

Tel qu'un ruisseau docile
Obéit à la main qui détourne son cours,
Et, laissant de ses eaux partager le secours,
Va rendre tout un champ fertile :
Dieu, de nos volontés arbitre souverain,
Le cœur des rois est ainsi dans ta main.

ÉLISE.

Ah ! que je crains, mes sœurs, les funestes nuages
Qui de ce prince obscurcissent les yeux !
Comme il est aveuglé du culte de ses dieux !

R 2

UNE ISRAÉLITE.

Il n'atteste jamais que leurs noms odieux.

UNE AUTRE.

Aux feux inanimés dont se parent les cieux
Il rend de profanes hommages.

UNE AUTRE.

Tout son palais est plein de leurs images.

LE CHŒUR *chante*.

Malheureux, vous quittez le maître des humains
Pour adorer l'ouvrage de vos mains !

UNE ISRAÉLITE *chante*.

Dieu d'Israël, dissipe enfin cette ombre ;
Des larmes de tes saints quand seras-tu touché ?
Quand sera le voile arraché
Qui sur tout l'univers jette une nuit si sombre ?
Dieu d'Israël, dissipe enfin cette ombre :
Jusqu'à quand seras-tu caché ?

UNE DES PLUS JEUNES ISRAÉLITES.

Parlons plus bas, mes sœurs. Ciel ! si quelque infidèle,
Écoutant nos discours, nous alloit déceler !

ÉLISE.

Quoi ! fille d'Abraham, une crainte mortelle
Semble déjà vous faire chanceler !
Hé ! si l'impie Aman, dans sa main homicide
Faisant luire à vos yeux un glaive menaçant,
A blasphémer le nom du Tout-puissant
Vouloit forcer votre bouche timide !

UNE AUTRE ISRAÉLITE.

Peut-être Assuérus, frémissant de courroux,
Si nous ne courbons les genoux

Devant une muette idole,
Commandera qu'on nous immole.
Chère sœur, que choisirez-vous ?

LA JEUNE ISRAÉLITE.

Moi, je pourrois trahir le Dieu que j'aime !
J'adorerois un dieu sans force et sans vertu,
Reste d'un tronc par les vents abattu,
Qui ne peut se sauver lui-même !

LE CHŒUR chante.

Dieux impuissants, dieux sourds, tous ceux qui vous
    Ne seront jamais entendus ;   [implorent
    Que les démons, et ceux qui les adorent,
    Soient à jamais détruits et confondus !

UNE ISRAÉLITE chante.

Que ma bouche et mon cœur, et tout ce que je suis,
Rendent honneur au Dieu qui m'a donné la vie.
    Dans les craintes, dans les ennuis,
    En ses bontés mon ame se confie.
Veut-il par mon trépas que je le glorifie ?
Que ma bouche et mon cœur, et tout ce que je suis,
Rendent honneur au Dieu qui m'a donné la vie.

ÉLISE.

Je n'admirai jamais la gloire de l'impie.

UNE AUTRE ISRAÉLITE.

Au bonheur du méchant qu'une autre porte envie.

ÉLISE.

    Tous ses jours paroissent charmants ;
    L'or éclate en ses vêtements ;
Son orgueil est sans borne ainsi que sa richesse ;

Jamais l'air n'est troublé de ses gémissements;
Il s'endort, il s'éveille au son des instruments;
    Son cœur nage dans la mollesse.

UNE AUTRE ISRAÉLITE.

    Pour comble de prospérité,
Il espère revivre en sa postérité ;
Et d'enfants à sa table une riante troupe
Semble boire avec lui la joie à pleine coupe

    (*Tout le reste est chanté.*)

LE CHŒUR.

    Heureux, dit-on, le peuple florissant
    Sur qui ces biens coulent en abondance.
    Plus heureux le peuple innocent
Qui dans le Dieu du ciel a mis sa confiance !

UNE ISRAÉLITE , *seule.*

    Pour contenter ses frivoles désirs
    L'homme insensé vainement se consume :
      Il trouve l'amertume
      Au milieu des plaisirs.

UNE AUTRE , *seule.*

Le bonheur de l'impie est toujours agité :
Il erre à la merci de sa propre inconstance.
    Ne cherchons la félicité
    Que dans la paix de l'innocence.

LA MÊME , *avec une autre.*

    O douce paix !
    O lumière éternelle!
    Beauté toujours nouvelle!
Heureux le cœur épris de tes attraits !

O douce paix !

O lumière éternelle !

Heureux le cœur qui ne te perd jamais !

LE CHŒUR.

O douce paix !

O lumière éternelle !

Beauté toujours nouvelle !

O douce paix !

Heureux le cœur qui ne te perd jamais !

LA MÊME, *seule.*

Nulle paix pour l'impie. Il la cherche, elle fuit ;

Et le calme en son cœur ne trouve point de place.

Le glaive au dehors le poursuit ;

Le remords au dedans le glace.

UNE AUTRE.

La gloire des méchants en un moment s'éteint :

L'affreux tombeau pour jamais les dévore.

Il n'en est pas ainsi de celui qui te crains ;

Il renaîtra, mon Dieu, plus brillant que l'aurore.

LE CHŒUR.

O douce paix !

Heureux le cœur qui ne te perd jamais !

ÉLISE, *sans chanter.*   [chaine.

Mes sœurs, j'entends du bruit dans la chambre pro

On nous appelle ; allons rejoindre notre reine.

FIN DU SECOND ACTE.

ACTE TROISIÈME.

Le théâtre représente les jardins d'Esther, et un des côtés du salon où se fait le festin.

SCÈNE I,

AMAN, ZARÈS,

ZARÈS.

C'EST donc ici d'Esther le superbe jardin,
Et ce salon pompeux est le lieu du festin?
Mais, tandis que la porte en est encor fermée ,
Écoutez les conseils d'une épouse alarmée.
Au nom du sacré nœud qui me lie avec vous ,
Dissimulez, seigneur , cet aveugle courroux ;
Éclaircissez ce front où la tristesse est peinte:
Les rois craignent sur-tout le reproche et la plainte.
Seul entre tous les grands par la reine invité ,
Ressentez donc aussi cette félicité.
Si le mal vous aigrit, que le bienfait vous touche;
Je l'ai cent fois appris de votre propre bouche:
Quiconque ne sait pas dévorer un affront,
Ni de fausses couleurs se déguiser le front,
Loin de l'aspect des rois qu'il s'écarte, qu'il fuie.
Il est des contre-temps qu'il faut qu'un sage essuie;
Souvent avec prudence un outrage enduré
Aux honneurs les plus hauts a servi de degré.

AMAN.

O douleur ! ô supplice affreux à la pensée !
O honte, qui jamais ne peut être effacée !
Un exécrable Juif, l'opprobre des humains,
S'est donc vu de la pourpre habillé par mes mains !
C'est peu qu'il ait sur moi remporté la victoire ;
Malheureux, j'ai servi de héraut à sa gloire !
Le traître ! il insultoit à ma confusion ;
Et tout le peuple même, avec dérision
Observant la rougeur qui couvroit mon visage,
De ma chute certaine en tiroit le présage.
Roi cruel, ce sont là les jeux où tu te plais !
Tu ne m'as prodigué tes perfides bienfaits
Que pour me faire mieux sentir ta tyrannie,
Et m'accabler enfin de plus d'ignominie.

ZARÈS.

Pourquoi juger si mal de son intention ?
Il croit récompenser une bonne action.
Ne faut-il pas, seigneur, s'étonner au contraire
Qu'il en ait si long-temps différé le salaire ?
Du reste, il n'a rien fait que par votre conseil ;
Vous-même avez dicté tout ce triste appareil :
Vous êtes après lui le premier de l'empire.
Sait-il toute l'horreur que ce Juif vous inspire ?

AMAN.

Il sait qu'il me doit tout, et que, pour sa grandeur,
J'ai foulé sous les pieds remords, crainte, pudeur ;
Qu'avec un cœur d'airain exerçant sa puissance
J'ai fait taire les lois et gémir l'innocence ;
Que pour lui, des Persans bravant l'aversion,

J'ai chéri, j'ai cherché la malédiction :
Et, pour prix de ma vie à leur haine exposée ,
Le barbare aujourd'hui m'expose à leur risée !

                    ZARÈS.

Seigneur, nous sommes seuls. Que sert de se flatter?
Ce zèle que pour lui vous fîtes éclater,
Ce soin d'immoler tout à son pouvoir suprême,
Entre nous, avoient-ils d'autre objet que vous-même?
Et, sans chercher plus loin, tous ces Juifs désolés,
N'est-ce pas à vous seul que vous les immolez?
Et ne craignez-vous point que quelque avis funeste....
Enfin la cour nous hait, le peuple nous déteste.
Ce Juif même, il le faut confesser malgré moi,
Ce Juif, comblé d'honneurs, me cause quelque effroi :
Les malheurs sont souvent enchaînés l'un à l'autre ;
Et sa race toujours fut fatale à la vôtre.
De ce léger affront songez à profiter :
Peut-être la fortune est prête à vous quitter ;
Aux plus affreux excès son inconstance passe :
Prévenez son caprice avant qu'elle se lasse.
Où tendez-vous plus haut? Je frémis quand je voi
Les abîmes profonds qui s'offrent devant moi :
La chute désormais ne peut être qu'horrible.
Osez chercher ailleurs un destin plus paisible :
Regagnez l'Hellespont et ces bords écartés
Où vos aïeux errants jadis furent jetés,
Lorsque des Juifs contre eux la vengeance allumée?
Chassa tout Amalec de la triste Idumée.
Aux malices du sort enfin dérobez-vous.
Nos plus riches trésors marcheront devant nous :

                                        Vous

Vous pouvez du départ me laisser la conduite ;
Sur-tout de vos enfants j'assurerai la fuite.
N'ayez soin cependant que de dissimuler.
Contente, sur vos pas vous me verrez voler :
La mer la plus terrible et la plus orageuse
Est plus sûre pour nous que cette cour trompeuse.
Mais à grands pas vers vous je vois quelqu'un marcher ;
C'est Hydaspe.

SCÈNE II.

AMAN, ZARÈS, HYDASPE.

HYDASPE.

SEIGNEUR, je courois vous chercher
Votre absence en ces lieux suspend toute la joie ;
Et pour vous y conduire Assuérus m'envoie.

AMAN.

Et Mardochée est-il aussi de ce festin ?

HYDASPE.

A la table d'Esther portez-vous ce chagrin ?
Quoi toujours de ce Juif l'image vous désole ?
Laissez-le s'applaudir d'un triomphe frivole.
Croit-il d'Assuérus éviter la rigueur ?
Ne possédez-vous pas son oreille et son cœur ?
On a payé le zèle, on punira le crime ;
Et l'on vous a, seigneur, orné votre victime.
Je me trompe, ou vos vœux par Esther secondés
Obtiendront plus encor que vous ne demandez.

AMAN.

Croirai-je le bonheur que ta bouche m'annonce ?

HYDASPE.

J'ai des savants devins entendu la réponse :
Ils disent que la main d'un perfide étranger
Dans le sang de la reine est prête à se plonger,
Et le roi, qui ne sait où trouver le coupable,
N'impute qu'aux seuls Juifs ce projet détestable,

AMAN.

Oui, ce sont, cher ami, des monstres furieux :
Il faut craindre sur-tout leur chef audacieux.
La terre avec horreur dès long-temps les endure ;
Et l'on n'en peut trop tôt délivrer la nature.
Ah ! je respire enfin. Chère Zarès, adieu.

HYDASPE.

Les compagnes d'Esther s'avancent vers ce lieu,
Sans doute leur concert va commencer la fête.
Entrez, et recevez l'honneur qu'on vous apprête,

SCÈNE III.

ÉLISE, LE CHŒUR.

Ceci se récite sans chant.

UNE DES ISRAÉLITES.

C'est Aman.

UNE AUTRE.

C'est lui-même ; et j'en frémis, ma sœur.

LA PREMIÈRE.

Mon cœur de crainte et d'horreur se resserre,

L'AUTRE.

C'est d'Israël le superbe oppresseur,

LA PREMIÈRE.

C'est celui qui trouble la terre.

ÉLISE.

Peut-on, en le voyant, ne le connoître pas!
L'orgueil et le dédain sont peints sur son visage.

UNE ISRAÉLITE.

On lit dans ses regards sa fureur et sa rage.

UNE AUTRE.

Je croyois voir marcher la mort devant ses pas.

UNE DES PLUS JEUNES.

Je ne sais si ce tigre a reconnu sa proie :
Mais, en nous regardant, mes sœurs il m'a semblé
Qu'il avoit dans les yeux une barbare joie
   Dont tout mon sang est encore troublé.

ÉLISE .

Que ce nouvel honneur va croître son audace!
   Je le vois , mes sœurs , je le voi :
A la table d'Esther l'insolent près du roi
    A déjà pris sa place.

UNE DES ISRAÉLITES.

Ministres du festin, de grace , dites-nous,
Quels mets à ce cruel, quel vin préparez-vous?

UNE AUTRE.

Le sang de l'orphelin.

UNE TROISIÈME.

     Les pleurs des misérables.

LA SECONDE.

Sont ses mets les plus agréables.

LA TROISIÈME.

C'est son breuvage le plus doux.

S 2

ÉLISE.

Chères sœurs, suspendez la douleur qui vous presse.
Chantons, on nous l'ordonne; et que puissent nos
Du cœur d'Assuérus adoucir la rudesse,   [chants
Comme autrefois David, par ses accords touchants,
Calmoit d'un roi jaloux la sauvage tristesse !

(*Tout le reste de cette scène est chanté.*)

UNE ISRAÉLITE.

Que le peuple est heureux,
Lorsqu'un roi généreux,
Craint dans tout l'univers, veut encore qu'on l'aime !
Heureux le peuple, heureux le roi lui-même !

TOUT LE CHŒUR.

O repos, ô tranquillité !
O d'un parfait bonheur assurance éternelle
Quand la suprême autorité
Dans ses conseils a toujours auprès d'elle
La justice et la vérité !

Les quatre stances suivantes sont chantées alternati-
vement par une voix seule et par le chœur.

UNE ISRAÉLITE.

Rois, chassez la calomnie :
Ses criminels attentats
Des plus paisibles états
Trouble l'heureuse harmonie.

Sa fureur, de sang avide,
Poursuit par-tout l'innocent.
Rois, prenez soin de l'absent
Contre sa langue homicide.

De ce monstre si farouche
Craignez la feinte douceur :
La vengeance est dans son cœur,
Et la pitié dans sa bouche.

La fraude adroite et subtile
Sème de fleurs son chemin :
Mais sur ses pas vient enfin
Le repentir inutile.

UNE ISRAÉLITE, *seule.*

D'un souffle l'aquillon écarte les nuages,
  Et chasse au loin la foudre et les orages :
Un roi, sage, ennemi du langage menteur,
Écarte d'un regard le perfide imposteur.

UNE AUTRE.

J'admire un roi victorieux,
Que sa valeur conduit triomphant en tous lieux :
  Mais un roi sage et qui hait l'injustice,
Qui sous la loi du riche impérieux
Ne souffre point que le pauvre gémisse,
  Est le plus beau présent des cieux.

UNE AUTRE.

La veuve en sa défense espère;

UNE AUTRE.

De l'orphelin il est le père;

TOUTES ENSEMBLE.

Et les larmes du juste implorant son appui
  Sont précieuses devant lui.

UNE ISRAÉLITE, *seule.*

Détourne, roi puissant, détourne tes oreilles

De tout conseil barbare et mensonger.
   Il est temps que tu t'éveilles :
Dans le sang innocent ta main va se plonger
   Pendant que tu sommeilles.
Détourne, roi puissant, détourne tes oreilles.
  De tout conseil barbare et mensonger.

UNE AUTRE.

Ainsi puisse sous toi trembler la terre entière !
Ainsi puisse à jamais contre tes ennemis
Le bruit de ta valeur te servir de barrière !
S'ils t'attaquent, qu'ils soient en un moment soumis;
  Que de ton bras la force les renverse;
 Que de ton nom la terreur les disperse ;
Que tout leur camp nombreux soit devant tes soldats
  Comme d'enfants une troupe inutile;
Et si par un chemin il entre en tes états,
  Qu'il en sorte par plus de mille.

SCÈNE IV.

ASSUÉRUS, ESTHER, AMAN, ÉLISE,
LE CHŒUR.

ASSUÉRUS, *à Esther.*

Oui, vos moindres discours ont des graces secrètes ?
Une noble pudeur à tout ce que vous faites
Donne un prix que n'ont point ni la pourpre ni l'or.
Quel climat renfermoit un si rare trésor ?
Dans quel sein vertueux avez-vous pris naissance?
Et quelle main si sage éleva votre enfance ?
Mais dites promptement ce que vous demandez

Tous vos désirs, Esther, vous seront accordés;
Dussiez-vous, je l'ai dit, et veux bien le redire,
Demander la moitié de ce puissant empire.

ESTHER.

Je ne m'égare point dans ces vastes désirs.
Mais puisqu'il faut enfin expliquer mes soupirs.
Puisque mon roi lui-même à parler me convie,

(*elle se jette aux pieds du roi.*)

J'ose vous implorer, et pour ma propre vie,
Et pour les tristes jours d'un peuple infortuné
Qu'à périr avec moi vous avez condamné.

ASSUÉRUS, *la relevant.*

A périr! vous! Quel peuple? et quel est ce mystère?

AMAN, *à part.*

Je tremble.

ESTHER.

Esther, seigneur, eut un Juif pour son père;
De vos ordres sanglants vous savez la rigueur.

AMAN, *à part.*

Ah dieux!

ASSUÉRUS.

Ah! de quel coup me percez-vous le cœur!
Vous la fille d'un Juif! Hé quoi! tout ce que j'aime,
Cette Esther, l'innocence et la sagesse même,
Que je croyois du ciel les plus chères amours,
Dans cette source impure auroit puisé ses jours!
Malheureux!

ESTHER.

Vous pourrez rejeter ma prière:
Mais je demande au moins que, pour grace dernière,

Jusqu'à la fin , seigneur, vous m'entendiez parler,
Et que sur-tout Aman n'ose point me troubler.

ASSUÉRUS.

Parlez.

ESTHER.

O Dieu, confonds l'audace et l'imposture !
Ces Juifs, dont vous voulez délivrer la nature,
Que vous croyez, seigneur, le rebut des humains,
D'une riche contrée autrefois souverains,
Pendant qu'ils n'adoroient que le Dieu de leurs pères
Ont vu bénir le cours de leurs destins prospères.

Ce Dieu, maître absolu de la terre et des cieux,
N'est point tel que l'erreur le figure à vos yeux.
L'Éternel est son nom; le monde est son ouvrage :
Il entend les soupirs de l'humble qu'on outrage,
Juge tous les mortels avec d'égales lois,
Et du haut de son trône interroge les rois :
Des plus fermes états la chûte épouvantable ,
Quand il veut, n'est qu'un jeu de sa main redoutable.
Les Juifs à d'autres dieux osèrent s'adresser :
Roi, peuples, en un jour tout se vit disperser;
Sous les Assyriens, leur triste servitude
Devint le juste prix de leur ingratitude.

Mais, pour punir enfin nos maîtres à leur tour,
Dieu fit choix de Cyrus avant qu'il vît le jour,
L'appela par son nom, le promit à la terre,
Le fit naître, et soudain l'arma de son tonnerre,
Brisa les fiers remparts et les portes d'airain,
Mit des superbes rois la dépouille en sa main,
De son temple détruit vengea sur eux l'injure;

Babylone paya nos pleurs avec usure.
Cyrus, par lui vainqueur, publia ses bienfaits,
Regarda notre peuple avec des yeux de paix,
Nous rendit et nos lois et nos fêtes divines;
Et le temple déjà sortoit de ses ruines.
Mais, de ce roi si sage héritier insensé,
Son fils interrompit l'ouvrage commencé,
Fut sourd à nos douleurs. Dieu rejeta sa race,
Le retrancha lui-même, et vous mit en sa place.
Que n'espérions-nous point d'un roi si généreux!
Dieu regarde en piété son peuple malheureux,
Disions-nous; un roi règne, ami de l'innocence.
Par-tout du nouveau prince on vantoit la clémence;
Les Juifs par-tout de joie en poussèrent des cris
Ciel! verra-t-on toujours par de cruels esprits
Des princes les plus doux l'oreille environnée,
Et du bonheur public la source empoisonnée!
Dans le fond de la Thrace un barbare enfanté
Est venu dans ces lieux souffler la cruauté:
Un ministre ennemi de votre propre gloire...

AMAN.

De votre gloire! moi! Ciel! le pourriez-vous croire?
Moi qui n'ai d'autre objet ni d'autre dieu...

ASSUÉRUS.

                                   Tais-toi.
Oses-tu donc parler sans l'ordre de ton roi?

ESTHER.

Notre ennemi cruel devant vous se déclare.
C'est lui; c'est ce ministre infidèle et barbare
Qui, d'un zèle trompeur à vos yeux revêtu,

Contre notre innocence arma votre vertu.
Et quel autre, grand Dieu ! qu'un Scythe impitoyable
Auroit de tant d'horreurs dicté l'ordre effroyable !
Par-tout l'affreux signal en même temps donné
De meurtres remplira l'univers étonné :
On verra, sous le nom du plus juste des princes,
Un perfide étranger désoler vos provinces ;
Et dans ce palais même, en proie à son courroux,
Le sang de vos sujets regorger jusqu'à vous.

Et que reproche aux Juifs sa haine envenimée ?
Quelle guerre intestine avons-nous allumée ?
Les a-t-on vus marcher parmi vos ennemis ?
Fut-il jamais au joug esclaves plus soumis ?
Adorant dans leurs fers le Dieu qui les châtie,
Pendant que votre main sur eux appesantie
A leurs persécuteurs les livroit sans secours,
Ils conjuroient ce Dieu de veiller sur vos jours,
De rompre des méchants les trames criminelles,
De mettre votre trône à l'ombre de ses aîles.
N'en doutez point, seigneur, il fut votre soutien ;
Lui seul mit à vos pieds le Parthe et l'Indien,
Dissipa devant vous les innombrables Scythes,
Et renferma les mers dans vos vastes limites :
Lui seul aux yeux d'un Juif découvrit le dessein
De deux traîtres tout prêts à vous percer le sein.
Hélas ! ce Juif jadis m'adopta pour sa fille.

ASSUÉRUS.

Mardochée ?

ESTHER.

Il restoit seul de notre famille.

Mon père étoit son frère. Il descend comme moi
Du sang infortuné de notre premier roi.
Plein d'une juste horreur pour un Amalécite,
Race que notre Dieu de sa bouche a maudite,
Il n'a devant Aman pu fléchir les genoux,
Ni lui rendre un honneur qu'il ne croit dû qu'à vous,
De là contre les Juifs et contre Mardochée
Cette haine, seigneur, sous d'autres noms cachée.
En vain de vos bienfaits Mardochée est paré :
A la porte d'Aman est déjà préparé
D'un infâme trépas l'instrument exécrable ;
Dans une heure au plus tard ce vieillard vénérable
Des portes du palais par son ordre arraché,
Couvert de votre pourpre, y doit être attaché.

ASSUÉRUS.

Quel jour mêlé d'horreur vient effrayer mon ame !
Tout mon sang de colère et de honte s'enflamme.
J'étois donc le jouet... Ciel, daigne m'éclairer !
Un moment sans témoins cherchons à respirer.
Appelez Mardochée, il faut aussi l'entendre.

(*Assuérus s'éloigne.*)

UNE ISRAÉLITE.

Vérité, que j'implore, achève de descendre !

SCÈNE V.

ESTHER, AMAN, ÉLISE, LE CHŒUR.

AMAN, *à Esther*.

D'UN juste étonnement je demeure frappé.
Les ennemis des Juifs m'ont trahi, m'ont trompé ;
J'en atteste du ciel la puissance suprême,

En les perdant, j'ai cru vous assurer vous-même,

Princesse, en leur faveur employez mon crédit:

Le roi, vous le voyez, flotte encore interdit.

Je sais par quels ressorts on le pousse, on l'arrête;

Et fais, comme il me plaît, le calme et la tempête.

Les intérêts des Juifs déjà me sont sacrés.

Parlez : vos ennemis aussitôt massacrés,

Victimes de la foi que ma bouche vous jure,

De ma fatale erreur répareront l'injure.

Quel sang demandez-vous !

ESTHER.

Va, traître, laisse-moi:

Les Juifs n'attendent rien d'un méchant tel que toi

Misérable! le Dieu vengeur de l'innocence,

Tout prêt à te juger, tient déjà sa balance.

Bientôt son juste arrêt te sera prononcé.

Tremble: son jour approche, et ton règne est passé.

AMAN.

Oui, ce Dieu, je l'avoue, est un Dieu redoutable,

Mais veut-il que l'on garde une haine implacable?

C'en est fait : mon orgueil est forcé de plier.

L'inexorable Aman est réduit à prier.

(*il se jette aux pieds d'Esther.*)

Par le salut des Juifs, par ces pieds que j'embrasse,

Par ce sage vieillard, l'honneur de votre race,

Daignez d'un roi terrible apaiser le courroux:

Sauvez Aman, qui tremble à vos sacrés genoux.

SCÈNE

SCÈNE VI.

ASSUÉRUS, ESTHER, AMAN, ÉLISE, LE CHŒUR, GARDES.

ASSUÉRUS.

QUOI ! le traître sur vous porte ses mains hardies !
Ah ! dans ses yeux confus je lis ses perfidies ;
Et son trouble, appuyant la foi de vos discours,
De tous ses attentats me rappelle le cours.
Qu'à ce monstre à l'instant l'ame soit arrachée ;
Et que devant sa porte, au lieu de Mardochée,
Apaisant par sa mort et la terre et les cieux,
De mes peuples vengés il repaisse les yeux.

(Aman est emmené par les gardes.)

SCÈNE VII.

ASSUÉRUS, ESTHER, MARDOCHÉE, ÉLISE, LE CHŒUR.

ASSUÉRUS, *à Mardochée.*

MORTEL chéri du ciel, mon salut et ma joie,
Aux conseils des méchants ton roi n'est plus en proie ;
Mes yeux sont dessillés, le crime est confondu ;
Viens briller près de moi dans le rang qui t'est dû.
Je te donne d'Aman les biens et la puissance :
Possède justement son injuste opulence.
Je romps le joug funeste où les Juifs sont soumis ;
Je leur livre le sang de tous leurs ennemis :
A l'égal des Persans je veux qu'on les honore,
Et que tout tremble au nom du Dieu qu'Esther adore.

Rebâtissez son temple, et peuplez vos cités :
Que vos heureux enfants dans leurs solennités
Consacrent de ce jour le triomphe et la gloire,
Et qu'à jamais mon nom vive dans leur mémoire!

SCÈNE VIII.

ASSUÉRUS, ESTHER, MARDOCHÉE, ASAPH, ÉLISE, LE CHŒUR.

ASSUÉRUS.

QUE veut Asaph?

ASAPH.

Seigneur, le traître est expiré,
Par le peuple en fureur à moitié déchiré.
On traîne, on va donner en spectacle funeste
De son corps tout sanglant le misérable reste.

MARDOCHÉE.

Roi, qu'à jamais le ciel prenne soin de vos jours!
Le péril des Juifs presse, et veut un prompt secours.

ASSUÉRUS.

Oui, je t'entends. Allons par des ordres contraires
Révoquer d'un méchant les ordres sanguinaires.

ESTHER.

O Dieu, par quelle route inconnue aux mortels
Ta sagesse conduit ses desseins éternels!

SCÈNE IX.

LE CHŒUR.

TOUT LE CHŒUR.

Dieu fait triompher l'innocence ;
Chantons, célébrons sa puissance.

UNE ISRAÉLITE.

Il a vu contre nous les méchants s'assembler,
Et notre sang prêt à couler ;
Comme l'eau sur la terre ils alloient le répandre ;
Du haut du ciel sa voix s'est fait entendre ;
L'homme superbe est renversé ,
Ses propres flèches l'ont percé.

UNE AUTRE.

J'ai vu l'impie adoré sur la terre ;
Pareil au cèdre il cachoit dans les cieux
Son front audacieux ;
Il sembloit à son gré gouverner le tonnerre ,
Fouloit aux pieds ses ennemis vaincus :
Je n'ai fait que passer, il n'étoit déjà plus.

UNE AUTRE.

On peut des plus grands rois surprendre la justice ;
Incapables de tromper,
Ils ont peine à s'échapper
Des pièges de l'artifice.
Un cœur noble ne peut soupçonner en autrui
La bassesse et la malice
Qu'il ne sent point en lui.

UNE AUTRE.

Comment s'est calmé l'orage ?

T z

UNE AUTRE.

Quelle main salutaire a chassé le nuage ?

TOUT LE CHŒUR.

L'aimable Esther a fait ce grand ouvrage.

UNE ISRAÉLITE, *seule.*

De l'amour de son Dieu son cœur s'est embrasé ;
Au péril d'une mort funeste
Son zèle ardent s'est exposé ;
Elle a parlé : le ciel a fait le reste.

DEUX ISRAÉLITES.

Esther a triomphé des filles des Persans ;
La nature et le ciel à l'envi l'ont ornée.

L'UNE DES DEUX.

Tout ressent de ses yeux les charmes innocents.
Jamais tant de beauté fut-elle couronnée ?

L'AUTRE.

Les charmes de son cœur sont encor plus puissants ;
Jamais tant de vertu fut-elle couronnée ?

TOUTES DEUX *ensemble.*

Esther a triomphé des filles des Persans ;
La nature et le ciel à l'envi l'ont ornée.

UNE ISRAÉLITE, *seule.*

Ton Dieu n'est plus irrité ;
Réjouis-toi, Sion, et sors de la poussière ;
Quitte les vêtements de ta captivité,
Et reprends ta splendeur première.
Les chemins de Sion à la fin sont ouverts ;
Rompez vos fers,
Tribus captives ;
Repassez les monts et les mers ;

Rassemblez-vous des bouts de l'univers.

TOUT LE CHŒUR.

Rompez vos fers,
Tribus captives;
Troupes fugitives,
Repassez les monts et les mers;
Rassemblez-vous des bouts de l'univers.

UNE ISRAÉLITE, *seule.*

Je reverrai ces campagnes si chères.

UNE AUTRE.

J'irai pleurer au tombeau de mes pères.

TOUT LE CHŒUR.

Repassez les monts et les mers;
Rassemblez-vous des bouts de l'univers.

UNE ISRAÉLITE, *seule.*

Relevez, relevez les superbes portiques
Du temple où notre Dieu se plaît d'être adoré;
Que de l'or le plus pur son autel soit paré,
Et que du sein des monts le marbre soit tiré.
Liban, dépouille-toi de tes cèdres antiques;
Prêtres sacrés, préparez vos cantiques.

UNE AUTRE.

Dieu descend et revient habiter parmi nous:
Terre, frémis d'allégresse et de crainte;
Et vous, sous sa majesté sainte,
Cieux, abaissez-vous.

UNE AUTRE.

Que le seigneur est bon! que son joug est aimable!
Heureux qui dès l'enfance en connoît la douceur!
Jeune peuple, courez à ce maître adorable:

Les biens les plus charmants n'ont rien de comparable
Aux torrents de plaisirs qu'il répand dans un cœur.
Que le Seigneur est bon ! que son joug est aimable !
Heureux qui dès l'enfance en connoît la douceur !

UNE AUTRE.

Il s'apaise, il pardonne ;
Du cœur ingrat qui l'abandonne
Il attend le retour ;
Il excuse notre foiblesse :
A nous chercher même il s'empresse :
Pour l'enfant qu'elle a mis au jour
Une mère a moins de tendresse.
Ah ! qui peut avec lui partager notre amour !

TROIS ISRAÉLITES.

Il nous fait remporter une illustre victoire.

L'UNE DES TROIS.

Il nous a révélé sa gloire.

TOUTES TROIS *ensemble.*

Ah ! qui peut partager notre amour !

TOUT LE CHŒUR.

Que son nom soit béni ; que son nom soit chanté ;
Que l'on célèbre ses ouvrages
Au-delà des temps et des âges,
Au-delà de l'éternité.

FIN D'ESTHER.

ATHALIE,

TRAGÉDIE.

TIRÉE DE L'ÉCRITURE SAINTE.

1691.

PERSONNAGES,

JOAS, roi de Juda, fils d'Ochozias.

ATHALIE, veuve de Joram, aïeule de Joas.

JOAD, autrement JOIADA, grand-prêtre.

JOSABET, tante de Joas, femme du grand-prêtre.

ZACHARIE, fils de Joad et de Josabet.

SALOMITH, sœur de Zacharie.

ABNER, l'un des principaux officiers des rois de
Juda.

AZARIAS, ISMAEL, et les TROIS AUTRES CHEFS
des prêtres et des lévites.

MATHAN, prêtre apostat, sacrificateur de Baal.

NABAL, confident de Mathan.

AGAR, femme de la suite d'Athalie.

TROUPE de prêtres et de lévites.

SUITE d'Athalie.

LA NOURRICE de Joas.

CHŒUR de jeunes filles de la tribu de Lévi.

La scène est dans le temple de Jérusalem, dans
un vestibule de l'appartement du grand-prêtre.

ATHALIE,
TRAGÉDIE.

ACTE PREMIER.

SCÈNE I.
JOAD, ABNER.

ABNER.

Oui, je viens dans son temple adorer l'Éternel,
Je viens, selon l'usage antique et solennel,
Célébrer avec vous la fameuse journée
Où sur le mont Sina la loi nous fut donnée.
Que les temps sont changés! Sitôt que de ce jour
La trompette sacrée annonçoit le retour,
Du temple, orné par-tout de festons magnifiques,
Le peuple saint en foule inondoit les portiques;
Et tous, devant l'autel avec ordre introduits, [fruits
De leurs champs dans leurs mains portant les nouveaux
Au Dieu de l'univers consacroient ces prémices.
Les prêtres ne pouvoient suffire aux sacrifices.
L'audace d'une femme, arrêtant ce concours,
En des jours ténébreux a changé ces beaux jours.
D'adorateurs zélés à peine un petit nombre

Ose des premiers temps nous retracer quelque ombre ;
Le reste pour son Dieu montre un oubli fatal;
Ou même, s'empressant aux autels de Baal,
Se fait initier à ses honteux mystères,
Et blasphème le nom qu'ont invoqué leurs pères.
Je tremble qu'Athalie, à ne vous rien cacher,
Vous-même de l'autel vous faisant arracher,
N'achève enfin sur vous ses vengeances funestes,
Et d'un respect forcé ne dépouille les restes.

JOAD.

D'où vous vient aujourd'hui ce noir pressentiment?

ABNER.

Pensez-vous être saint et juste impunément?
Dès long-temps elle hait cette fermeté rare
Qui rechausse en Joad l'éclat de la tiare :
Dès long-temps votre amour pour la religion
Est traité de révolte et de sédition.
Du mérite éclatant cette reine jalouse
Hait sur-tout Josabet votre fidèle épouse :
Si du grand-prêtre Aaron Joad est successeur,
De notre dernier roi Josabet est la sœur.
Mathan d'ailleurs, Mathan, ce prêtre sacrilège,
Plus méchant qu'Athalie, à toute heure l'assiège;
Mathan, de nos autels infâme déserteur,
Et de toute vertu zélé persécuteur.
C'est peu que, le front ceint d'une mitre étrangère,
Ce lévite à Baal prête son ministère;
Ce temple l'importune, et son impiété
Voudroit anéantir le Dieu qu'il a quitté.   [vente ;
Pour vous perdre il n'est point de ressorts qu'il n'in-

uelquefois il vous plaint, souvent même il vous vante;
1 affecte pour vous une fausse douceur;
t, par-là de son fiel colorant la noirceur,
antôt à cette reine il vous peint redoutable;
antôt, voyant pour l'or sa soif insatiable,
1 lui feint qu'en un lieu que vous seul connoissez
ous cachez des trésors par David amassés.
nfin, depuis deux jours la superbe Athalie
ans un sombre chagrin paroît ensevelie.
e l'observois hier, et je voyois ses yeux
ancer sur le lieu saint des regards furieux;
omme si, dans le fond de ce vaste édifice,
ieu cachoit un vengeur armé pour son supplice.
Croyez-moi, plus j'y pense, et moins je puis douter
ue sur vous son courroux ne soit près d'éclater,
Et que de Jézabel la fille sanguinaire
Ne vienne attaquer Dieu jusqu'en son sanctuaire.

JOAD.

Celui qui met un frein à la fureur des flots
Sait aussi des méchants arrêter les complots.
Soumis avec respect à sa volonté sainte,   [crainte.
Je crains Dieu, cher Abner, et n'ai point d'autre
Cependant je rends grace au zèle officieux
Qui sur tous mes périls vous fait ouvrir les yeux.
Je vois que l'injustice en secret vous irrite,
Que vous avez encor le cœur israélite.
Le ciel en soit béni! Mais ce secret courroux,
Cette oisive vertu, vous en contentez-vous?
La foi qui n'agit point est-ce une foi sincère?
Huit ans déjà passés, une impie étrangère

Du sceptre de David usurpe tous les droits,
Se baigne impunément dans le sang de nos rois,
Des enfants de son fils détestable homicide,
Et même contre Dieu lève son bras perfide :
Et vous, l'un des soutiens de ce tremblant état,
Vous, nourri dans les camps du saint roi Josaphat,
Qui sou son fils Joram commandiez nos armées,
Qui rassurâtes seul nos villes alarmées
Lorsque d'Ochozias le trépas imprévu
Dispersa tout son camp à l'aspect de Jéhu ;
Je crains Dieu, dites-vous, sa vérité me touche !
Voici, comme ce Dieu vous répond par ma bouche :
« Du zèle de ma loi que sert de vous parer ?
« Par de stériles vœux pensez-vous m'honorer ?
« Quel fruit me revient-il de tous vos sacrifices ?
« Ai-je besoin du sang des boucs et des génisses ?
« Le sang de vos rois crie, et n'est point écouté.
« Rompez, rompez tout pacte avec l'impiété ;
« Du milieu de mon peuple exterminez les crimes :
« Et vous viendrez alors m'immoler vos victimes.

ABNER.

Hé ! que puis-je au milieu de ce peuple abattu ?
Benjamin est sans force, et Juda sans vertu :
Le jour qui de leurs rois vit éteindre la race
Éteignit tout le feu de leur antique audace.
Dieu même, disent-ils, s'est retiré de nous :
De l'honneur des Hébreux autrefois si jaloux,
Il voit sans intérêt leur grandeur terrassée ;
Et sa miséricorde à la fin s'est lassée :
On ne voit plus pour nous ses redoutables mains

De

e merveilles sans nombre effrayer les humains :
'arche sainte est muette, et ne rend plus d'oracles.

JOAD.

t quel temps fut jamais si fertile en miracles ?
uand Dieu par plus d'effets montra-t-il son pouvoir ?
uras-tu donc toujours des yeux pour ne point voir,
euple ingrat ? quoi ! toujours les plus grandes merveil-
ans ébranler ton cœur frapperont tes oreilles ? [les
aut-il, Abner, faut-il vous rappeler le cours
es prodiges fameux accomplis en nos jours :
es tyrans d'Israël les célèbres disgraces,
Et Dieu trouvé fidèle en toutes ses menaces ;
L'impie Achab détruit, et de son sang trempé
Le champ que par le meurtre il avoit usurpé ;
Près de ce champ fatal Jézabel immolée ;
Sous les pieds des chevaux cette reine foulée ;
Dans son sang inhumain les chiens désaltérés,
Et de son corps hideux les membres déchirés ;
Des prophètes menteurs la troupe confondue,
Et la flamme du ciel sur l'autel descendue ;
Élie aux éléments parlant en souverain,
Les cieux par lui fermés et devenus d'airain,
Et la terre trois ans sans pluie et sans rosée ;
Les morts se ranimant à la voix d'Élisée ?
Reconnoissez, Abner, à ces traits éclatants,
Un Dieu tel aujourd'hui qu'il fut dans tous les temps ;
Il sait, quand il lui plaît, faire éclater sa gloire ;
Et son peuple est toujours present à sa mémoire.

ABNER.

Mais où sont ces honneurs à David tant promis,

Et prédits même encore à Salomon son fils ?
Hélas ! nous espérions que de leur race heureuse
Devoit sortir de rois une suite nombreuse ;
Que sur toute tribu, sur toute nation,
L'un d'eux établiroit sa domination,
Feroit cesser par-tout la discorde et la guerre,
Et verroit à ses pieds tous les rois de la terre.

JOAD.

Aux promesses du ciel pourquoi renoncez-vous ?

ABNER.

Ce roi, fils de David, où le chercherons-nous ?
Le ciel même peut-il séparer les ruines
De cet arbre séché jusques dans ses racines ?
Athalie étouffa l'enfant même au berceau.
Les morts, après huit ans, sortent-ils du tombeau ?
Ah ! si dans sa fureur elle s'étoit trompée ;
Si du sang de nos rois quelque goutte échappée...

JOAD.

Hé bien ! que feriez-vous ?

ABNER.

                     O jour heureux pour moi !
De quelle ardeur j'irois reconnoître mon roi !
Doutez-vous qu'à ses pieds nos tribus empressées...
Mais pourquoi me flatter de ces vaines pensées ?
Déplorable héritier de ces rois triomphants,
Ochozias restoit seul avec ses enfants :
Par les traits de Jéhu je vis percer le père ;
Vous avez vu les fils massacrés par la mère.

JOAD.

Je ne m'explique point; mais quand l'astre du jour
Aura sur l'horizon fait le tiers de son tour,
Lorsque la troisième heure aux prières rappelle,
Retrouvez-vous au temple avec ce même zèle.
Dieu pourra vous montrer par d'importants bienfaits
Que sa parole est stable, et ne trompe jamais.
Allez: pour ce grand jour il faut que je m'apprête,
Et du temple déjà l'aube blanchit le faîte.

ABNER.

Quel sera ce bienfait que je ne comprends pas?
L'illustre Josabet porte vers vous ses pas:
Je sors, et vais me joindre à la troupe fidèle
Qu'attire de ce jour la pompe solennelle.

SCÈNE II.

JOAD, JOSABET.

JOAD.

LES temps sont accomplis, princesse: il faut parler,
Et votre heureux larcin ne se peut plus celer.
Des ennemis de Dieu la coupable insolence,
Abusant contre lui de ce profond silence,
Accuse trop long-temps ses promesses d'erreur:
Que dis-je le succès animant leur fureur,
Jusque sur notre autel votre injuste marâtre
Veut offrir à Baal un encens idolâtre.
Montrons ce jeune roi que vos mains ont sauvé,
Sous l'aile du Seigneur dans le temple élevé,

De nos princes hébreux il aura le courage,
Et déjà son esprit a devancé son âge.
Avant que son destin s'explique par ma voix,
Je vais l'offrir au Dieu par qui règnent les rois :
Aussitôt assemblant nos lévites, nos prêtres,
Je leur déclarerai l'héritier de leurs maîtres.

JOSABET.

Sait-il déjà son nom et son noble destin ?

JOAD.

Il ne répond encor qu'au nom d'Éliacin,
Et se croit quelque enfant rejeté par sa mère,
A qui j'ai par pitié daigné servir de père.

JOSABET.

Hélas ! de quel péril je l'avois su tirer !
Dans quel péril encore il est près de rentrer !

JOAD.

Quoi ! déjà votre foi s'affoiblit et s'étonne ?

JOSABET.

A vos sages conseils, seigneur, je m'abandonne.
Du jour que j'arrachai cet enfant à la mort,
Je remis en vos mains tout le soin de son sort ;
Même, de mon amour craignant la violence,
Autant que je le puis j'évite sa présence,
De peur qu'en le voyant quelque trouble indiscret
Ne fasse avec mes pleurs échapper mon secret.
Sur-tout j'ai cru devoir aux larmes, aux prières,
Consacrer ces trois jours et ces trois nuits entières.
Cependant aujourd'hui puis-je vous demander
Quels amis vous avez prêts à vous seconder ?

Abner, le brave Abner viendra-t-il nous défendre?
A-t-il près de son roi fait serment de se rendre?

JOAD.

Abner, quoiqu'on se pût assurer sur sa foi,
Ne sait pas même encor si nous avons un roi.

JOSABET.

Mais à qui de Joas confiez-vous la garde?
Est-ce Obed, est-ce Ammon que cet honneur regarde?
De mon père sur eux les bienfaits répandus.

JOAD.

A l'injuste Athalie ils se sont toüs vendus.

JOZABET.

Qui donc opposez-vous contre ses satellites?

JOAD.

Ne vous l'ai-je pas dit? nos prêtres, nos lévites.

JOSABET.

Je sais que, près de vous en secret assemblé,
Par vos soins prévoyants leur nombre est redoublé;
Que pleins d'amour pour vous, d'horreur pour Athalie,
Un serment solennel par avance les lie
A ce fils de David qu'on leur doit révéler.
Mais, quelque noble ardeur dont ils puissent brûler,
Peuvent-ils de leur roi venger seuls la querelle?
Pour un si grand ouvrage est-ce assez de leur zèle?
Doutez-vous qu'Athalie, au premier bruit semé
Qu'un fils d'Ochozias est ici renfermé,
De ses fiers étrangers assemblant les cohortes,
N'environne le temple, et n'en brise les portes?
Suffira-t-il contre eux de vos ministres saints,
Qui, levant au Seigneur leurs innocentes mains,

V 3

Ne savent que gémir et prier pour nos crimes;
Et n'ont jamais versé que le sang des victimes?
Peut-être dans leurs bras Joas percé de coups...

JOAD.

Et comptez-vous pour rien Dieu qui combat pour nous?
Dieu, qui de l'orphelin protège l'innocence,
Et fait dans la foiblesse éclater sa puissance;
Dieu, qui hait les tyrans, et qui dans Jezraël
Jura d'exterminer Achab et Jézabel;
Dieu, qui, frappant Joram le mari de leur fille,
A jusque sur son fils poursuivi leur famille;
Dieu: dont le bras vengeur, pour un temps suspendu,
Sur cette race impie est toujours étendu?

JOSABET.

Et c'est sur tous ces rois sa justice sévère
Que je crains pour le fils de mon malheureux frère.
Qui sait si cet enfant, par leur crime entraîné,
Avec eux en naissant ne fut pas condamné?
Si Dieu, le séparant d'une odieuse race,
En faveur de David voudra lui faire grace?
Hélas! l'état horrible où le ciel me l'offrit
Revient à tout moment effrayer mon esprit.
De princes égorgés la chambre étoit remplie;
Un poignard à la main l'implacable Athalie
Au carnage animoit ses barbares soldats,
Et poursuivoit le cours de ses assassinats.
Joas, laissé pour mort, frappa soudain ma vue:
Je me figure encor sa nourrice éperdue,
Qui devant les bourreaux s'étoit jetée en vain,

Et foible, le tenoit renversé sur son sein.
Je le pris tout sanglant. En baignant son visage
Mes pleurs du sentiment lui rendirent l'usage;
Et, soit frayeur encore, ou pour me caresser,
De ses bras innocents je me sentis presser.
Grand Dieu, que mon amour ne lui soit point funeste!
Du fidèle David c'est le précieux reste:
Nourri dans ta maison, en l'amour de ta loi,
Il ne connoît encor d'autre père que toi.
Sur le point d'attaquer une reine homicide,
A l'aspect du péril si ma foi s'intimide,
Si la chair et le sang, se troublant aujourd'hui,
Ont trop de part aux pleurs que je répands pour lui;
Conserve l'héritier de tes saintes promesses,
Et ne punis que moi de toutes mes foiblesses!

JOAD.

Vos larmes, Josabet, n'ont rien de criminel:
Mais Dieu veut qu'on espère en son soin paternel.
Il ne recherche point, aveugle en sa colère,
Sur le fils qui le craint l'impiété du père.
Tout ce qui reste encor de fidèles Hébreux
Lui viendront aujourd'hui renouveler leurs vœux.
Autant que de David la race est respectée,
Autant de Jézabel la fille est détestée.
Joas les touchera par sa noble pudeur,
Où semble de son sang reluire la splendeur:
Et Dieu, par sa voix même appuyant notre exemple,
De plus près à leur cœur parlera dans son temple.
Deux infidèles rois tour à tour l'ont bravé:
Il faut que sur le trône un roi soit élevé,

Qui se souvienne un jour qu'au rang de ses ancêtres
Dieu l'a fait remonter par la main de ses prêtres,
L'a tiré par leurs mains de l'oubli du tombeau,
Et de David éteint rallumé le flambeau.

Grand Dieu, si tu prévois qu'indigne de sa race
Il doive de David abandonner la trace :
Qu'il soit comme le fruit en naissant arraché,
Ou qu'un souffle ennemi dans sa fleur a séché !
Mais si ce même enfant, à tes ordres docile,
Doit être à tes desseins un instrument utile,
Fais qu'au juste héritier le sceptre soit remis ;
Livre en mes foibles mains ses puissants ennemis ;
Confonds dans ses conseils une reine cruelle !
Daigne, daigne, mon Dieu, sur Mathan et sur elle
Répandre cet esprit d'imprudence et d'erreur,
De la chute des rois funeste avant-coureur !

L'heure me presse : adieu. Des plus saintes familles
Votre fils et sa sœur vous amènent les filles.

SCÈNE III.

JOSABET, ZACHARIE, SALOMITH,
LE CHŒUR.

JOSABET.

CHER Zacharie, allez, ne vous arrêtez pas ;
De votre auguste père accompagnez les pas.
Ô filles de Lévi, troupe jeune et fidèle
Que déjà le Seigneur embrase de son zèle,
Qui venez si souvent partager mes soupirs,

Enfants, ma seule joie en mes longs déplaisirs,
Ces festons dans vos mains, et ces fleurs sur vos têtes,
Autrefois convenoient à nos pompeuses fêtes :
Mais, hélas! en ce temps d'opprobre et de douleurs,
Quelle offrande sied mieux que celle de nos pleurs!
J'entends déjà, j'entends la trompette sacrée,
Et du temple bientôt on permettra l'entrée.
Tandis que je me vais préparer à marcher,
Chantez, louez le Dieu que vous venez chercher.

SCÈNE IV.

LE CHŒUR.

TOUT LE CHŒUR *chante.*

Tout l'univers est plein de sa magnificence ;
Qu'on l'adore ce Dieu ; qu'on l'invoque à jamais
Son empire a des temps précédé la naissance ;
    Chantons, publions ses bienfaits.

UNE VOIX *seule.*

   En vain l'injuste violence
Au peuple qui le loue imposeroit silence :
    Son nom ne périra jamais.
Le jour annonce au jour sa gloire et sa puissance,
Tout l'univers est plein de sa magnificence :
    Chantons, publions ses bienfaits.

TOUT LE CHŒUR *répète.*

Tout l'univers est plein de sa magnificence :
    Chantons, publions ses bienfaits.

UNE VOIX *seule.*

Il donne aux fleurs leur aimable peinture;
Il fait naître et mûrir les fruits;
Il leur dispense avec mesure
Et la chaleur des jours et la fraîcheur des nuits:
Le champ qui les reçut les rend avec usure.

UNE AUTRE.

Il commande au soleil d'animer la nature ,
Et la lumière est un don de ses mains:
Mais sa loi sainte , sa loi pure
Est le plus riche don qu'il ait fait aux humains.

UNE AUTRE.

O mont de Sinaï, conserve la mémoire
De ce jour à jamais auguste et renommé,
Quand, sur ton sommet enflammé,
Dans un nuage épais le Seigneur enfermé
Fit luire aux yeux mortels un rayon de sa gloire.
Dis-nous pourquoi ces feux et ces éclairs ,
Ces torrents de fumée, et ce bruit dans les airs,
Ces trompettes et ce tonnerre :
Venoit-il renverser l'ordre des éléments,
Sur ses antiques fondements
Venoit-il ébranler la terre?

UNE AUTRE.

Il venoit révéler aux enfants des Hébreux
De ses préceptes saints la lumière immortelle :
Il venoit à ce peuple heureux
Ordonner de l'aimer d'une amour éternelle.

TOUT LE CHŒUR.

O divine, ô charmante loi !
O justice, ô bonté suprême !
Que de raisons, quelle douceur extrême
D'engager à ce Dieu son amour et sa foi !

UNE VOIX *seule*.

D'un joug cruel Il sauva nos aïeux,
Les nourrit au désert d'un pain délicieux ;
Il nous donne ses lois, il se donne lui-même :
Pour tant de biens, il commande qu'on l'aime.

LE CHŒUR.

O justice, ô bonté suprême !

LA MÊME VOIX.

Des mers pour eux il entr'ouvrit les eaux ;
D'un aride rocher fit sortir des ruisseaux ;
Il nous donne ses lois, il se donne lui-même :
Pour tant de biens il commande qu'on l'aime.

LE CHŒUR.

O divine, ô charmante loi !
Que de raisons, quelle douceur extrême
D'engager à ce Dieu son amour et sa foi !

UNE AUTRE VOIX *seule*.

Vous qui ne connoissez qu'une crainte servile,
Ingrats, un Dieu si bon ne peut-il vous charmer ?
Est-il donc à vos cœurs, est-il si difficile
Et si pénible de l'aimer ?
L'esclave craint le tyran qui l'outrage ;
Mais des enfants l'amour est le partage :
Vous voulez que ce Dieu vous comble de bienfaits,
Et ne l'aimer jamais !

TOUT LE CHŒUR.

O divine, ô charmante loi !
O justice, ô bonté suprême !
Que de raisons, quelle douceur extrême
D'engager à ce Dieu son amour et sa foi !

FIN DU PREMIER ACTE.

ACTE

ACTE SECOND.

SCÈNE I.

JOSABET, SALOMITH, LE CHŒUR.

JOSABET.

Mes filles, c'est assez ; suspendez vos cantiques :
Il est temps de nous joindre aux prières publiques.
Voici notre heure ; allons célébrer ce grand jour,
Et devant le Seigneur paroître à notre tour.

SCÈNE II.

ZACHARIE, JOSABET, SALOMITH,
LE CHŒUR.

JOSABET.

Mais que vois-je ! Mon fils, quel sujet vous ramene ?
Où courez-vous ainsi tout pâle et hors d'haleine !

ZACHARIE.

O ma mère !

JOSABET.

Hé bien ? quoi ?

ZACHARIE.

Le temple est profané,

JOSABET.

Comment ?

Tome 3. X

ZACHARIE.

. Et du Seigneur l'autel abandonné.

JOSABET.

Je tremble. Hâtez-vous d'éclaircir votre mère.

ZACHARIE.

Déjà, selon la loi, le grand-prêtre mon père,
Après avoir au Dieu qui nourrit les humains
De la moisson nouvelle offert les premiers pains,
Lui présentoit encore entre ses mains sanglantes
Des victimes de paix les entrailles fumantes ;
Debout à ses côtés le jeune Éliacin
Comme moi le servoit en long habit de lin ;
Et cependant du sang de la chair immolée
Les prêtres arrosoient l'autel et l'assemblée :
Un bruit confus s'élève, et du peuple surpris
Détourne tout à coup les yeux et les esprits.
Une femme... peut-on la nommer sans blasphème !
Une femme... C'étoit Athalie elle-même.

JOSABET.

Ciel !

ZACHARIE.

Dans un des parvis, aux hommes réservé,
Cette femme superbe entre, le front levé ;
Et se préparoit même à passer les limites
De l'enceinte sacrée ouverte aux seuls lévites.
Le peuple s'épouvante, et fuit de toutes parts.
Mon père... ah ! quel courroux animoit ses regards !
Moïse à Pharaon parut moins formidable :
« Reine, sors, a-t-il dit, de ce lieu redoutable,

« D'où te bannit ton sexe et ton impiété.

« Viens-tu du Dieu vivant braver la majesté? »

La reine alors, sur lui jetant un œil farouche,

Pour blasphémer sans doute ouvroit déjà la bouche

J'ignore si de Dieu l'ange se dévoilant

Est venu lui montrer un glaive étincelant ;

Mais sa langue en sa bouche à l'instant s'est glacée,

Et toute son audace a paru terrassée ;

Ses yeux, comme effrayés, n'osoient se détourner

Sur-tout Éliacin paroissoit l'étonner.

JOSABET.

Quoi donc! Éliacin a paru devant elle?

ZACHARIE.

Nous regardions tous deux cette reine cruelle,

Et d'une égale horreur nos cœurs étoient frappés

Mais les prêtres bientôt nous ont enveloppés ;

On nous a fait sortir. J'ignore tout le reste,

Et venois vous conter ce désordre funeste.

JOSABET.

Ah ! de nos bras sans doute elle vient l'arracher,

Et c'est lui qu'à l'autel sa fureur vient chercher.

Peut-être en ce moment l'objet de tant de larmes...

Souviens-toi de David, Dieu, qui voit mes alarmes !

SALOMITH.

Quel est-il, cet objet des pleurs que vous versez

ZACHARIE.

Les jours d'Éliacin seroient-ils menacés?

SALOMITH.

Auroit-il de la reine attiré la colère?

X 2

ZACHARIE.

Que craint-on d'un enfant sans support et sans père?

JOSABET.

Ah! la voici. Sortons : il la faut éviter.

SCÈNE III.

ATHALIE, AGAR, ABNER, SUITE D'ATHALIE.

AGAR.

Madame, dans ces lieux pourquoi vous arrêter?
Ici tous les objets vous blessent, vous irritent.
Abandonnez ce temple aux prêtres qui l'habitent ;
Fuyez tout ce tumulte, et dans votre palais
A vos sens agités venez rendre la paix.

ATHALIE.

Non, je ne puis : tu vois mon trouble et ma foiblesse.
Va, fait dire à Mathan qu'il vienne, qu'il se presse.
Heureuse si je puis trouver par son secours
Cette paix que je cherche, et qui me fuit toujours !

(*Elle s'assied.*)

SCÈNE IV.

ATHALIE, ABNER, SUITE D'ATHALIE.

ABNER.

Madame, pardonnez si j'ose le défendre :
Le zèle de Joad n'a point dû vous surprendre :
Du Dieu que nous servons tel est l'ordre éternel :
Lui-même il nous traça son temple et son autel,

Aux seuls enfants d'Aaron commit ses sacrifices,
Aux lévites marqua leur place et leurs offices,
Et sur-tout défendit à leur postérité
Avec tout autre dieu toute société.
Hé quoi ! vous de nos rois et la femme et la mère,
Êtes-vous à ce point parmi nous étrangère ?
Ignorez-vous nos lois ? et faut-il qu'aujourd'hui...
Voici votre Mathan ; je vous laisse avec lui.

ATHALIE.

Votre présence, Abner, est ici nécessaire.
Laissons là de Joad l'audace téméraire,
Et tout ce vain amas de superstitions
Qui ferme votre temple aux autres nations :
Un sujet plus pressant excite mes alarmes.
Je sais que, dès l'enfance élevé dans les armes,
Abner a le cœur noble, et qu'il rend à la fois
Ce qu'il doit à son Dieu, ce qu'il doit à ses rois :
Demeurez.

SCÈNE V.

ATHALIE, MATHAN, ABNER,
SUITE D'ATHALIE.

MATHAN.

GRANDE reine, est-ce ici votre place ?
Quel trouble vous agite, et quel effroi vous glace ?
Parmi vos ennemis que venez-vous chercher ?
De ce temple profane osez-vous approcher ?
Avez-vous dépouillé cette haine si vive...

ATHALIE.

Pretez-moi l'un et l'autre une oreille attentive.

Je ne veux point ici rappeler le passé;
Ni vous rendre raison du sang que j'ai versé :
Ce que j'ai fait, Abner, j'ai cru le devoir faire.
Je ne prends point pour juge un peuple téméraire :
Quoi que son insolence ait osé publier,
Le ciel même a pris soin de me justifier.
Sur d'éclatants succès ma puissance établie
A fait jusqu'aux deux mers respecter Athalie :
Par moi Jérusalem goûte un calme profond :
Le Jourdain ne voit plus l'Arabe vagabond
Ni l'altier Philistin par d'éternels ravages,
Comme au temps de vos rois, désoler ses rivages ;
Le Syrien me traite et de reine et de sœur ;
Enfin de ma maison le perfide oppresseur,
Qui devoit jusqu'à moi pousser sa barbarie,
Jéhu, le fier Jéhu tremble dans Samarie ;
De toutes parts pressé par un puissant voisin,
Que j'ai su soulever contre cet assassin,
Il me laisse en ces lieux souveraine maîtresse.
Je jouissois en paix du fruit de ma sagesse :
Mais un trouble importun vient depuis quelques jours.
De mes prospérités interrompre le cours.
Un songe (me devrois-je inquiéter d'un songe !)
Entretient dans mon cœur un chagrin qui le ronge :
Je l'évite par-tout ; par-tout il me poursuit.
    C'étoit pendant l'horreur d'une profonde nuit :
Ma mère Jézabel devant moi s'est montrée,
Comme au jour de sa mort, pompeusement parée :
Ses malheurs n'avoient point abattu sa fierté;
Même elle avoit encor cet éclat emprunté

Dont elle eut soin de peindre et d'orner son visage,
Pour réparer des ans l'irréparable outrage :
« Tremble, m'a-t-elle dit, fille digne de moi ;
« Le cruel Dieu des Juifs l'emporte aussi sur toi.
« Je te plains de tomber dans ses mains redoutables,
« Ma fille. » En achevant ces mots épouvantables,
Son ombre vers mon lit a paru se baisser :
Et moi, je lui tendois les mains pour l'embrasser ;
Mais je n'ai plus trouvé qu'un horrible mélange
D'os et de chairs meurtris et traînés dans la fange ;
Des lambeaux pleins de sang, et des membres affreux
Que des chiens dévorants se disputoient entre eux.

ABNER.

Grand dieu !

ATHALIE.

Dans ce désordre à mes yeux se présente
Un jeune enfant couvert d'une robe éclatante,
Tel qu'on voit des Hébreux les prêtres revêtus.
Sa vue a ranimé mes esprits abattus :
Mais lorsque, revenant de mon trouble funeste,
J'admirois sa douceur, son air noble et modeste,
J'ai senti tout à coup un homicide acier
Que le traître en mon sein a plongé tout entier.
De tant d'objets divers le bizarre assemblage
Peut-être du hasard vous paroît un ouvrage :
Moi-même quelque temps, honteuse de ma peur,
Je l'ai pris pour l'effet d'une sombre vapeur.
Mais de ce souvenir mon ame possédée
A deux fois en dormant revu la même idée ;
Deux fois mes tristes yeux se sont vu retracer

Ce même enfant toujours tout prêt à me percer.
Lasse enfin des horreurs dont j'étois poursuivie,
J'allois prier Baal de veiller sur ma vie,
Et chercher du repos au pied de ses autels :
Que ne peut la frayeur sur l'esprit des mortels !
Dans le temple des Juifs un instinct m'a poussée,
Et d'apaiser leur Dieu j'ai conçu la pensée ;
J'ai cru que des présents calmeroient son courroux,
Que ce Dieu, quel qu'il soit, en deviendroit plus doux.
Pontife de Baal, excusez ma foiblesse.
J'entre. Le peuple fuit ; le sacrifice cesse ;
Le grand-prêtre vers moi s'élance avec fureur :
Pendant qu'il me parloit, ô surprise ! ô terreur !
J'ai vu ce même enfant dont je suis menacée,
Tel qu'un songe effrayant l'a peint à ma pensée.
Je l'ai vu ; son même air, son même habit de lin,
Sa démarche, ses yeux, et tous ses traits enfin :
C'est lui-même. Il marchoit à côté du grand-prêtre :
Mais bientôt à ma vue on l'a fait disparoître.
    Voilà quel trouble ici m'oblige à m'arrêter,
Et sur quoi j'ai voulu tous deux vous consulter.
Que présage, Mathan, ce prodige incroyable ?

MATHAN.

Ce songe et ce rapport, tout me semble effroyable...

ATHALIE.

Mais cet enfant fatal, Abner, vous l'avez vu :
Quel est-il ? de quel sang ? et de quelle tribu ?

ABNER.

Deux enfants à l'autel prétoient leur ministère ;

L'un est fils de Joad, Josabet est sa mère;
L'autre m'est inconnu.

MATHAN.

Pourquoi délibérer?
De tous les deux, madame, il se faut assurer.
Vous savez pour Joad mes égards, mes mesures;
Que je ne cherche point à venger mes injures;
Que la seule équité règne en tous mes avis:
Mais lui-même, après tout, fût-ce son propre fils,
Voudroit-il un moment laisser vivre un coupable?

ABNER.

De quel crime un enfant peut-il être capable?

MATHAN.

Le ciel nous le fait voir un poignard à la main:
Le ciel est juste et sage, et ne fait rien en vain.
Que cherchez-vous de plus?

ABNER.

Mais, sur la foi d'un songe,
Dans le sang d'un enfant voulez-vous qu'on se plonge?
Vous ne savez encor de quel père il est né;
Quel il est?

MATHAN.

On le craint; tout est examiné.
A d'illustre parents s'il doit son origine,
La splendeur de son sort doit hâter sa ruine:
Dans le vulgaire obscur si le sort l'a placé,
Qu'importe qu'au hasard un sang vil soit versé?
Est-ce aux rois à garder cette lente justice?
Leur sûreté souvent dépend d'un prompt supplice.

N'allons point les gêner d'un soin embarrassant :
Dès qu'on leur est suspect, on n'est plus innocent.

ABNER.

Hé quoi. Mathan ! d'un prêtre est-ce là le langage ?
Moi, nourri dans la guerre aux horreurs du carnage,
Des vengeances des rois ministre rigoureux,
C'est moi qui prête ici ma voix au malheureux !
Et vous, qui lui devez des entrailles de père,
Vous, ministre de paix dans les temps de colère,
Couvrant d'un zèle faux votre ressentiment,
Le sang à votre gré coule trop lentement !

Vous m'avez commandé de vous parler sans feinte,
Madame : quel est donc ce grand sujet de crainte ?
Un songe, un foible enfant, que votre œil prévenu
Peut-être sans raison croit avoir reconnu.

ATHALIE.

Je le veux croire, Abner, je puis m'être trompée :
Peut-être un songe vain m'a trop préoccupée.
Hé, bien, il faut revoir cet enfant de plus près ;
Il en faut à loisir examiner les traits.
Qu'on les fasse tous deux paroître en ma présence.

ABNER.

Je crains....

ATHALIE.

Manqueroit-on pour moi de complaisance ?
De ce refus bizarre où seroient les raisons ?
Il pourroit me jeter en d'étranges soupçons.
Que Josabet, vous dis-je, ou Joad les amène.
Je puis, quand je voudrai, parler en souveraine.
Vos prêtres, je veux bien, Abner, vous l'avouer,

Des bontés d'Athalie ont lieu de se louer.
Je sais sur ma conduite et contre ma puissance
Jusqu'où de leurs discours ils portent la licence :
Ils vivent cependant, et leur temple est debout.
Mais je sens que bientôt ma douceur est à bout,
Que Joad mette un frein à son zèle sauvage,
Et ne m'irrite point par un second outrage.
Allez.

SCÈNE VI.

ATHALIE, MATHAN, SUITE D'ATHALIE.

MATHAN.

ENFIN je puis parler en liberté ;
Je puis dans tout son jour mettre la vérité.
Quelque monstre naissant dans ce temple s'élève,
Reine : n'attendez pas que le nuage crève.
Abner chez le grand-prêtre a devancé le jour :
Pour le sang de ses rois vous savez son amour.
Et qui sait si Joad ne veut point en leur place
Substituer l'enfant dont le ciel vous menace,
Soit son fils, soit quelque autre ?

ATHALIE.

                    Oui, vous m'ouvrez les yeux :
Je commence à voir clair dans cet avis des cieux.
Mais je veux de mon doute être débarrassée :
Un enfant est peu propre à trahir sa pensée ;
Souvent d'un grand dessein un mot nous fait juger.
Laissez-moi, cher Mathan, le voir ; l'interroger.

Vous cependant, allez ; et, sans jeter d'alarmes ,
A tous mes Tyriens faites prendre les armes.

SCÈNE VII.

JOAS , JOSABET , ATHALIE , ZACHARIE,
ABNER , SALOMITH , DEUX LÉVITES , LE
CHŒUR , SUITE D'ATHALIE.

JOSABET , *aux deux lévites.*

O vous, sur ces enfants si chers, si précieux,
Ministres du Seigneur, ayez toujours les yeux,

ABNER , *à Josabet.*

Princesse, assurez-vous ; je les prends sous ma garde.

ATHALIE.

Oh ciel ! plus j'examine, et plus je le regarde...
C'est lui ! D'horreur encor tous mes sens sont saisis,

(*montrant Joas.*)

Épouse de Joad, est-ce là votre fils ?

JOSABET.

Qui ? lui, madame ?

ATHALIE.

Lui.

JOSABET.

Je ne suis point sa mère.

(*montrant Zacharie.*)

Voilà mon fils.

ATHALIE , *à Joas.*

Et vous, quel est donc votre père ?
Jeune enfant, répondez,

JOSABET

JOSABET.

Le ciel jusqu'aujourd'hui...

ATHALIE, *à Josabet.*

Pourquoi vous pressez vous de répondre pour lui.
C'est à lui de parler.

JOSABET.

Dans un âge si tendre
Quel éclaircissement en pouvez-vous attendre ?

ATHALIE.

Cet âge est innocent : son ingénuité
N'altère point encor la simple vérité.
Laissez-le s'expliquer sur tout ce qui le touche.

JOSABET, *à part.*

Daigne mettre, grand Dieu, ta sagesse en sa bouche !

ATHALIE.

Comment vous nommez-vous ?

JOAS.

J'ai nom Éliacin.

ATHALIE.

Votre père ?

JOAS.

Je suis, dit-on, un orphelin
Entre les bras de Dieu jeté dès ma naissance,
Et qui de mes parents n'eus jamais connoissance.

ATHALIE.

Vous êtes sans parents !

JOAS.

Ils m'ont abandonné.

ATHALIE.

Comment ? et depuis quand ?

Tome 3. Y

JOAS.

     Depuis que je suis né.

ATHALIE.

Ne sait-on pas au moins quel pays est le vôtre?

JOAS.

Ce temple est mon pays : je n'en connois point d'autre,

ATHALIE.

Où dit-on que le sort vous a fait rencontrer?

JOAS.

Parmi des loups cruels prêts à me dévorer.

ATHALIE.

Qui vous mit dans ce temple ?

JOAS.

      Une femme inconnue

Qui ne dit point son nom, et qu'on n'a point revue.,

ATHALIE.

Mais de vos premiers ans quelles mains ont pris soin?

JOAS.

Dieu laissa-t-il jamais ses enfants au besoin?
Aux petits des oiseaux il donne leur pâture,
Et sa bonté s'étend sur toute la nature.
Tous les jours je l'invoque ; et d'un soin paternel
Il me nourrit des dons offerts sur son autel.

ATHALIE.

Quel prodige nouveau me trouble et m'embarrasse
La douceur de sa voix, son enfance, sa grace,
Font insensiblement à mon inimitié
Succéder... Je serois sensible à la pitié !

ABNER.

Madame, voilà donc cet ennemi terrible ?

De vos songes menteurs l'imposture est visible ;
A moins que la pitié , qui semble vous troubler ,
Ne soit ce coup fatal qui vous faisoit trembler.

ATHALIE , *à Joas et à Josabet.*

Vous sortez ?

JOSABET.

Vous avez entendu sa fortune :
Sa présence à la fin pourroit être importune.

ATHALIE.

Non : revenez. Quel est tous les jours votre emploi ?

JOAS.

J'adore le Seigneur ; on m'explique sa loi ;
Dans son livre divin on m'apprend à la lire !
Et déjà de ma main je commence à l'écrire :

ATHALIE.

Que vous dit cette loi ?

JOAS.

Que Dieu veut être aimé ,
Qu'il venge tôt ou tard son saint nom blasphémé ,
Qu'il est le défenseur de l'orphelin timide ;
Qu'il résiste au superbe , et punit l'homicide.

ATHALIE.

J'entends. Mais tout ce peuple enfermé dans ce lieu ,
A quoi s'occupe-t-il ?

JOAS.

Il loue, il bénit Dieu.

ATHALIE.

Dieu veut-il qu'à toute heure on prie, on le contemple ?

JOAS.

Tout profane exercice est banni de son temple.

Y 2

ATHALIE.

Quels sont donc vos plaisirs?

JOAS.

Quelquefois à l'autel
Je présente au grand-prêtre ou l'encens ou le sel:
J'entends chanter de Dieu les grandeurs infinies;
Je vois l'ordre pompeux de ses cérémonies.

ATHALIE.

Hé quoi! vous n'avez point de passe-temps plus doux?
Je plains le triste sort d'un enfant tel que vous.
Venez dans mon palais, vous y verrez ma gloire.

JOAS.

Moi, des bienfaits de Dieu je perdrois la mémoire!

ATHALIE.

Non, je ne vous veux pas contraindre à l'oublier,

JOAS.

Vous ne le priez point.

ATHALIE.

Vous pourrez le prier.

JOAS.

Je verrois cependant en invoquer un autre.

ATHALIE.

J'ai mon Dieu que je sers; vous servirez le vôtre:
Ce sont deux puissants Dieux.

JOAS.

Il faut craindre le mien:
Lui seul est Dieu, madame; et le votre n'est rien.

ATHALIE.

Les plaisirs près de moi vous chercheront en foule.

JOAS.

Le bonheur des méchants comme un torrent s'écoule,

ATHALIE.

Ces méchants, qui sont-ils ?

JOSABEL.

Hé, madame! excusez

Un enfant...

ATHALIE , à Josabet.

J'aime à voir comme vous l'instruisez.

Enfin, Éliacin, vous avez su me plaire ;

Vous n'êtes point sans doute un enfant ordinaire.

Vous voyez , je suis reine, et n'ai point d'héritier ;

Laissez là cet habit, quittez ce vil métier :

Je veux vous faire part de toutes mes richesses.

Essayez dès ce jour l'effet de mes promesses :

A ma table , par-tout, à mes côtés assis,

Je prétends vous traiter comme mon propre fils.

JOAS.

Comme votre fils !

ATHALIE.

Oui... Vous vous taisez ?

JOAS.

Quel père

Je quitterois ! et pour...

ATHALIE.

Hé bien ?

JOAS.

Pour quelle mère !

ATHALIE , à Josabet.

Sa mémoire est fidèle, et, dans tout ce qu'il dit,

Y 3

De vous et de Joad je reconnois l'esprit.
Voilà comme, infectant cette simple jeunesse ;
Vous employez tous deux le calme où je vous laisse,
Vous cultivez déjà leur haine et leur fureur :
Vous ne leur prononcez mon nom qu'avec horreur.

JOSABET.

Peut-on de nos malheurs leur dérober l'histoire ?
Tout l'univers les sait : vous-même en faites gloire.

ATHALIE.

Oui, ma juste fureur, et j'en fais vanité,
A vengé mes parents sur ma postérité.
J'aurois vu massacrer et mon père et mon frère,
Du haut de son palais précipiter ma mère,
Et dans un même jour égorger à la fois
(Quel spectacle d'horreur !) quatre-vingt fils de rois ;
Et pourquoi ? pour venger je ne sais quels prophètes
Dont elle avoit puni les fureurs indiscrètes :
Et moi, reine sans cœur, fille sans amitié,
Esclave d'une lâche et frivole pitié,
Je n'aurois pas du moins à cette aveugle rage
Rendu meurtre pour meurtre, outrage pour outrage,
Et de votre David traité tous les neveux
Comme on traitoit d'Achab les restes malheureux !
Où serois-je aujourd'hui, si, domtant ma foiblesse,
Je n'eusse d'une mère étouffé la tendresse ;
Si de mon propre sang ma main versant des flots
N'eût par ce coup hardi réprimé vos complots ?
Enfin de votre Dieu l'implacable vengeance
Entre nos deux maisons rompit toute alliance :
David m'est en horreur, et les fils de ce roi,

Quoique nés de mon sang , sont étrangers pour moi'

JOSABET.

Tout vous a réussi. Que Dieu voie, et nous juge.

ATHALIE.

Ce Dieu, depuis long-temps votre unique refuge,
Que deviendra l'effet de ses prédictions ?
Qu'il vous donne ce roi promis aux nations ,
Cet enfant de David , votre espoir, votre attente...
Mais nous nous reverrons. Adieu. Je sors contente.
J'ai voulu voir, j'ai vu.

ABNER , à Josabet.

Je vous l'avois promis,
Je vous rends le dépôt que vous m'avez commis.

SCÈNE VIII.

JOAD, JOSABET, JOAS, ZACHARIE, ABNER,
SALOMITH , LÉVITES , LE CHŒUR.

JOSABET , à Joad.

AVEZ-VOUS entendu cette superbe reine ,
Seigneur ?

JOAD.

J'entendois tout, et plaignois votre peine.
Ces lévites et moi, prêts à vous secourir,
Nous étions avec vous résolus de périr.

(à Joas , en l'embrassant.)

Que Dieu veille sur vous, enfant dont le courage
Vient de rendre à son nom ce noble témoignage!
Je reconnois , Abner, ce service important:
Souvenez-vous de l'heure où Joad vous attend.

Et nous , dont cette femme impie et meurtrière
A souillé les regards et troublé la prière,
Rentrons ; et qu'un sang pur, par mes mains épanché,
Lave jusques au marbre où ses pas ont touché.

SCÈNE IX.

LE CHŒUR.

UNE DES FILLES DU CHŒUR.

QUEL astre à nos yeux vient de luire ?
Quel sera quelque jour cet enfant merveilleux ?
Il brave le faste orgueilleux ,
Et ne se laisse point séduire
A tous ses attraits périlleux.

UNE AUTRE.

Pendant que du dieu d'Athalie
Chacun court ensenser l'autel,
Un enfant courageux publie
Que Dieu lui seul est éternel,
Et parle comme un autre Élie
Devant cette autre Jézabel.

UNE AUTRE.

Qui nous révèlera ta naissance secrète,
Cher enfant ? Es-tu fils de quelque saint prophète ?

UNE AUTRE.

Ainsi l'on vit l'aimable Samuel
Croître à l'ombre du tabernacle :
Il devint des Hébreux l'espérance et l'oracle.
Puisse-tu, comme lui, consoler Israël !

UNE AUTRE chante.

O bienheureux mille fois

L'enfant que le Seigneur aime,
Qui de bonne heure entend sa voix,
Et que ce Dieu daigne instruire lui-même !
Loin du monde élevé, de tous les dons des cieux
Il est orné dès sa naissance ;
Et du méchant l'abord contagieux
N'altère point son innocence.

TOUT LE CHŒUR.

Heureuse, heureuse l'enfance
Que le seigneur instruit et prend sous sa défense !

LA MÊME VOIX, *seule.*

Tel en un secret vallon,
Sur le bord d'une onde pure,
Croît, à l'abri de l'aquilon,
Un jeune lis, l'amour de la nature.
Loin du monde élevé, de tous les dons des cieux
Il est orné dès sa naissance ;
Et du méchant l'abord contagieux.
N'altère point son innocence.

TOUT LE CHŒUR.

Heureux, heureux mille fois
L'enfant que le Seigneur rend docile à ses lois !

UNE VOIX *seule.*

Mon Dieu, qu'une vertu naissante
Parmi tant de périls marche à pas incertains !
Qu'une ame qui te cherche et veut être innocente
Trouve d'obstacle à ses desseins !
Que d'ennemis lui font la guerre !
Où se peuvent cacher tes saints ?
Les pécheurs couvrent la terre.

UNE AUTRE.

O palais de David, et sa chère cité,
Mont fameux, que Dieu même a long-temps habité,
Comment as-tu du ciel attiré la colère ?
Sion, chère Sion, que dis-tu quand tu vois
  Une impie étrangère
 Assise, hélas ! au trône de tes rois ?

TOUT LE CHŒUR.

Sion, chère Sion, que dis-tu quand tu vois
  Une impie étrangère
 Assise, hélas ! au trône de tes rois ?

LA MÊME VOIX *continue*.

 Au lieu des cantiques charmants
Où David t'exprimoit ses saints ravistements,
Et bénissoit son Dieu, son seigneur, et son père,
Sion, chère Sion, que dis-tu quand tu vois
 Louer le dieu de l'impie étrangère,
Et blasphémer le nom qu'ont adoré tes rois ?

UNE VOIX *seule*.

Combien de temps, Seigneur, combien de temps encore
Verrons-nous contre toi les méchants s'élever ?
Jusque dans ton saint temple ils viennent te braver !
Ils traitent d'insensé le peuple qui t'adore.
Combien de temps, Seigneur, combien de temps encore
Verrons-nous contre toi les méchants s'élever ?

UNE AUTRE.

Que vous sert, disent-ils, cette vertu sauvage !
 De tant de plaisirs si doux
 Pourquoi fuyez-vous l'usage ?
 Votre Dieu ne fait rien pour vous ?

UNE AUTRE.

Rions, chantons, dit cette troupe impie;
De fleurs en fleurs, de plaisirs en plaisirs,
Promenons nos désirs.
Sur l'avenir insensé qui se fie.
De nos ans passagers le nombre est incertain;
Hâtons-nous aujourd'hui de jouir de la vie;
Qui sait si nous serons demain?

TOUT LE CHŒUR.

Qu'ils pleurent, ô mon Dieu, qu'ils frémissent de crain-
Ces malheureux, qui de ta cité sainte   [te,
Ne verront point l'éternelle splendeur.
C'est à nous de chanter, nous à qui tu révèles
Tes clartés immortelles,
C'est à nous de chanter tes dons et ta grandeur.

UNE VOIX *seule*

De tous ces vains plaisirs où leur ame se plonge,
Que leur restera-t-il? Ce qui reste d'un songe
Dont on a reconnu l'erreur.
A leur réveil, (ô réveil plein d'horreur!)
Pendant que le pauvre à ta table
Goûtera de ta paix la douceur ineffable,
Ils boiront dans la coupe affreuse, inépuisable,
Que tu présenteras, au jour de ta fureur,
A toute la race coupable.

TOUT LE CHŒUR.

O réveil plein d'horreur!
O songe peu durable!
O dangereuse erreur!

FIN DU SECOND ACTE.

ACTE TROISIÈME.

SCÈNE I.

MATHAN, NABAL, LE CHŒUR.

MATHAN.

JEUNES filles, allez. Qu'on dise à Josabet
Que Mathan veut ici lui parler en secret.
UNE DES FILLES DU CHŒUR.
Mathan! O Dieu du ciel, puisses-tu le confondre !

NABAL.
Hé quoi! tout se disperse, et fuit sans vous répondre.
MATHAN.
Approchons.

SCÈNE II.

ZACHARIE, MATHAN, NABAL.

ZACHARIE.

TÉMÉRAIRE, où voulez-vous passer
Au-delà de ce lieu gardez-vous d'avancer :
C'est des ministres saints la demeure sacrée ;
Les lois à tout profane en défendent l'entrée.
Qui cherchez-vous? Mon père, en ce jour solennel
De l'idolâtre impur fuit l'aspect criminel :

Et devant le Seigneur maintenant prosternée
Ma mère en ce devoir craint d'être détournée.

MATHAN.

Mon fils; nous attendrons; cessez de vous troubler:
C'est votre illustre mère à qui je veux parler :
Je viens ici chargé d'un ordre de la reine.

SCÈNE III.

MATHAN, NABAL.

NABAL.

LEURS enfants ont déjà leur audace hautaine.
Mais que veut Athalie en cette occasion ?
D'où naît dans ses conseils cette confusion ?
Par l'insolent Joad ce matin offensée,
Et d'un enfant fatal en songe menacée,
Elle alloit immoler Joad à son courroux,
Et dans ce temple enfin placer Baal et vous.
Vous m'en aviez déjà confié votre joie;
Et j'espérois ma part d'une si riche proie.
Qui fait changer ainsi ses vœux irrésolus ?

MATHAN.

Ami, depuis deux jours je ne la connois plus.
Ce n'est plus cette reine éclairée, intrépide,
Élevée au-dessus de son sexe timide,
Qui d'abord accabloit ses ennemis surpris,
Et d'un instant perdu connoissoit tout le prix :
La peur d'un vain remords trouble cette grande ame:
Elle flotte, elle hésite; en un mot, elle est femme.

J'avois tantôt rempli d'amertume et de fiel
Son cœur déjà saisi des menaces du ciel ;
Elle-même, à mes soins confiant sa vengeance,
M'avoit dit d'assembler sa garde en diligence :
Mais, soit que cet enfant devant elle amené,
De ses parents, dit-on, rebut infortuné,
Eût d'un songe effrayant diminué l'alarme,
Soit qu'elle eût même en lui vu je ne sais quel charme,
J'ai trouvé son courroux chancelant, incertain,
Et déjà remettant sa vengeance à demain.
Tous ses projets sembloient l'un l'autre se détruire.
« Du sort de cet enfant je me suis fait instruire,
« Ai-je dit ; on commence à vanter ses aïeux :
« Joad de temps en temps le montre aux factieux,
« Le fait attendre aux Juifs comme un autre Moïse,
« Et d'oracles menteurs s'appuie et s'autorise. »
Ces mots ont fait monter la rougeur sur son front.
Jamais mensonge heureux n'eût un effet si prompt.
« Est-ce à moi de languir dans cette incertitude ?
« Sortons, a-t-elle dit, sortons d'inquiétude.
« Vous-même à Josabet prononcez cet arrêt :
« Les feux vont s'allumer, et le fer est tout prêt ;
« Rien ne peut de leur temple empêcher le ravage,
« Si je n'ai de leur foi cet enfant pour otage. »

NABAL.

Hé bien, pour un enfant qu'ils ne connoissent pas,
Que le hasard peut-être a jeté dans leurs bras,
Voudront-ils que leur temple enseveli sous l'herbe...

MATHAN.

Ah ! de tous les mortels connois le plus superbe.

Plutôt que dans mes mains par Joad soit livré
Un enfant qu'à son Dieu Joad a consacré,
Tu lui verras subir la mort la plus terrible.
D'ailleurs pour cet enfant leur attache est visible.
Si j'ai bien de la reine entendu le récit,
Joad sur sa naissance en sait plus qu'il ne dit.
Quel qu'il soit, je prévois qu'il leur sera funeste :
Ils le refuseront. Je prends sur moi le reste ;
Et j'espère qu'enfin de ce temple odieux
Et la flamme et le fer vont délivrer mes yeux.

NABAL.

Qui peut vous inspirer une haine si forte ?
Est-ce que de Baal le zèle vous transporte ?
Pour moi, vous le savez, descendu d'Ismaël
Je ne sers ni Baal ni le Dieu d'Israël.

MATHAN.

Ami, peux-tu penser que d'un zèle frivole
Je me laisse aveugler pour une vaine idole,
Pour un fragile bois, que malgré mon secours
Les vers sur son autel consument tous les jours ?
Né ministre du dieu qu'en ce temple on adore,
Peut-être que Mathan le serviroit encore,
Si l'amour des grandeurs, la soif de commander,
Avec son joug étroit pouvoient s'accommoder.

Qu'est-il besoin, Nabal, qu'à tes yeux je rappelle
De Joad et de moi la fameuse querelle,
Quand j'osai contre lui disputer l'encensoir ;
Mes brigues, mes combats, mes pleurs, mon désespoir ?
Vaincu par lui, j'entrai dans une autre carrière,
Et mon ame à la cour s'attacha tout entière.

J'approchai par degrés de l'oreille des rois;
Et bientôt en oracle on érigea ma voix.
J'étudiai leur cœur, je flattai leurs caprices,
Je leurs semai de fleurs le bord des précipices :
Près de leurs passions rien ne me fut sacré;
De mesure et de poids je changeois à leur gré.
Autant que de Joad l'inflexible rudesse
De leur superbe oreille offensoit la mollesse;
Autant je les charmois par ma dextérité,
Dérobant à leurs yeux la triste vérité ,
Prêtant à leur fureur des couleurs favorables,
Et prodigue sur-tout du sang des misérables.
Enfin , au dieu nouveau qu'elle avoit introduit
Par les mains d'Athalie un temple fut construit.
Jérusalem pleura de se voir profanée ;
Des enfants de Levi la troupe consternée
En poussa vers le ciel des hurlements affreux :
Moi seul, donnant l'exemple aux timides Hébreux,
Déserteur de leur loi, j'approuvai l'entreprise,
Et par-là de Baal méritai la prêtrise ;
Par-là je me rendis terrible à mon rival,
Je ceignis la tiare , et marchai son égal.
Toutefois, je l'avoue, en ce comble de gloire,
Du Dieu que j'ai quitté l'importune mémoire
Jette encore en mon ame un reste de terreur;
Et c'est ce qui redouble et nourrit ma fureur.
Heureux si, sur son temple achevant ma vengeance,
Je puis convaincre enfin sa haine d'impuissance,
Et parmi le débris, le ravage et les morts,

A force d'attèntats perdre tous mes remords !
Mais voici Josabet.

SCÈNE IV.

JOSABET, MATHAN, NABAL.

MATHAN.

ENVOYÉ par la reine
Pour rétablir le calme et dissiper la haine,
Princesse, en qui le ciel mit un esprit si doux,
Ne vous étonnez pas si je m'adresse à vous.
Un bruit, que j'ai pourtant soupçonné de mensonge,
Appuyant les avis qu'elle a reçus en songe,
Sur Joad, accusé de dangereux complots,
Alloit de sa colère attirer tous les flots.
Je ne veux point ici vous vanter mes services :
De Joad contre moi je sais les injustices ;
Mais il faut à l'offense opposer les bienfaits.
Enfin je viens chargé de paroles de paix.
Vivez, solennisez vos fêtes sans ombrage.
De votre obéissance elle ne veut qu'un gage :
C'est (pour l'en detourner j'ai fait ce que j'ai pu)
Cet enfant sans parents, qu'elle dit qu'elle a vu.

JOSABET.

Éliacin ?

MATHAN.

J'en ai pour elle quelque honte :
D'un vain songe peut-être elle fait trop de compte.
Mais vous vous déclarez ses mortels ennemis,
Si cet enfant sur l'heure en mes mains n'est remis.
La reine impatiente attend votre réponse.

Z 3

JOSABET.

Et voilà de sa part la paix qu'on nous annonce!

MATHAN.

Pourriez-vous un moment douter de l'accepter?
D'un peu de complaisance est-ce trop l'acheter?

JOSABET.

J'admirois si Mathan, dépouillant l'artifice,
Avoit pu de son cœur surmonter l'injustice,
Et si de tant de maux le funeste inventeur
De quelle ombre de bien pouvoit être l'auteur.

MATHAN.

De quoi vous plaignez-vous? Vient-on avec furie
Arracher de vos bras votre fils Zacharie?
Quel est cet autre enfant si cher à votre amour?
Ce grand attachement me surprend à mon tour.
Est-ce un trésor pour vous si précieux, si rare?
Est-ce un libérateur que le ciel vous prépare?
Songez-y, vos refus pourroient me confirmer
Un bruit sourd que déjà l'on commence à semer,

JOSABET.

Quel bruit?

MATHAN.

Que cet enfant vient d'illustre origine;
Qu'à quelque grand projet votre époux le destine.

JOSABET.

Et Mathan, par ce bruit qui flatte sa fureur...

MATHAN.

Princesse, c'est à vous à me tirer d'erreur.
Je sais que, du mensonge implacable ennemie,
Josabet livreroit même sa propre vie

S'il falloit que sa vie à sa sincérité
Coûtât le moindre mot contre la vérité.
Du sort de cet enfant on n'a donc nulle trace ?
Une profonde nuit enveloppe sa race ?
Et vous-même ignorez de quels parents issu,
De quelles mains Joad en ses bras l'a reçu ?
Parlez, je vous écoute, et suis prêt de vous croire.
Au Dieu que vous servez, princesse, rendez gloire.

JOSABET.

Méchant, c'est bien à vous d'oser ainsi nommer
Un Dieu que votre bouche enseigne à blasphémer!
Sa vérité par vous peut-elle être attestée,
Vous, malheureux, assis dans la chaire empestée
Où le mensonge règne et répand son poison;
Vous, nourri dans la fourbe et dans la trahison?

SCÈNE V.

JOAD, JOSABET, MATHAN, NABAL.

JOAD.

Ou suis-je? de Baal ne vois-je pas le prêtre?
Quoi! fille de David, vous parlez à ce traître?
Vous souffrez qu'il vous parle? et vous ne craignez pas
Que du fond de l'abîme entr'ouvert sous ses pas
Il ne sorte à l'instant des feux qui vous embrasent,
Ou qu'en tombant sur lui ces murs ne vous écrasent?
Que veut-il? De quel front cet ennemi de Dieu
Vient-il infecter l'air qu'on respire en ce lieu?

MATHAN.

On reconnoît Joad à cette violence.

Toutefois il devroit montrer plus de prudence,
Respecter une reine, et ne pas outrager
Celui que de son ordre elle a daigné charger.

JOAD.

Hé bien ! que nous fait-elle annoncer de sinistre ?
Quel sera l'ordre affreux qu'apporte un tel ministre ?

MATHAN.

J'ai fait à Josabet savoir sa volonté.

JOAD.

Sors donc de devant moi, monstre d'impiété.
De toutes tes horreurs, va, comble la mesure.
Dieu s'apprête à te joindre à la race parjure,
Abiron, et Dathan, Doëg, Achitopel :
Les chiens à qui son bras a livré Jézabel,
Attendant que sur toi sa fureur se déploie,
Déjà sont à ta porte, et demandent leur proie.

MATHAN, troublé.

Avant la fin du jour... on verra qui de nous...
Doit... Mais sortons, Nabal.

NABAL.

Où vous égarez-vous ?
De vos sens étonnés quel désordre s'empare ?
Voilà votre chemin.

SCÈNE VI.

JOAD, JOSABET.

JOSABET.

L'ORAGE se déclare :
Athalie en fureur demande Éliacin.
Déjà de sa naissance et de votre dessein
On commence, seigneur, à percer le mystère :
Peu s'en faut que Mathan ne m'ait nommé son père.

JOAD.

Au perfide Mathan qui l'auroit révélé ?
Votre trouble à Mathan n'a-t-il point trop parlé ?

JOSABET.

J'ai fait ce que j'ai pu pour m'en rendre maîtresse.
Cependant croyez-moi, seigneur, le péril presse.
Réservons cet enfant pour un temps plus heureux.
Tandis que les méchants délibèrent entre eux,
Avant qu'on l'environne, avant qu'on nous l'arrache,
Une seconde fois souffrez que je le cache ;
Les portes, les chemins lui sont encore ouverts.
Faut-il le transporter aux plus affreux déserts ?
Je suis prête ; je sais une secrète issue
Par où, sans qu'on le voie, et sans être apercue,
De Cédron avec lui traversant le torrent,
J'irai dans le désert où jadis en pleurant,
Et cherchant comme nous son salut dans la fuite,
David d'un fils rebelle évita la poursuite.
Je craindrai moins pour lui les lions et les ours...
Mais pourquoi de Jéhu refuser le secours ?

Je vous ouvre peut-être un avis salutaire.
Faisons de ce trésor Jéhu dépositaire :
On peut dans ses états le conduire aujourd'hui,
Et le chemin est court qui mène jusqu'à lui.
Jéhu n'a point un cœur farouche, inexorable;
De David à ses yeux le nom est favorable.
Hélas! est-il un roi si dur et si cruel,
A moins qu'il n'eût pour mère une autre Jézabel,
Qui d'un tel suppliant ne plaignît l'infortune?
Sa cause à tous les rois n'est-elle pas commune?

JOAD.

Quels timides conseils m'osez-vous suggérer !
En l'appui de Jéhu pourriez-vous espérer?

JOSABET.

Dieu défend-il tout soin et toute prévoyance?
Ne l'offense-t-on point par trop de confiance?
A ses desseins sacrés employant les humains,
N'a-t-il pas de Jéhu lui-même armé les mains?

JOAD.

Jéhu, qu'avoit choisi sa sagesse profonde,
Jéhu, sur qui je vois que votre espoir se fonde,
D'un oubli trop ingrat a payé ses bienfaits:
Jéhu laisse d'Achab l'affreuse fille en paix,
Suit des rois d'Israël les profanes exemples,
Du vil dieu de l'Égypte a conservé les temples;
Jéhu, sur les hauts lieux enfin osant offrir
Un téméraire encens que Dieu ne peut souffrir,
N'a pour servir sa cause et venger ses injures
Ni le cœur assez droit, ni les mains assez pures.
Non, non; c'est à Dieu seul qu'il nous faut attacher;

Montrons Éliacin; et, loin de le cacher,
Que du bandeau royal sa tête soit ornée:
Je veux même avancer l'heure déterminée,
Avant que de Mathan le complot soit formé.

SCÈNE VII.

JOAD, JOSABET, AZARIAS, SUIVI DU CHŒUR
ET DE PLUSIEURS LÉVITES.

JOAD.

Hé bien, Azarias, le temple est-il fermé?

AZARIAS.

J'en ai fait devant moi fermer toutes les portes.

JOAD.

N'y reste-t-il que vous et vos saintes cohortes?

AZARIAS.

De ses parvis sacrés j'ai deux fois fait le tour.
Tout a fui; tous se sont séparés sans retour,
Misérable troupeau qu'a dispersé la crainte :
Et Dieu n'est plus servi que dans la tribu sainte.
Depuis qu'à Pharaon ce peuple est échappé,
Une égale terreur ne l'avoit point frappé.

JOAD.

Peuple lâche en effet, et né pour l'esclavage,
Hardi contre Dieu seul! Poursuivons notre ouvrage.
Mais qui retient encor ces enfants parmi nous?

UNE DES FILLES DU CHŒUR.

Hé! pourrions-nous, seigneur, nous séparer de vous?
Dans le temple de Dieu sommes-nous étrangères?
Vous avez près de vous nos pères et nos frères.

UNE AUTRE.

Hélas ! si, pour venger l'opprobre d'Israël,
Nos mains ne peuvent pas, comme autrefois Jahel (1),
Des ennemis de Dieu percer la tête impie,
Nous lui pouvons du moins immoler notre vie.
Quand vos bras combattront pour son temple attaqué,
Par nos larmes du moins il peut être invoqué.

JOAD.

Voilà donc quels vengeurs s'arment pour ta querelle,
Des prêtres, des enfants, ô Sagesse éternelle !
Mais, si tu les soutiens, qui peut les ébranler?
Du tombeau, quand tu veux, tu sais nous rappeler:
Tu frappes et guéris, tu perds et ressuscites.
Ils ne s'assurent point en leurs propres mérites,
Mais en ton nom sur eux invoqué tant de fois,
En tes serments jurés au plus saint de leurs rois,
En ce temple où tu fais ta demeure sacrée,
Et qui doit du soleil égaler la durée.
Mais d'où vient que mon cœur frémit d'un saint effroi?
Est-ce l'esprit divin qui s'empare de moi ?   [vrent
C'est lui-même : il m'échauffe ; il parle ; mes yeux s'ou-
Et les siècles obscurs devant moi se découvrent.
Lévites de vos sons prêtez-moi les accords,
Et de ses mouvements secondez les transports.

LE CHŒUR *chante au son de toute la symphonie*
des instruments.

Que du Seigneur la voix se fasse entendre,

---

(1) Juges, chap. 4.

Et

Et qu'à nos cœurs son oracle divin
Soit ce qu'à l'herbe tendre
Est au printemps la fraîcheur du matin.

JOAD.

Cieux, écoutez ma xoix. Terre, prête l'oreille.
Ne dis plus, ô Jacob, que ton Seigneur sommeille;
Pécheurs, disparoissez ; le Seigneur se réveille.

Ici recommence la symphonie, et Joad aussitôt
reprend la parole.

Comment en un plomb vil l'or pur (1) s'est-il changé?...
Quel est dans le lieu saint ce pontife (2) égorgé?....
Pleure, Jérusalem, pleure, cité perfide,
Des prophètes divins malheureuse homicide ;
De son amour pour toi ton Dieu s'est dépouillé;
Ton encens à ses yeux est un encens souillé....
    Où menez-vous ces enfants et ces femmes (3)?
Le Seigneur a détruit la reine des cités :
Ses prêtres sont captifs, ses rois sont rejetés.
Dieu ne veut plus qu'on vienne à ses solennités.
Temple, renverse-toi. Cèdres, jetez des flammes,
    Jérusalem, objet de ma douleur,
Quelle main en un jour t'a ravi tous tes charmes?
Qui changera mes yeux en deux sources de larmes
        Pour pleurer ton malheur?

---

(1) Joas.
(2) Zacharie.
(3) Captivité de Babylone.

Tome 3.   A 2

AZARIAS.

O saint temple !

JOSABET.

O David !

LE CHŒUR.

Dieu de Sion, rappelle,
Rappelle en sa faveur tes antiques bontés.

*La symphonie recommence encore, et Joad un
moment après l'interrompt.*

JOAD.

Quelle Jérusalem nouvelle
Sort du fond du désert brillante de clartés,
Et porte sur le front une marque immortelle !
Peuples de la terre, chantez.
Jérusalem renaît (1) plus charmante et plus belle :
D'où lui viennent de tous côtés
Ces enfants (2) qu'en son sein elle n'a point portés ?
Lève, Jérusalem, lève ta tête altière ;
Regarde tous ces rois de ta gloire étonnés :
Les rois des nations, devant toi prosternés,
De tes pieds baisent la poussière :
Les peuples à l'envi marchent à ta lumière.
Heureux qui pour Sion d'une sainte ferveur
Sentira son ame embrasée !
Cieux, répandez votre rosée,
Et que la terre enfante son sauveur !

_____

(1) L'Eglise.
(2) Les Gentils.

JOSABET.

Hélas ! d'où nous viendra cette insigne faveur ,
Si les rois de qui doit descendre ce sauveur...

JOAD.

Préparez, Josabet, le riche diadème
Que sur son front sacré David porta lui-même,
     (*aux lévites.*)

Et vous , pour vous armer suivez-moi dans ces lieux
Où se garde caché , loin des profanes yeux,
Ce formidable amas de lances et d'épées
Qui du sang philistin jadis furent trempées,
Et que David vainqueur , d'ans et d'honneurs chargé
Fit consacrer au Dieu qui l'avoit protégé.
Peut-on les employer pour un plus noble usage ?
Venez , je veux moi même en faire le partage.

SCÈNE VIII.

SALOMITH , LE CHŒUR.

SALOMITH.

Que de craintes , mes sœurs, que de troubles mortels !
   Dieu tout-puisant, sont-ce là les prémices,
     Les parfums et les sacrifices
Qu'on devoit en ce jour offrir sur tes autels ?
   UNE DES FILLES DU CHŒUR.
    Quel spectacle à nos yeux timides !
    Qui l'eût cru qu'on dût avoir jamais
Les glaives meurtriers, les lances homicides
    Briller dans la maison de paix ?

              A 2 ?

UNE AUTRE.

D'où vient que, pour son Dieu pleine d'indifférence,
Jérusalem se tait en ce pressant danger ?
    D'où vient, mes sœurs, que, pour nous protéger,
Le brave Abner au moins ne rompt pas le silence ?

SALOMITH.

Hélas ! dans une cour où l'on n'a d'autres lois
    Que la force et la violence ,
    Où les honneurs et les emplois
Sont le prix d'une aveugle et basse obéissance,
    Ma sœur, pour la triste innocence
    Qui voudroit élever sa voix?

UNE AUTRE.

    Dans ce péril, dans ce désordre extrême,
Pour qui prépare-t-on le sacré diadème ?

SALOMITH.

    Le seigneur a daigné parler,
Mais ce qu'à son phophète il vient de révéler,
    Qui pourra nous le faire entendre?
    S'arme-t-il pour nous défendre ?
    S'arme-t-il pour nous accabler ?

TOUT LE CHŒUR *chante.*

O promesse! ô menace! ô ténébreux mystère !
Que de maux, que de biens sont prédits tour à tour !
    Comment peut-on avec tant de colère
    Accorder tant d'amour !

UNE VOIX *seule.*

Sion ne sera plus; une flamme cruelle
    Détruira tous ses ornements,

UNE AUTRE VOIX.

Dieu protège Sion ; elle a pour fondements
Sa parole éternelle.

LA PREMIÈRE.

Je vois tout son éclat disparoître à mes yeux.

LA SECONDE.

Je vois de toutes parts sa clarté répandue.

LA PREMIÈRE.

Dans un gouffre profond Sion est descendue.

LA SECONDE.

Sion a son front dans les cieux.

LA PREMIÈRE.

Quel triste abaissement !

LA SECONDE.

        Quelle immortelle gloire !

LA PREMIÈRE.

Que de cris de douleur !

LA SECONDE.

        Que de chants de victoire !

UNE TROISIÈME.

Cessons de nous troubler ; notre Dieu, quelque jour,
Dévoilera ce grand mystère.

TOUTES TROIS.

Révérons sa colère ;
Espérons en son amour.

UNE AUTRE.

D'un cœur qui t'aime,

A a 3

Mon Dieu, qui peut troubler la paix !
Il cherche en tout ta volonté suprême,
Et ne se cherche jamais,
Sur la terre, dans le ciel même,
Est-il d'autre bonheur que la tranquille paix
D'un cœur qui t'aime ?

FIN DU TROISIÈME ACTE.

ACTE QUATRIÈME.

SCÈNE I.

JOAS, JOSABET, ZACHARIE, SALOMITH,
UN LÉVITE, LE CHŒUR.

SALOMITH.

D'un pas majestueux, à côté de ma mère.
Le jeune Éliacin s'avance avec mon frère.
Dans ces voiles, mes sœurs, que portent-ils tous deux?
Quel est ce glaive enfin qui marche devant eux?

JOSABET, à Zacharie.

Mon fils, avec respect posez sur cette table
De notre sainte loi le livre redoutable.
Et vous aussi, posez, aimable Éliacin,
Cet auguste bandeau près du livre divin.
Lévite, il faut placer, Joad ainsi l'ordonne,
Le glaive de David auprès de sa couronne.

JOAS.

Princesse quel est donc ce spectacle nouveau?
Pourquoi ce livre saint, ce glaive, ce bandeau?
Depuis que le Seigneur m'a reçu dans son temple,
D'un semblable appareil je n'ai point vu d'exemple.

JOSABET.

Tous vos doutes, mon fils, bientôt s'éclairciront.

JOAS.

Vous voulez essayer ce bandeau sur mon front ?
Ah , princesse ! gardez d'en profaner la gloire ?
Du roi qui l'a porté respectez la mémoire.
Un malheureux enfant aux ours abandonné...

JOSABET , *lui essayant le diadème.*

Laissez, mon fils : je fais ce qui m'est ordonné.

JOAS.

Mais j'entends les sanglots sortir de votre bouche !
Princesse, vous pleurez ! quelle pitié vous touche ?
Est-ce qu'en holocauste aujourd'hui présenté
Je dois, comme autrefois la fille de Jephté ,
Du Seigneur par ma mort apaiser la colère ?
Hélas, un fils n'a rien qui ne soit à son père.

JOSABET.

Voici qui vous dira les volontés des cieux.
Ne craignez rien. Et nous, sortons tous de ces lieux.

SCÈNE II.

JOAD , JOAS.

JOAS, *courant dans les bras du grand-prêtre.*

Mon père !

JOAD.

Hé bien , mon fils ?

JOAS.

Qu'est-ce donc qu'on prépare ?

JOAD.

Il est juste mon fils que je vous le déclare,

Il faut que vous soyez instruit, même avant tous ;
Des grands desseins de Dieu sur son peuple et sur vous.
Armez-vous d'un courage et d'une foi nouvelle ;
Il est temps de montrer cette ardeur et ce zèle
Qu'au fond de votre cœur mes soins ont cultivés,
Et de payer à Dieu ce que vous lui devez.
Sentez-vous cette noble et généreuse envie ?

JOAS.

Je me sens prêt, s'il veut, de lui donner ma vie.

JOAD.

On vous a lu souvent l'histoire de nos rois :
Vous souvient-il, mon fils, quelles étroites lois
Doit s'imposer un roi digne du diadème ?

JOAS.

Un roi sage, ainsi Dieu l'a prononcé lui-mêmme (1)
Sur la richesse et l'or ne met point son appui ;
Craint le Seigneur son Dieu ; sans cesse a devant lui
Ses préceptes, ses lois, ses jugements sévères,
Et d'injustes fardeaux n'accable point ses frères.

JOAD.

Mais sur l'un de ces rois s'il falloit vous régler,
A qui choisiriez-vous, mon fils, de ressembler ?

JOAS.

David, pour le Seigneur plein d'un amour fidèle,
Me paroît des grands rois le plus parfait modèle.

JOAD.

Ainsi dans leurs excès vous n'imiteriez pas
L'infidèle Joram ? l'impie Ochozias ?

_____

(1) Deut. chap. 17.

JOAS.

O mon père !

JOAD.

Achevez, dites : que vous en semble!

JOAS.

Puisse périr comme eux quiconque leur ressemble !
(*Joad se prosterne à ses pieds.*)
Mon père, en quel état vous vois-je devant moi!

JOAD.

Je vous rends le respect que je dois à mon roi.
De votre aïeul David, Joas, rendez-vous digne.

JOAS.

Joas ! moi ?

JOAD, se relevant.

Vous saurez par quelle grace insigne,
D'une mère en fureur Dieu trompant le dessein,
Quand déjà son poignard étoit dans votre sein,
Vous choisit, vous sauva du milieu du carnage.
Vous n'êtes pas encore échappé de sa rage :
Avec la même ardeur qu'elle voulut jadis
Perdre en vous le dernier des enfants de son fils,
A vous faire périr sa cruauté s'attache,
Et vous poursuit encor sous le nom qui vous cache.
Mais sous vos étendards j'ai déjà su ranger
Un peuple obéissant et prompt à vous venger.
Entrez, généreux chefs des familles sacrées,
Du ministère saint tour à tour honorées.

SCÈNE III.

JOAS, JOAD, AZARIAS, ISMAEL, TROIS
AUTRES CHEFS DES LÉVITES.

JOAD.

Roi, voilà vos vengeurs contre vos ennemis.
Prêtres, voilà le roi que je vous ai promis.

AZARIAS.

Quoi ! c'est Éliacin ?

ISMAEL.

Quoi ! cet enfant aimable...

JOAD.

Et des rois de Juda l'héritier véritable,
Dernier né des enfants du triste Ochozias,
Nourri, vous le savez, sous le nom de Joas.
De cette fleur si tendre et sitôt moissonnée
Tout Juda, comme vous, plaignant la destinée,
Avec ses frères morts le crut enveloppé.
Du perfide couteau comme eux il fut frappé :
Mais Dieu du coup mortel sut détourner l'atteinte,
Conserva dans son cœur la chaleur presque éteinte,
Permit que, des bourreaux trompant l'œil vigilant,
Josabet dans son sein l'emportât tout sanglant,
Et, n'ayant de son vol que moi seul pour complice,
Dans le temple cachât l'enfant et la nourrice.

JOAS.

Hélas ! de tant d'amour et de tant bienfaits,
Mon père, quel moyen de m'acquitter jamais ?

JOAD.

Gardez pour d'autres temps cette reconnoissance.
Voilà donc votre roi, votre unique espérance :
J'ai pris soin jusqu'ici de vous le conserver ;
Ministres du Seigneur, c'est à vous d'achever.
Bientôt de Jézabel la fille meurtrière,
Instruite que Joas voit encor la lumière.
Dans l'horreur du tombeau viendra le replonger,
Déjà, sans le connoître, elle veut l'égorger.
Prêtres saints, c'est à vous de prévenir sa rage :
Il faut finir des Juifs le honteux esclavage,
Venger vos princes morts, relever votre loi,
Et faire aux deux tribus reconnoître leur roi.
L'entreprise, sans doute, est grande est périlleuse ;
J'attaque sur son trône une reine orgueilleuse,
Qui voit sous ses drapeaux marcher un camp nombreux
De hardis étrangers, d'infidèles Hébreux :
Mais ma force est au Dieu dont l'intérêt me guide.
Songez qu'en cet enfant tout Israël réside.
Déjà ce Dieu vengeur commence à la troubler ;
Déjà, trompant ses soins, j'ai su vous rassembler :
Elle nous croit ici sans armes, sans défense.
Couronnons, proclamons Joas en diligence :
De là, du nouveau prince intrépides soldats,
Marchons, en invoquant l'arbitre des combats ;
Et, réveillant la foi dans les cœurs endormie,
Jusque dans son palais cherchons notre ennemie.

Et quels cœurs si plongés dans un lâche sommeil,
Nous voyant avancer dans ce saint appareil,
Ne s'empresseront pas à suivre notre exemple !

Un

Un roi, que Dieu lui-même a nourri dans son temple ;
Le successeur d'Aaron, de ses prêtres suivi,
Conduisant au combat les enfants de Lévi ;
Et, dans ces mêmes mains des peuples révérées,
Les armes au Seigneur par David consacrées !
Dieu sur ses ennemis répandra sa terreur.
Dans l'infidèle sang baignez-vous sans horreur ;
Frappez et Tyriens et même Israélites.
Ne descendez-vous pas de ces fameux lévites
Qui, lorsqu'au Dieu du Nil le volage Israël
Rendit dans le désert un culte criminel,
De leurs plus chers parents saintement homicides,
Consacrèrent leurs mains dans le sang des perfides,
Et par ce noble exploit vous acquirent l'honneur
D'être seuls employés aux autels du Seigneur ?
   Mais je vois que déjà vous brûlez de me suivre.
Jurez donc avant tout sur cet auguste livre,
A ce roi que le ciel vous redonne aujourd'hui,
De vivre, de combattre, et de mourir pour lui.

AZARIAS, *au bout de la table, ayant la main su v*
le livre saint.

Oui, nous jurons ici pour nous, pour tous nos frères,
De rétablir Joas au trône de ses pères,
De ne poser le fer entre nos mains remis,
Qu'après l'avoir vengé de tous ses ennemis.
Si quelque transgresseur enfreint cette promesse,
Qu'il éprouve, grand Dieu, ta fureur vengeresse ;
Qu'avec lui ses enfants, de ton partage exclus,
Soient au rang de ces morts que tu ne connois plus !

JOAD.

Et vous, à cette loi, votre règle éternelle,
Roi, ne jurez-vous pas d'être toujours fidèle ?

JOAS.

Pourrois-je à cette loi ne me pas conformer ?

JOAD.

O mon fils, de ce nom j'ose encor vous nommer,
Souffrez cette tendresse, et pardonnez aux larmes
Que m'arrachent pour vous de trop justes alarmes ;
Loin du trône nourri, de ce fatal honneur,
Hélas ! vous ignorez le charme empoisonneur ;
De l'absolu pouvoir vous ignorez l'ivresse,
Et des lâches flatteurs la voix enchanteresse.
Bientôt ils vous diront que les plus saintes lois,
Maîtresses du vil peuple, obéissent aux rois ;
Qu'un roi n'a d'autre frein que sa volonté même ;
Qu'il doit immoler tout à sa grandeur suprême ;
Qu'aux larmes, au travail, le peuple est condamné,
Et d'un sceptre de fer veut être gouverné ;
Que, s'il n'est opprimé, tôt ou tard il opprime.
Ainsi de piège en piège, et d'abîme en abîme,
Corrompant de vos mœurs l'aimable pureté,
Ils vous feront enfin haïr la vérité,
Vous peindront la vertu sous une affreuse image.
Hélas ! ils ont des rois égaré le plus sage.
Promettez sur ce livre, et devant ces témoins,
Que Dieu sera toujours le premier de vos soins ;
Que, sévère aux méchants, et des bons le refuge,
Entre le pauvre et vous vous prendrez Dieu pour juge ;

Vous souvenant , mon fils , que , caché sous ce lin ,
Comme eux vous fûtes pauvre , et comme eux orphelin.

JOAS , *au milieu de la table , ayant la main sur le*
livre saint.

Je promet d'observer ce que la loi m'ordonne.
Mon Dieu, punissez-moi si je vous abandonne !

JOAD.

Venez , de l'huile sainte il faut vous consacrer.
Paroissez , Josabet ; vous pouvez vous montrer.

SCÈNE IV.

JOAS , JOAD , JOSABET , ZACHARIE , SA-
LOMITH , AZARIAS , ISMAEL , TROIS
AUTRES CHEFS DES LÉVITES , LE CHŒUR.

JOSABET , *embrassant Joas.*

O roi , fils de David !

JOAS.

O mon unique mére !

Venez, cher Zacharie , embrasser votre frère.

JOSABET , *à Zacharie.*

Aux pieds de votre roi prosternez-vous , mon fils.

(*Zacharie se jette aux pieds de Joas.*)

JOAD , *pendant qu'ils s'embrassent.*

Enfants , ainsi toujours puissiez-vous être unis !

JOSABET , *à Joas.*

Vous savez donc quel sang vous a donné la vie ?

JOAS.

Et je sais quelle main sans vous me l'eût ravie.

JOSABET.

De votre nom, Joas, je puis donc vous nommer.

Bb 2

JOAS.

Joas ne cessera jamais de vous aimer.

LE CHŒUR.

Quoi ! c'est là...

JOSABET.

C'est Joas.

JOAD.

Écoutons ce lévite.

SCÈNE V.

JOAS , JOAD , JOSABET , ZACHARIE , SA-
LOMITH , AZARIAS , ISMAEL , TROIS
AUTRES CHEFS DES LÉVITES , UN LÉVITE,
LE CHŒUR,

UN LÉVITE.

J'IGNORE contre Dieu quel projet on médite;
Mais l'airain menaçant frémit de toutes parts ;
On voit luire des feux parmi des étendards,
Et sans doute Athalie assemble son armée :
Déjà même au secours toute voie est fermée ;
Déjà le sacré mont , où le temple est bâti,
D'insolens Tyriens est par-tout investi; [entendre
L'un d'eux, en blasphémant, vient de nous faire
Qu'Abner est dans les fers et ne peut nous défendre.

JOSABET , à Joas.

Cher enfant , que le Ciel en vain m'avoit rendu,
Hélas ! pour vous sauver j'ai fait ce que j'ai pu ;
Dieu ne se souvient plus de David votre père.

JOAD , à Josabet

Quoi ! vous ne craignez pas d'attirer sa colère
Sur vous et sur ce roi si cher à votre amour ?

Et quand Dieu, de vos bras l'arrachant sans retour,
Voudroit que de David la maison fût éteinte,
N'êtes-vous pas ici sur la montagne sainte
Où le père des Juifs sur son fils innocent
Leva sans murmurer un bras obéissant,
Et mit sur un bûcher ce fruit de sa vieillesse,
Laissant à Dieu le soin d'accomplir sa promesse,
Et lui sacrifiant, avec ce fils aimé,
Tout l'espoir de sa race en lui seul renfermé ?

Amis, partageons-nous. Qu'Ismaël en sa garde
Prenne tout le côté que l'orient regarde ;
Vous, le côté de l'ourse ; et vous, de l'occident ;
Vous, le midi. Qu'aucun par un zèle imprudent,
Découvrant mes desseins, soit prêtre, soit lévite,
Ne sorte avant le temps et ne se précipite ;
Et que chacun enfin, d'un même esprit poussé,
Garde en mourant le poste où je l'aurai placé.
L'ennemi nous regarde, en son aveugle rage,
Comme de vils troupeaux réservés au carnage,
Et croit ne rencontrer que désordre et qu'effroi.
Qu'Azarias par-tout accompagne le roi.

(à Joas.)

Venez, cher rejeton d'une vaillante race,
Remplir vos défenseurs d'une nouvelle audace ;
Venez du diadème à leurs yeux vous couvrir ;
Et périssez du moins en roi, s'il faut périr.

(à un lévite.)

Suivez-le, Josabet. Vous, donnez-moi ces armes.

(au chœur.)

Enfants, offrez à Dieu vos innocentes larmes.

B b 3

SCÈNE VI.

SALOMITH, LE CHŒUR.

LE CHŒUR *chante*.

PARTEZ, enfants d'Aaron, partez :
Jamais plus illustre querelle
De vos aïeux n'arma le zèle.
Partez, enfants d'Aaron partez :
C'est votre roi, c'est Dieu pour qui vous combattez.

UNE VOIX *seule*.

Où sont les traits que tu lances,
Grand Dieu, dans ton juste courroux ?
N'est tu plus le Dieu jaloux ?
N'est-tu plus le Dieu des vengeances ?

UNE AUTRE.

Où sont, Dieu de Jacob, tes antiques bontés !
Dans l'horreur qui nous environne,
N'entends-tu que la voix de nos iniquités ?
N'est-tu plus le Dieu qui pardonne ?

LE CHŒUR.

Où sont, Dieu de Jacob, tes antiques bontés ?

UNE VOIX *seule*.

C'est à toi que dans cette guerre
Les flèches des méchants prétendent s'adresser.
Faisons, disent-ils, cesser,
Les fêtes de Dieu sur la terre ;
De son joug importun délivrons les mortels ;
Massacrons tous ses saints ; renversons ses autels ;

Que de son nom, que de sa gloire
Il ne reste plus de mémoire ;
Que ni lui ni son Christ ne règnent plus sur nous.

LE CHŒUR.

Où sont les traits que tu lances,
Grand Dieu, dans ton juste courroux ?
N'est-tu plus le Dieu jaloux ?
N'est-tu plus le Dieu des vengeances ?

UNE VOIX *seule.*

Triste reste de nos rois,
Chère et dernière fleur d'une tige si belle,
Hélas ! sous le couteau d'une mère cruelle
Te verrons-nous tomber une seconde fois !
Prince aimable, dis-nous si quelque ange, au berceau,
Contre tes assassins prit soin de te défendre ;
Ou si dans la nuit du tombeau
La voix du Dieu vivant a ranimé ta cendre.

UNE AUTRE.

D'un père et d'un aïeul contre toi révoltés,
Grand Dieu, les attentats lui sont-ils imputés ?
Est-ce que sans retour ta pitié l'abandonne ?

LE CHŒUR.

Où sont, Dieu de Jacob, tes antiques bontés ?
N'es-tu plus le Dieu qui pardonne ?

UNE DES FILLES DU CHŒUR, *sans chanter.*

Chères sœurs, n'entendez-vous pas
Des cruels Tyriens la trompette qui sonne ?

SALOMITH.

J'entends même les cris des barbares soldats,

Et d'horreur j'en frissonne.
Courons, fuyons, retirons-nous
A l'ombre salutaire
Du redoutable sanctuaire.

FIN DU QUATRIÈME ACTE.

ACTE CINQUIÈME.

SCÈNE I.

ZACHARIE, SALOMITH, LE CHŒUR.

SALOMITH.

Cher Zacharie, hé bien? que nous apprenez-vous?

ZACHARIE.

Redoublez au Seigneur votre ardente prière :
Peut-être nous touchons à notre heure dernière;
Pour l'horrible combat, ma sœur, l'ordre est donné.

SALOMITH.

Que fait Joas?

ZACHARIE.

Joas vient d'être couronné :
Le grand-prêtre a sur lui répandu l'huile sainte.
Oh, ciel! dans tous les yeux quelle joie étoit peinte,
A l'aspect de ce roi racheté du tombeau!
Ma sœur, on voit encor la marque du couteau;
On voit paroître aussi sa fidèle nourrice,
Qui, cachée en un coin de ce vaste édifice,
Gardoit ce cher dépôt, et n'avoit de ses soins
Que les yeux de ma mère et que Dieu pour témoins;
Nos lévites pleuroient de joie et de tendresse,
Et mêloient leurs sanglots à leurs cris d'allégresse.

Lui , parmi ces transports affable et sans orgueil ,
A l'un tendoit la main, flattoit l'autre de l'œil,
Juroit de se régler par leurs avis sincères ,
Et les appeloit tous ses pères ou ses frères.

SALOMITH.

Ce secret au dehors est-il aussi semé ?

ZACHARIE.

Ce secret dans le temple est encor renfermé.
Des enfants de Lévi la troupe partagée
Dans un profond silence aux portes s'est rangée.
Tous doivent à la fois précipiter leurs pas
Et crier pour signal : Vive le roi Joas !
Mais mon père défend que le roi se hasarde ,
Et veut qu'Azarias demeure pour sa garde.
Cependant Athalie, un poignard à la main,
Rit des foibles remparts de nos portes d'airain :
Pour les rompre , elle attend les fatales machines ,
Et ne respire enfin que sang et que ruines.
Quelques prêtres , ma sœur , ont d'abord proposé
Qu'en un lieu souterrain par nos pères creusé
On renfermât du moins notre arche précieuse.
O crainte , a dit mon père , indigne , injurieuse!
L'arche qui fit tomber tant de superbes tours
Et força le Jourdain de rebrousser son cours,
Des dieux des nations tant de fois triomphante ,
Fuiroit donc à l'aspect d'une femme insolente !
Ma mère , auprès du roi , dans un trouble mortel ,
L'œil tantôt sur ce prince et tantôt vers l'autel,
Muette, et succombant sous le poids des alarmes ,
Aux yeux les plus cruels arracheroit des larmes.

Le roi de temps en temps la presse entre ses bras,
La flatte... Chères sœurs, suivez toutes mes pas ;
Et, s'il faut aujourd'hui que notre roi périsse,
Allons, qu'un même sort avec lui nous unisse.

SALOMITH.

Quelle insolente main frappe à coups redoublés ?
Qui fait courir ainsi ces lévites troublés ?
Quelle précaution leur fait cacher leurs armes ?
Le temple est-il forcé ?

ZACHARIE.

Dissipez vos alarmes ;
Dieu nous envoie Abner.

SCÈNE II.

ABNER, JOAD, JOSABET, ZACHARIE, SA-
LOMITH, ISMAEL, DEUX LÉVITES, LE
CHŒUR.

JOAD.

EN croirai-je mes yeux,
Cher Abner ? quel chemin a pu jusqu'en ces lieux
Vous conduire au travers d'un camp qui nous assiège ?
On disoit que d'Achab la fille sacrilége
Avoit pour assurer ses projets inhumains,
Chargé d'indignes fers vos généreuses mains.

ABNER.

Oui, seigneur ; elle a craint mon zèle et mon courage ;
Mais c'est le moindre prix que me gardoit sa rage.
Dans l'horreur d'un cachot par son ordre enfermé,
J'attendois que, le temple en cendre consumé,

De tant de flots de sang non encore assouvie,
Elle vint m'affranchir d'une importune vie,
Et retrancher des jours qu'auroit dû mille fois
Terminer la douleur de survivre à mes rois.

JOAD.

Par quel miracle a-t-on obtenu votre grace ?

ABNER.

Dieux dans ce cœur cruel sait seul ce qui se passe.
Elle m'a fait venir ; et d'un air égaré :
« Tu vois de mes soldats tout ce peuple entouré,
« Dit-elle ; un feu vengeur va le réduire en cendre,
« Et ton Dieu contre moi ne le sauroit défendre.
« Ses prêtres toutefois, mais il faut se hâter,
« A deux conditions peuvent se racheter.
« Qu'avec Éliacin on mette en ma puissance
« Un trésor dont je sais qu'ils ont la connoissance,
« Par votre roi David autrefois amassé,
« Sous le sceau du secret au grand-prêtre laissé.
« Va, dis-leur qu'à ce prix je leur permets de vivre.»

JOAD.

Quel conseil, cher Abner, croyez-vous qu'on doit sui-
[vre?

ABNER.

Et tout l'or de David, s'il est vrai qu'en effet
Vous gardiez de David quelque trésor secret ;
Et tout ce que des mains de cette reine avare
Vous avez pu sauver et de riche et de rare,
Donnez-le. Voulez-vous que d'impurs assassins
Viennent briser l'autel, brûler les chérubins,
Et, portant sur notre arche une main téméraire,
De votre propre sang souiller le sanctuaire ?

JOAD

JOAD.

Mais sieroit-il, Abner, à des cœurs généreux
De livrer au supplice un enfant malheureux,
Un enfant que Dieu même à ma garde confie ,
Et de nous racheter aux dépens de sa vie ?

ABNER.

Hélas! Dieu voit mon cœur. Plût à ce Dieu puissant
Qu'Athalie oubliât un enfant innocent,
Et que du sang d'Abner sa cruauté contente
Crût calmer par ma mort le ciel qui la tourmente!
Mais que peuvent pour lui vos inutiles soins?
Quand vous périrez tous , en périra-t-il moins ?
Dieu vous ordonne-t-il de tenter l'impossible ?
Pour obéir aux lois d'un tyran inflexible ,
Moïse par sa mère au Nil abandonné ,
Se vit , presque naissant, à périr condamné ;
Mais Dieu, le conservant contre toute espérance,
Fit par le tyran même élever son enfance.
Qui sait ce qu'il réserve à votre Éliacin ;
Et si, lui préparant un semblable destin ,
Il n'a point de pitié déjà rendu capable
De nos malheureux rois l'homicide implacable ?
Du moins, et Josabet comme moi l'a pu voir,
Tantôt à son aspect je l'ai vu s'émouvoir,
J'ai vu de son courroux tomber la violence.

(à Josabet.)

Princesse, en ce péril vous gardez le silence?
Hé quoi ! pour un enfant qui vous est étranger
Souffrez-vous que sans fruit Joad laisse égorger
Vous, son fils , tout ce peuple , et que le feu dévore

Tome 3.   C c

Le seul lieu sur la terre où Dieu veut qu'on l'adore ?
Que feriez-vous de plus si des rois vos aïeux
Ce jeune enfant étoit un reste précieux ?

JOSABET, bas, à Joad.

Pour le sang de ses rois vous voyez sa tendresse,
Que ne lui parlez-vous ?

JOAD.

   Il n'est pas temps, princesse.

ABNER.

Le temps est cher, seigneur, plus que vous ne pensez.
Tandis qu'à me répondre ici vous balancez,
Mathan près d'Athalie étincelant de rage
Demande le signal, et presse le carnage.
Faut-il que je me jette à vos sacrés genoux ?
Au nom du lieu si saint qui n'est ouvert qu'à vous,
Lieu terrible, où de Dieu la majesté repose,
Quelque dure que soit la loi qu'on vous impose,
De ce coup imprévu songeons à nous parer.
Donnez-moi seulement le temps de respirer :
Demain, dès cette nuit, je prendrai des mesures
Pour assurer le temple et venger ses injures.
Mais je vois que mes pleurs et que mes vains discours
Pour vous persuader sont un foible secours ;
Votre austère vertu n'en peut être frappée :
Hé bien, trouvez-moi donc quelque arme, que'que épée
Et qu'aux portes du temple, où l'ennemi m'attend,
Abner puisse du moins mourir en combattant.

JOAD.

Je me rends. Vous m'ouvrez un avis que j'embrasse :
de tant de maux, Abner détournons la menace.

Il est vrai, de David un trésor est resté,
La garde en fut commise à ma fidélité ;
C'étoit des tristes Juifs l'espérance dernière ,
Que mes soins vigilants cachoient à la lumière ;
Mais puisqu'à votre reine il faut le découvrir,
Je vais la contenter ; nos portes vont s'ouvrir.
De ses plus braves chefs qu'elle entre accompagnée ;
Mais de nos saints autels qu'elle tienne éloignée
D'un ramas d'étrangers l'indiscrète fureur :
Du pillage du temple épargnez-moi l'horreur.
Des prêtres, des enfants lui feroient-ils quelque ombre ?
De sa suite avec vous qu'elle règle le nombre.
Et quant à cet enfant si craint , si redouté ,
De votre cœur, Abner , je connois l'équité ,
Je vous veux devant elle expliquer sa naissance ;
Vous verrez s'il le faut remettre en sa puissance ;
Et je vous ferai juge entre Athalie et lui.

ABNER.

Ah ! je le prends déjà , seigneur , sous mon appui ;
Ne craignez rien. Je cours vers celle qui m'envoie.

SCÈNE III.

JOAD, JOSABET , ZACHARIE, SALOMITH;
ISMAEL , DEUX LÉVITES , LE CHŒUR.

JOAD.

GRAND Dieu, voici ton heure, on t'amène ta proie ;
Ismaël, écoutez.

(Il lui parle bas.)

C c 2

JOSABET.

Puissant maître des cieux,
Remets-lui le bandeau dont tu couvris ses yeux
Lorsque, lui dérobant tout le fruit de son crime,
Tu cachas dans mon sein cette tendre victime!

JOAD.

Allez, sage Ismaël, ne perdez point de temps;
Suivez de point en point ces ordres importants :
Sur-tout qu'à son entrée et que sur son passage
Tout d'un calme profond lui présente l'image.
Vous, enfants, préparez un trône pour Joas;
Qu'il s'avance suivi de non sacrés soldats.
Faites venir aussi sa fidèle n urrice,
Princesse, et de vos pleurs que la source tarisse.
        (à un lévite.)
Vous, dès que cette reine, ivre d'un fol orgueil,
De la porte du temple aura passé le seuil,
Qu'elle ne pourra plus retourner en arrière,
Prenez soin qu'à l'instant la trompette guerrière
Dans le camp ennemi jette un subit effroi :
Appelez tout le peuple au secours de son roi;
Et faites retentir jusques à son oreille
De Joas conservé l'étonnante merveille.
Il vient.

SCÈNE IV.

JOASS, JOAD, JOSABET, ZACHARIÉ, SA-
LOMITH, AZARIAS, TROUPES DE PRÊTRES
ET DE LÉVITES, LE CHŒUR.

JOAD.

Lévites saints, prêtres de notre Dieu,
Par-tout sans vous montrer environnez ce lieu;
Et, laissant à mes soins gouverner votre zéle,
Pour paroître attendez que ma voix vous appelle,
(Ils se cachent tous.)
Roi, je crois qu'à vos vœux cet espoir est permis
Venez voir à vos pieds tomber vos ennemis.
Celle dont la fureur poursuivit votre enfance
Vers ces lieux à grands pas pour vous perdre s'avance:
Mais ne la craignez point; songez qu'autour de vous
L'ange exterminateur est debout avec nous.
Montez sur votre trône, et... Mais la porte s'ouvre:
Permettez un moment que ce voile vous couvre.
(Il tire un rideau.)
Vous changez de couleur princesse !

JOSABET.

Ah! sans pâlir
Puis-je voir d'assassins le temple se remplir?
Quoi! ne voyez-vous pas quelle nombreuse escorte...

JOAD.

Je vois que du saint temple on referme la porte:
Tout est en sûreté.

C c 3

SCÈNE V.

ATHALIE, JOAS, JOAD, JOSABET, ABNER,
SUITE D'ATHALIE.

(Joas est caché derrière le rideau.)

ATHALIE, *à Joad.*

TE voilà, séducteur,
De ligues, de complots, pernicieux auteur,
Qui dans le trouble seul as mis tes espérances,
Éternel ennemi des suprêmes puissances!
En l'appui de ton Dieu tu t'étois reposé:
De ton espoir frivole es-tu désabusé?
Il laisse à mon pouvoir et son temple et ta vie.
Je devrois sur l'autel où ta main sacrifie
Te... Mais du prix qu'on m'offre il faut me contenter.
Ce que tu m'as promis songe à l'exécuter:
Cet enfant, ce trésor, qu'il faut qu'on me remette,
Où sont-ils?

JOAD.
Sur-le-champ tu seras satisfaite;
Je te le vais montrer l'un et l'autre à la fois.

*(Le rideau se tire. On voit Joas sur son trône; sa
nourrice est à genoux à sa droite; Azarias, l'épée à
la main, est debout à sa gauche; et près de lui
Zacharie et Salomith sont à genoux sur les degrés
du trône; plusieurs lévites, l'épée à la main, sont
rangés sur les côtés.)*

Paroissez, cher enfant, digne sang de nos rois.

Connois-tu l'héritier du plus saint des monarques,
Reine ? de ton poignard connois du moins ces marques.
Voilà ton roi, ton fils, le fils d'Ochozias.
Peuples, et vous, Abner, reconnoissez Joas.

ABNER.

Ciel !

ATHALIE, *à Joad.*

Perfide !

JOAD.

Vois-tu cette Juive fidèle
Dont tu sais bien qu'alors il suçoit la mamelle ?
Il fut par Josabet à ta rage enlevé,
Ce temple le reçut, et Dieu l'a conservé.
Des trésors de David voilà ce qui me reste.

ATHALIE.

Ta fourbe à cet enfant, traître, sera funeste.
D'un fantôme odieux, soldats, délivrez-moi !

JOAD.

Soldats du Dieu vivant, défendez votre roi !

(*Ici le fond du théâtre s'ouvre. On voit le dedans
du temple, et les lévites armés entrent de tous
côtés sur la scène.*)

ATHALIE.

Où suis-je ? O trahison ! ô reine infortunée !
D'armes et d'ennemis je suis environnée !

JOAD.

Tes yeux cherchent en vain, tu ne peux échapper ;
Et Dieu de toutes parts a su t'envelopper.
Ce Dieu que tu bravois en nos mains t'a livrée ;
Rends-lui compte du sang dont tu t'es enivrée.

ATHALIE.

Quoi! la peur a glacé mes indignes soldats!
Lâche Abner, dans quel piège as-tu conduit mes pas

ABNER.

Reine, Dieu m'est témoin...

ATHALIE.

Laisse là ton Dieu, traître
Et venge-moi.

ABNER, *se jetant aux pieds de Joas.*

Sur qui? Sur Joas! sur mon maître!

ATHALIE.

Lui Joas? Lui ton roi? Songez, méchants, songez
Que mes armes encor vous tiennent assiégés.
J'entends à haute voix tout mon camp qui m'appelle.
On vient à mon secours. Tremblez, troupe rebelle.

SCÈNE VI.

ISMAEL, JOAS, JOAD, ATHALIE, ET TOUS
LES ACTEURS DE LA SCÈNE PRÉCÉDENTE.

ISMAEL, *à Joad.*

SEIGNEUR, le temple est libre et n'a plus d'ennemis
L'étranger est en fuite, et le Juif est soumis.
Comme le vent dans l'air dissipe la fumée,
La voix du Tout-puissant a chassé cette armée.
Nos lévites, du haut de nos sacrés parvis,
D'Ochozias au peuple ont annoncé le fils,
Ont conté son enfance au glaive dérobée,
Et la fille d'Achab dans le piège tombée.

Par-tout en même temps la trompette a sonné :
Et ses sons et leurs cris dans son camp étonné
Ont répandu le trouble et la terreur subite
Dont Gédéon frappa le fier Madianite.
Les Tyriens, jetant armes et boucliers,
Ont, par divers chemins, disparu les premiers :
Quelques Juifs éperdus ont aussi pris la fuite ;
Mais, de Dieu sur Joas admirant la conduite,
Le reste à haute voix s'est pour lui déclaré.
Enfin, d'un même esprit tout le peuple inspiré,
Femmes, vieillards, enfants, s'embrassant avec joie,
Bénissent le Seigneur et celui qu'il envoie :
Tous chantent de David le fils ressuscité.
Baal est en horreur dans la sainte cité ;
De son temple profane on a brisé les portes ;
Mathan est égorgé.

ATHALIE.

       Dieu des Juif, tu l'emportes !
Oui, c'est Joas : je cherche en vain à me tromper ;
Je reconnois l'endroit où je le fis frapper :
Je vois d'Ochozias et le port et le geste ;
Tout me retrace enfin un sang que je déteste.
David, David triomphe ; Achab seul est détruit.
Impitoyable Dieu, toi seul as tout conduit !
C'est toi qui, me flattant d'une vengeance aisée,
M'as vingt fois en un jour à moi-même opposée ;
Tantôt pour un enfant excitant mes remords,
Tantôt m'éblouissant de tes riches trésors
Que j'ai craint de livrer aux flammes, au pillage,
Qu'il règne donc ce fils, ton soin et ton ouvrage !

Et que, pour signaler son empire nouveau,
On lui fasse en mon sein enfoncer le couteau!
Voici ce qu'en mourant lui souhaite sa mère;
Que dis-je souhaiter! je me flatte, j'espère
Qu'indocile à ton joug, fatigué de ta loi,
Fidèle au sang d'Achab qu'il a reçu de moi,
Conforme à son aïeul, à son père semblable,
On verra de David l'héritier détestable
Abolir tes honneurs, profaner ton autel,
Et venger Athalie, Achab, et Jézabel.

(*Athalie sort, les lévites la suivent.*)

JOAD.

Qu'à l'instant hors du temple elle soit emmenée;
Et que la sainteté n'en soit point profanée.
Allez, sacrés vengeurs de vos princes meurtris,
De leur sang par sa mort faire cesser les cris.
Si quelque audacieux embrasse sa querelle,
Qu'à la fureur du glaive on le livre avec elle.

SCÈNE VII.

JOAS, JOAD, JOSABET, ABNER, ET TOUS
LES ACTEURS DE LA SCÈNE PRÉCÉDENTE.

JOAS, *descendu de son trône.*

DIEU, qui voyez mon trouble et mon affliction,
Détournez loin de moi sa malédiction,
Et ne souffrez jamais qu'elle soit accomplie:
Faites que Joas meure avant qu'il vous oublie.

JOAD , *aux lévites.*

Appelez tout le peuple, et montrons-lui son roi :
Qu'il lui vienne en ses mains renouveler sa foi :
Roi, prêtres, peuple, allons, pleins de reconnois-
De Jacob avec Dieu confirmer l'alliance,   [sance,
Et, saintement confus de nos égarements,
Nous rengager à lui par de nouveaux serments.
Abner, auprès du roi reprenez votre place.

SCÈNE VIII.

UN LÉVITE , JOAS , JOAD , ET TOUS LES
ACTEURS DE LA SCÈNE PRÉCÉDENTE.

JOAD , *au lévite.*

Hé bien , de cette impie a-t-on puni l'audace ?

LE LÉVITE.

Le fer a de sa vie expié les horreurs.
Jérusalem, long-temps en proie à ses fureurs,
De son joux odieux à la fin soulagée ,
Avec joie en son sang la regarde plongée.

JOAD.

Par cette fin terrible, et due à ses forfaits ,
Apprenez, roi des Juifs, et n'oubliez jamais,
Que les rois dans le ciel ont un juge sévère,
L'innocence un vengeur, et l'orphelin un père.

FIN D'ATHALIE.

POÉSEI.

POÉSIE.

LA NYMPHE DE LA SEINE,

A LA REINE.

ODE.

GRANDE REINE, de qui les charmes
S'assujettissent tous les cœurs,
Et, de nos discordes vainqueurs,
Pour jamais ont tari nos larmes;
Princesse, qui voyez soupirer dans vos fers
Un roi qui de son nom remplit tout l'univers,
Et, faisant son destin, faites celui du monde,
Régnez, belle Thérèse, en ces aimables lieux
Qu'arrose le cours de mon onde,
Et que doit éclairer le feu de vos beaux yeux.

Je suis la nymphe de la Seine;
C'est moi dont les illustres bords
Doivent posséder les trésors
Qui rendoient l'Espagne si vaine.
Ils sont des plus grands rois l'agréable séjour;
Ils le sont des plaisirs, ils le sont de l'amour;
Il n'est rien de si doux que l'air qu'on y respire;
Je reçois les tributs de cent fleuves divers;
Mais de couler sous votre empire,
C'est plus que de régner sur l'empire des mers.

Oh! que bientôt sur mon rivage
On verra luire de beaux jours!
Oh! combien de nouveaux Amours
Me viennent des rives du Tage!
Que de nouvelles fleurs vont naître sous vos pas!
Que je vois après vous de graces et d'appas
Qui s'en vont amener une saison nouvelle!
L'air sera toujours calme et le ciel toujours clair;
Et près d'une saison si belle
L'âge d'or seroit pris pour un siècle de fer

Oh! qu'après de rudes tempêtes
Il est agréable de voir
Que les Aquilons, sans pouvoir,
N'osent plus gronder sur nos têtes!
Que le repos est doux après de longs travaux!
Qu'on aime le plaisir qui suit beaucoup de maux!
Qu'après un long hiver le printemps a de charmes!
Aussi, quoique ma joie excède mes souhaits,
Qui n'auroit point senti d'alarmes
Pourroit-il bien juger des douceurs de la paix?

J'avois perdu toute espérance,
Tant chacun croyoit malaisé
Que jamais le ciel apaisé
Dût rendre le calme à la France:
Mes champs avoient perdu leurs moissons et leurs fleurs,
Je roulois dans mon sein moins de flots que de pleurs;
La tristesse et l'effroi dominoient sur mes rives;
Chaque jour m'apportoit quelques malheurs nouveaux.

Mes nymphes pâles et craintives
A peine s'assuroient dans le fond de mes eaux.

De tant de malheurs affligée,
Je parus un jour sur mes bords,
Pensant aux funestes discords
Qui m'ont si long-temps outragée;
Lorsque d'un vol soudain je vis fondre des cieux
Amour, qui me flattant de la voix et des yeux:
Triste nymphe, dit-il, ne te mets plus en peine;
Je te prépare un sort si charmant et si doux,
Que bientôt je veux que la Seine
Rende tout l'univers de sa gloire jaloux.

Je t'amène après tant d'années,
Une paix de qui les douceurs
Sans aucun mélange de pleurs
Feront couler tes destinées.
Mais ce qui doit passer tes plus hardis souhaits,
Une reine viendra, sur les pas de la paix.
Comme on voit le soleil marcher après l'aurore,
Des rives du couchant elle prendra son cours :
Et cet astre surpasse encore
Celui que l'orient voit naître tous les jours.

Non que j'ignore la vaillance
Et les miracles de ton roi ;
Et que, dans ce commun effroi,
Je doive craindre pour la France.
Je sais qu'il ne se plaît qu'au milieu des hasards;
Que livrer des combats et forcer des ramparts

D d 2

Sont de ses jeunes ans les délices suprêmes :
Jy sais tout ce qu'a fait son bras victorieux ;
 Et que plusieurs de nos dieux mêmes
Par de moindres exploits ont mérité les cieux.

 Mais c'est trop peu pour son courage
 De tous ces exploits inouis :
 Il faut désormais que Louis
 Entreprenne un plus grand ouvrage.
Il n'a que trop tenté le hasard des combats ;
L'espagne sait assez la valeur de son bras ;
Assez elle a fourni de lauriers à sa gloire :
Il faut qu'il en exige autre chose en ce jour,
 Et que pour dernière victoire,
Elle fournisse encore un myrthe à son amour.

 Thérèse est l'illustre conquête
 Où doivent tendre tous ses vœux ;
 Jamais un myrthe plus fameux
 Ne sauroit couronner sa tête.
Le ciel, qui les avoit l'un pour l'autre formés,
Voulut que d'un même or leurs jours fussent tramés.
Elle est digne de lui, comme il est digne d'elle :
Des reines et des rois chacun est le plus grand ;
 Et jamais conquête si belle
Ne mérita les vœux d'un si grand conquérant.

 A son exemple, tous les princes
 Ne songeront plus désormais
 Qu'à faire refleurir la paix
 Et le calme dans leurs provinces,

L'abondance par-tout ramènera les jeux;
Les regrets et les soins s'enfuiront devant eux;
Toutes craintes seront pour jamais étouffées.
Les glaives renfermés ne verront plus le jour,
　　Ou bien se verront en trophées
Par les mains de la Paix consacrés à l'Amour.

　　Cependant Louis et Thérèse
　　Passeront leur âge en ces lieux;
　　Et, plus satisfaits que les dieux,
　　Boiront le nectar à leur aise.
Je leur ferai cueillir, par de longues faveurs,
Tout ce que mon empire a de fruits et de fleurs,
Je bannirai loin d'eux tout sujet de tristesse.
Je serai dans leur cœur, je serai dans leurs yeux;
　　Et c'est pour les suivre sans cesse
Que tu me vois quitter la demeure des cieux.

　　Les Plaisirs viendront sur mes traces
　　Charmer tes peuples réjouis:
　　La victoire suivra Louis;
　　Thérèse amènera les Graces.
Les dieux mêmes viendront passer ici leurs jours.
Ton repos en durée égalera ton cours.
Mars de ses cruautés n'y fera plus d'épreuves;
La gloire de ton nom remplira l'univers:
　　Et la Seine sur tous les fleuves
Sera ce que Thétis est sur toutes les mers.

　　Mais il est temps que je me rende
　　Vers le bel astre de ton roi;
　　Adieu, nymphe, console-toi.

　　　　　　　　　Dd 3

Sur une espérance si grande.
Thérèse va venir, ne répands plus de pleurs ;
Prépare seulement des lauriers et des fleurs,
Afin d'en faire hommage à sa beauté suprême.
Ainsi finit Amour, me laissant à ces mots :
　　　Et je courus, à l'heure même,
Conter mon aventure aux nymphes de mes flots.

　　　oh dieux ! que la seule pensée
　　　De voir un astre si charmant
　　　Leur fit oublier promptement
　　　Toute leur misère passée !
Que le Tage souffrit ! quels furent ses transports
Quand l'amour lui ravit l'ornement de ses bords !
Et que pour lui la guerre eût été moins à craindre !
Ses nymphes, de regret, prirent toutes le deuil ;
　　　Et si leurs jours pouvoient s'éteindre,
La douleur auroit pu les conduire au cercueil.

　　　Ce fut alors que les nuages
　　　Dont nos jours étoient obscurcis
　　　Devant vous furent éclaircis,
　　　Et n'enfantèrent plus d'orages.
Nos maux de votre main eurent leur guérison :
Vos yeux d'un nouveau jour peignirent l'horizon ;
La terre, sous vos pas, devint même fertile ;
Le soleil, étonné de tant d'effets divers,
　　　Eut peur de se voir inutile,
Et qu'un autre que lui n'éclairât l'univers

　　　L'impatiente Renommée,
　　　Ne pouvant cacher ses transports,

Vint m'entretenir sur ces bords
De l'objet qui l'avoit charmée.
Oh Dieux ! que ses discours accrurent mes désirs!
Que je sentis dès-lors de joie et de plaisirs
A vous ouir nommer si charmante et si belle!
Sa voix seule arrêta la course de mes eaux;
　　Les Zéphirs en foule autour d'elle
Cesserent, pour l'ouïr, d'agiter mes roseaux.

　　　Tout l'or dont se vante le Tage,
　　　Tout ce que l'Inde sur ses bords
　　　Vit jamais briller de trésors,
　　　Sembloit être sur mon rivage
Qu'étoit-ce toutefois de ce grand appareil,
Dès qu'on jetoit les yeux sur l'éclat nompareil
Dont vos seules beautés vous avoient entourée ?
Je sais bien que Junon parut moins belle aux dieux,
　　Et moins digne d'être adorée,
Lorsqu'en nouvelle reine elle entra dans les cieux.

　　　Régnez donc, princesse adorable,
　　　Sans jamais quitter le séjour
　　　De ce beau rivage, où l'Amour
　　　Vous doit être si favorable.
Si l'on en croit ce dieu, vous y devez cueillir
Des roses que sa main gardera de vieillir,
Et qui d'aucun hiver ne craindront l'insolence;
Tandis qu'un nouveau Mars, sorti de votre sein,
　　Ira couronner sa vaillance
De la palme qui croît aux rives du Jourdain.

　　　　FIN.

TABLE GÉNÉRALE
DES MATIÈRES

FIN.